왕의 초상

대한민국스토리공모대전 최우수상 수상작

왕의 초상

서철원 장편소설

다산책방

서문

『왕의 초상』은 작가의 태생과 무관한 과거의 한 지점을 응시하며 오랫동안 역사적 진경
과 허구 사이에서 철저한 고뇌로 다듬어진 소설이다. 조선 초기 태종 시대로 거슬러 올
라간 작가의 신념은 당대의 주역과 더불어, 죽은 아비의 복수를 위해 어진화사(御眞畵
師)가 되어 시해를 예비하는 명무(明楙)라는 여인의 이야기를 들려준다. 여인의 이름자
속에 박혀든 별의 세기와 한 그루 모과나무에서 떠오르는 삶의 비경(秘境)은 참으로 절
박하고 애처롭다. 한 점 별이 빛나기까지 억겁의 시간과 마주하는 삶의 목적에서 천변
(天變)의 원리는 천둥처럼 들려온다. 그 고도의 삶이 생존과 복수 사이를 오갈 때 사뭇
경이에 가서 닿음은 어찌 글쓴이의 복이라 하겠는가. 읽는 이의 청정한 시각과 오감으로
진실한 '왕의 초상'을 만날 때, 이것은 읽는 자로서 눈부신 복일 것이다. 여인을 쫓는 예
문관 대교의 남성성은 그 존재감에서 실존일 가능성이 크다. 빠른 발과 칼의 총기로 무
장한 대교의 삶은 왕과 반역자의 층간을 맴도는 내금위(內禁衛)의 숙명에서 그 비운이
읽힌다. 새벽나절 어둠을 뚫고 치솟는 여명처럼 아슬아슬하면서도 파묵한 색채를 드러
내는 대교의 본성은 차갑고 메말라서 오히려 슬프다. 이 모두를 뒤로 하여도, 소설은 '어
진(御眞―왕의 초상)' 하나만큼은 뚜렷이 남는다. 그래서일까? 인적이 끊긴 역사의 뒷
마당은 아주 쓸쓸하지는 않다는 것을. 이 소설은 태종어진(太宗御眞)으로 보여준다. 저
아득한 날에, 적막 속에 불현듯 떠오르다 지는 명무와 왕의 사랑은 저마다 매운 눈으로
눈물을 삼킬 때 드러난다. 그럼에도 태종어진은 어디에 있는가? 이 소설은 묻고 있다.

도화서의 봄

"조선은 저 높고 아름다운 나라, 고려를 피로 물들이며 일으킨 나라이옵니다. 고려유민들을 척살하면 그 높음과 아름다움이 모두로부터 사라질 것이옵니다."

도화서 화원 명현서(明賢嶼)는 사지를 오므렸다.

"너는 평소 어려운 말을 들려주지 않아서 곁에 두고 싶었다. 허나 오늘은 네 목소리부터 다르다."

방원(芳遠)의 음성은 젖어 있었다. 명현서를 내려다봤다. 명현서의 눈썹이 가늘게 떨렸다.

"눈은 가까운 곳만 바라보라고 있는 것이 아니옵니다. 귀는 먼 곳의 민음(民音)을 들어야 하는 것이라고……."

"네가 나를 가르치려 하는 것이냐?"

"전하는 모두에게 이기적이라야 하옵니다. 전하의 뜻은 모두에게 거침없는 것이라야 하옵니다."

명현서의 눈두덩에 파란 물줄기가 흘렀다. 명현서는 울먹임 없이 방원을 올려봤다. 방원이 더운 입김을 내뿜었다.

"조선은 나의 이기가 아니라 모두의 긍지로 일어서는 것. 그래서 조선은 문(文)을 숭상하고, 무(武)를 아낀다."

"겨울에 불어닥친 피바람을 잊으셨사옵니까? 조선의 역사이며, 조선의 고뇌이옵니다."

"안다. 돌이킬 수 없다는 것도 안다. 이건 내 뜻과 모두의 뜻이 합쳐진 결과다. 모두의 손가락을 보라. 역사를 가리키는지, 시류를 가리키는지."

방원은 숨을 고르게 내쉬었다. 명백히 백성의 눈으로 역사를 바라볼 수는 없을 것이라고, 모두가 원하는 역사는 세상 어디에도 없는 것이라고, 방원은 생각했다. 외방에서 올라온 장계가 떠올랐고, 장계마다 울부짖는 고려유민들의 신음 소리가 들렸다. 물그릇을 집어 들었다. 방원의 울대가 꿈틀댔다. 목 안으로 물이 넘어갈 때 방원의 눈은 감겨 있었다.

명현서가 나직이 대꾸했다.

"신은, 삶을 버리고 죽음을 택하겠나이다. 죽음은 돌덩이 같은 것이라고……."

"선택할 수 있다고 가질 수 있는 게 죽음이더냐? 죽음은 암반 같은 것, 함부로 던질 수 있는 게 아니다."

선택할 수 있는 죽음은 돌이킬 수 있는 것. 그렇다 쳐도, 결국 명현서는 숨통을 걸고 죽음을 무릅쓰리라는 것을 내다봤다. 명현서의 마음은 끝내 이해되지 않았다.

방원이 말없이 고개를 끄덕였다. 내금위 무사들이 방원을 바라봤다. 예문관 대교의 머릿속은 가지런했다. 붓과 벼루를 생각할 때, 명현서의 눈은 감겨 있었다. 묶인 네 명의 관료들은 명현서의 반역만을 생각하는 것 같았다. 반역에 관한 항목을 떠올리며 대교는 시작을 예감했고, 방원은 끝을 생각했다. 당장 결단을 내려야 할지, 판결을 미루어야 할지 방원은 판단할 수 없었다. 주저할수록 불리해지는 것도 알았다. 비켜선 내금위 무사들이 불편한 마음을 가누지 못했다. 예문관 대교의 눈은 떨림 없이 조용했다.

사월의 경복궁은 스산했다. 봄의 정령은 겨울 산과 숲에 오래 무춤거렸다. 구름 걷힌 햇살이 도화서 뜰을 비추었다. 망월사를 다녀온 후 방원은 말수가 줄었다. 정몽주가 죽은 뒤 방원은 도봉산 자락에 묻힌 사찰을 자주 찾았다. 아비 강헌(康獻)은 망월사를 찾지 않았다. 망월사에서 멀지 않은 천축사에서 강헌은 백일기도를 올리며 앞날을 예감하곤 했다.

어린 시절, 어미 신의왕후(神懿王后) 한씨(韓氏)와 자주 찾던 개경의 사찰은 머릿속에 가물거렸다. 어린 방원은 한씨가 사찰에 갈 때마다 따라나섰다. 탑을 돌던 어미의 종종걸음이 어린 방원에게 아련한 추억을 남겼다. 기묘년 가을, 송도 잠저에 머무를 때 침실 동마루 끝에서 자신을 향해 뻗어오던 흰 용은 해가 바뀌어도 잊혀지지 않았다.

며칠 전 망월사 부도를 돌 때 방원의 걸음은 산안개 속에 묻혀 있었다. 경내에서 존재감을 안고 돌아설 때도 방원의 발걸음은 부담스러웠다. 대웅전 남쪽 월봉을 바라보는 방원의 앞날은 분명하지 않았다. 지척에서 반역하는 신하들과 명나라 사신들 사이에서 왕업이 순탄하지 않으리란 것을 내다봤다. 예감은 늘 거기서 거기였다.

즉위 후 다섯 해가 지났어도 시름은 노을 속에 잠겨들었다가 이른 아침 여명을 딛고 일어서기 일쑤였다. 멸족하지 않은 고려 왕족과 유민들이 문제였다. 고려 왕족과 유민들은 시시때때 왕실을 노렸다. 방원을 죽이겠다고, 보이지 않는 곳에서 칼을 휘둘렀다. 시위를 당겼으며, 창을 들었다. 어디서 구했는지 총통을 들이댔다. 총통은 언제나 사거리 밖에서 날아들었다.

살아남은 고려 왕족과의 동맹은 생각할 수 없었다. 생각 밖으로 내몰 수도 없었다. 방원의 한숨 소리가 명현서의 폐부를 찔렀다.

"죽음이 두렵지 않은가?"

"신의 목숨은 다만 전하의 것, 신은 죽어서도 전하의 것이 될 것이옵니다."

"살려주면 다시 생각할 수 있겠느냐?"

"신의 불온과 불충 앞에 덕을 나누지 마소서. 삶과 죽음은 하나이옵니다. 죽어 혼백이 된들 신에겐 달라질 것이 없사옵니다."

명현서의 눈에서 물방울이 떨어졌다. 명현서의 불온은 무엇 때문이며, 그의 불충은 무엇으로 짜여져 있는지 생각나지 않았다. 고개를 젖히자 내금위 무사가 슬픈 눈으로 명현서를 바라봤다. 방원의 눈빛과 무사의 눈빛이 부딪혔다. 무사가 몸을 움츠렸다. 짧은 시간이었으나 둘의 눈빛은 하루가 지나듯 길고 멀었다.

명현서가 말했다. 그의 목에서 작년 늦여름까지 울다 죽은 매미 울음이 들렸다.

"대세가 전하 아래 집중되고 있사옵니다. 고려유민들을 어여삐 여기시어 전하의 아량 아래 두소서. 때가 되면 요긴할 것이옵니다. 그들을 더 이상 적으로 여기지 마소서. 밤마다 부르는 노래가 들리지 않으시옵니까? 살아 돌아갈 수도, 죽어 떠돌 수도 없는 넋두리이옵니다."

방원은 대꾸하지 않았다. 고려유민들의 입에서 떠돌던 〈가시리〉가 귓가에 들렸다. 등골을 따라 식은땀이 흘러내렸다. 다시 명현서의 목소리가 한 줌 바람으로 방원의 귀에 들려왔다.

"유민들이 변방의 무리들과 동맹하고 있사옵니다. 여진의 기세가 등등하여 어영청 군사들이 풀잎처럼 흩어지고 있사옵니다. 무고한 백성들이 전쟁터에서 죽어가고 있사옵니다. 남은 군사라도 헛되이 목숨을 버리게 하여서는 아니 될 것입니다."

명현서는 울음을 삼킨 모양이었다. 방원은 목젖이 떨려왔다.

"그 떨거지들이 무슨 용단이라도 내리는 날, 조선은 또 한번 놀라겠구나. 방석(芳碩) 아우와 환란에서도 모두는 불굴하였고 용맹하였다. 다만 선지교에서 정몽주가 죽어가던 밤, 참대 하나가 다리에서 솟아 얼마나 오랫동안 가슴을 찔렀는지 모른다. 그 몸서리치는 기억을 더 이상 가져가고 싶지 않다."

"하오나 모든 일은 하나의 빗금 안에 가두어둘 수 없사옵니다. 지나간 날을 돌이키지 마소서. 앞날의 화평과 거룩함을 도모하소서. 앞날은 멸망한 고려가 아니라 대륙의 명나라와 바다 건너 섬나라가 좌우할 것이옵니다."

방원은 손으로 이마를 짚었다. 답할 수 없었다. 명현서는 그 어느 화원보다 우수한 인재였다. 그의 재능은 우람하고 거침없었다. 한순간 모든 것을 삼키듯 맹렬히 타오르는 불꽃같았다. 그의 재능을 아끼고 싶었다. 곁에 오래 두어 문(文)의 숭상과 숭유의 국정을 열어가는 조선의 밑그림을 맡기고 싶었다. 명현서는 관념적이지 않았다. 예의 발랐고 충에 밝았다. 색(色)과 색 사이에서 민첩했고, 채(彩)와 채 사이에서 갈등하지 않았다. 명현서의 회화는 방원의 시류에 내몰 수 없었다. 명현서는 높고 정확했다. 인재 중에 인재였다. 그런 그가 어찌 고려 왕족과 내통하였는지 알 수 없었다. 그는 혁명을 부르짖지 않았다. 다만 생명의 고결함을 말하고자 하였다는 것도 알았다. 명현서는 국외를 다투는 일에 정확한 정세를 고했다. 그의 말이 그러하면, 조선의 앞날은 불안했다. 명현서는 그것을 증명하듯 눈을 부릅떴다. 방원은 대꾸하지 않았다.

명현서를 내려다보던 좌명공신(佐命功臣) 조영무가 입에 거품을 물었다. 일등공신이었다. 조영무의 음성은 급작스럽고도 날카로웠다.

　"고려 왕족과 내통한 자이옵니다. 광화문 앞에서 민구(民口)의 편에 서 횃불을 치켜들었사옵니다. 조선을 반역한 자이옵니다. 전하를 능멸한 도화서 화원이옵니다. 벰이, 벰이 마땅할 것이옵니다."

　반역의 제안은 늘 흥분된 수사로 시작되어 피로 끝을 봤다. 방원은 입안이 타들어가는 것을 느꼈다. 횃불은 규모보다 숫자가 문제였다. 불 조각이 하나둘일 때는 보이지도 않았다. 점차 숫자가 불어나면서 걷잡을 수 없었다. 횃불은 날마다 광화문 일대를 뜨거운 아궁이로 달구어놓았다. 횃불은 광화문에서 그치지 않고 외방 요소요소에서 드러났다. 횃불은 산발적이거나 급작스럽지 않았다. 횃불은 조직적이고 분명했다. 분명한 그것은 멀리에서 고요히 오래도록 타올라 강고히 뻗어갔다. 민가의 밤이 길어서 그런 것이라고, 방원은 그렇게도 생각하지 않았다. 토끼 잡듯 잡아들이면 더 거세어진다는 것도 알았다.

　즉위 원년 신미 정월에 책봉한 좌명일등공신 이거역과 이저는 말하지 않았다. 하륜과 이숙은 목소리를 아꼈다. 민무구와 민무질 처남은 생각으로 멀리 보는 것 같았다. 신극례와 이숙번은 눈빛을 감추었다. 종친들은 좌명공신 책봉 때 일등공신에서 제외시켰다. 본보기로서 옳았다. 종친들의 자숙에 마음이 놓였다.

다시 조영무가 머릿속에 오랫동안 누적되어온 반역에 관한 골자를 암송하듯 아뢰었다.

"반역자는 설득할 수 없사옵니다. 조선 개창부터 그 누구도 살려준 적이 없사옵니다. 이해할 수 없는 황망한 사례는 남기지 마소서. 예문관 학사와 검서관이 지켜보고 있나이다. 왕실의 법제에 따라 처단함이 마땅할 것이옵니다."

방원은 시시때때 출몰하는 고려유민과 여진 군사와 일본 전함을 업신여겼다. 도화서 뜰에 오래 머물수록 자신을 헐뜯어대는 신하들의 간언도 돌처럼 바라봤다. 신하들 앞에만 서면 흥분으로 일어서는 자신의 모습이 오늘따라 낯설게 느껴졌으나, 그러거나 말거나 방원은 도화서 뜰에 묶인 명현서만큼은 아끼고 싶었다.

오늘만큼은 자족하라고, 문득 자신을 다독이는 것도 같아 방원은 슬그머니 뒤를 돌아봤다. 내금위 무사 셋이 숨을 죽였다. 담장 위에서 활을 든 저격사 둘이 눈을 굴렸다. 뒤를 바라보는 일은 의미가 없었다. 앞을 바라본들 대안은 없었다. 방원을 억눌러오는 진실은 고려유민도 여진 군사도 왜구의 전함도 아니었다. 날마다 왕업을 압박하는 골자는 명백히 명나라였다. 대국을 견주는 왕업은 마땅하지 않았으나 어찌할 수 없었다. 망월사 부도를 돌며 떠올린 명나라는 아릿한 통증으로 건너오는 시름이었다. 넘을 수도 건너갈 수도 없는 먼 국경 너머 천자의 나라가 자신을 억눌러오는 것에 방원은 근심을 떨치지 못했다. 해마다 조선의 숫처녀를 요구해오는 천자의 나라는, 언제나 적대국 아니면 조공국이었다.

요동을 정벌하기 위해 군사를 움직이면서 방원은 정도전과 결탁하지 않았다. 아비 강헌뿐 아니라 자신에게도 명나라는 떨칠 수 없는 고뇌였다. 왕의 장남과 차남을 사신으로 요구한 명의 태도는 씻을 수 없는 굴욕이었다.

왕자를 사신으로 요구한 명나라의 방침은 한낱 명분에 불과했다. 왕자를 볼모로 묶어두려는 속셈이 아니라 요동정벌을 주장하는 정도전을 원하는 것이라고, 모두가 알고 있었다. 적어도 정도전이 조선 문제의 화근인 것에 방원의 자존은 무참히 짓밟혔다. 정도전의 요동공략계획은 사전에 합의되지 않았다. 사병 혁파를 통한 군사제도의 개혁적인 명분을 품었음에도 정도전의 생각은 모두를 포괄하거나 수용하지 못한 채 고요히 들끓었다. 조선의 질서를 바로잡을 수 있는 결정적인 의중이었음에도 정도전의 계획은 계획대로 진행될 수 없었다. 정도전의 사유는 놀랍고 낯설었다. 급진은 시류를 지나쳐야만 오묘해지고 설득력을 얻을 수 있다는 논리를, 정도전은 망각한 모양이었다. 방원에겐, 정도전의 계획은 불에 달군 쇠꼬챙이만큼이나 뜨거웠기 때문에 살려둘 수 없었다. 정도전은 가고 없으나 여전히 명나라는 물러설 수도 베어낼 수도 없는 근심과 시름의 나라였다.

비원 너머 아악서(雅樂署)에서 악사들이 궁중악을 흘렸다. 시작은 장쾌한 타악이었으나, 부드러운 현악을 바탕에 깔고 진입해 들어왔다. 진중한 악상이 방원의 귓가에 풀어지면서 악조에 실린 힘이 느껴졌다. 악상마다 까다로운 음이 배어 있었다. 대륙 어느 기슭에서도 들을 수 없는 조선악(朝鮮樂)이었다.

도화서 가까이 악조는 팽팽히 묻어왔다. 군왕을 무능이 여기는 신하들의 의기소침 아래 방원은 귀가 따가웠다. 방석의 반란을 수습하고 돌아왔을 때 신하들이 일제히 눈물을 보인 것에 노여움을 감추어야 했다. 방석과 함께 죽어간 내시부 상선의 눈빛은 말없이 빛을 냈다. 신료들 대개가 상선을 가상히 여긴 것을 알았으나 방원은 무엇도 내색하지 않았다. 그런 방원을 향한 신하들의 보필은 무난하지 않았다. 이러한 조짐이 화평을 더디게 하고 극단을 재촉하리라는 것을, 방원도 알았고 신료들도 알았다.

오시를 기해 이등공신 이래, 이화, 이천우가 도화서로 몰려들었다. 삼등공신 성석린, 이숙, 황거정, 김영열, 윤곤, 유기가 뒤따라 들어왔다. 이지란, 박은, 윤저, 박석명, 조희민은 보이지 않았다. 상장군 마천목은 어영청에 머문 모양이었다. 대개 문관의 신료들이었다. 도화서 화원들은 뒤늦게 소식을 듣고 몰려들었다. 집회는 순조롭지 않았다. 화원들의 읍소는 어수선했다. 더 이상 판결을 미룰 수 없었다. 명현서는 말이 없었다. 명현서는 끝까지 울먹이지 않았다.

돌덩이 같은 죽음을 선택한 명현서는 솔직하다고, 방원은 생각했다. 방원은 저 자신의 옳은 쪽만을 바라보고 싶었다. 이 순간만큼 이기적이고 싶었다.

방원의 눈에 붉은 사슴뿔이 보였다. 고개를 젖히자 검서관이 슬픈 눈으로 자신을 바라봤다. 짧은 시간 검서관의 눈빛이 한없이 멀게 느껴졌다. 방원이 지체 없이 눈빛을 잘랐다.

"오늘을 넘기지 않겠다. 베어라."

방원의 육성이 메마른 흙과 돌쩌귀에 부딪혀 부서져 내렸다. 아까운 인재였으나 돌이킬 수 없었다. 방원의 손에 쥐어져 있던 호두가 바스라졌다.

나른한 햇살 아래 명현서는 방원을 올려다봤다. 방원의 눈빛엔 살기가 어려 있었다. 방원의 눈빛은 무겁고 가혹했다. 명현서는 불현듯 그리운 사람들을 생각했다. 외롭고 쓸쓸한 사람들의 생애를 생각했다. 고개를 들고 멀리 산맥을 바라볼 때, 어두운 산들이 겹치고 겹치면서 산맥은 충청 해안가를 향해 출렁거렸다.

어젯밤 떠오른 별은 맑고 개운했다. 별은 하늘에 떠 있는 순간 복을 빌고 운을 걸었으며 행을 불러왔다. 별은 저녁나절 잔잔한 빛으로 내렸다가 새벽 무렵 꺼져가는 불꽃이 아니라, 날마다 거듭되는 시간대를 거슬러 새로운 태동의 밤 위에 떠오르곤 했다. 지나간 날은 가물거렸다. 기약했던 날들은 보이지 않았다.

하늘을 올려다보며 명현서는 몇 해 전 파상풍으로 죽어간 아내를 생각했다. 어린 여식을 떠올렸다. 엊그제 열두 살 생일을 맞은 여식의 앞날은 근심스러웠다. 죽음 앞에 그 모두는 생생했다. 이것이 죽음이 가져다주는 문외함이며 버거움인 것. 삶을 벗어던지는 죽음이 가뜬하지 않은 것에 명현서는 한숨을 내쉬었다.

내금위 무사 셋이 명현서를 향해 칼을 치켜들었다.

갱─

부릅뜬 명현서의 목을 향해 칼 하나가 지나갔다. 등 뒤에 서 있던 무사가 수직으로 칼을 내리꽂았다. 뒤이은 무사의 칼이 명현서의 몸 위에 사선을 그었다. 목이 꺾였고, 열린 복강에서 내장이 쏟아졌다. 무사의 칼이 명현서의 몸을 지날 때 방원은 폐부를 찌르는 쇠 울음을 들었다.

명현서는 고려 왕족과 내통했다. 고려 왕족과 접촉하라는 명을 방원은 내리지 않았다. 명현서는 두 차례 난을 겪으면서 얻은 인재였다. 명현서는 싸움을 싫어했다. 명현서는 중용할 줄 알았다. 명현서의 그림은 맑고 냉랭했다. 바다 한가운데로 몰아간 고려 왕족과 유민들을 수장시킬 때도 방원은 명현서의 그림을 떠올렸다. 명현서의 그림엔 방원에게 없는 너그러움과 평온이 깃들어 있었다. 한 폭의 그림을 통해 방원은 세상 물정을 알아가는 것이라고 생각했다. 명현서의 그림엔 방원에게서 찾아볼 수 없는 삶의 미학과 신비감이 출렁거렸다. 명현서는 방원의 가슴에 문신처럼 배어들었다.

방원의 목소리가 도화서 뜰에 울렸다.

"나의 명분은 언제나 옳았고 앞으로도 옳을 것이다. 나는 조선의 군주로서 조선의 앞날을 걱정한다. 나는 나로 인해 이기적이라고, 모든 신료들에게 고한다. 내게 등을 돌린 신료와 조선의

숫처녀와 무리한 조공을 감당하라는 명나라와 시시때때 조선
땅을 넘보는 여진과 왜구의 소용돌이 속에 조선의 앞날은 창망
하다."

인왕산 비탈에서 들려온 늑대 울음소리가 명현서의 저승길에
가서 닿았다. 소리는 이승과 저승을 갈라놓았다. 새들이 푸드득
날아올랐다. 나무마다 무성한 꽃송이가 흩날렸다. 한 줌 빛이 사
라지고 있었다.

어린 모과나무

도화서의 비극은 모두에게 지워지지 않았다. 방원의 노여움
은 급한 물살 같았다. 신료들은 엎드려 말이 없었다. 방원의 손
에서 바스라진 호두 소리가 생생했다. 내금위 무사들의 칼에서
빛이 솟았다. 갱−, 피 묻은 날이 바람 속에 흔들렸다.

그 시각 멀리에서 계집아이의 울음소리가 들렸다. 아이의 울
음은 깊고 단단했다. 다 울지 못한 계집아이는 노인의 손에 이끌
려 몸을 숨겼다. 민가에서 멀어질 때 계집아이를 따라 나비가 나
풀거렸다. 나흘 동안 계집아이는 조용히 울었다. 산중의 울음은
처량하게 들렸다. 구슬프게도 들렸다. 숲에서 계집아이의 울음
은 노랫소리 같았다. 나른한 오후엔 콩밭 매는 소리 같았다. 아
침엔 젖을 보채는 어린 염소 소리 같았다. 저녁 땐 길 잃은 송아
지 울음 같았다. 동트는 시간에 물 흐르는 소리 같았고, 해지는

시간에 물 깃는 소리 같았다. 매번 들려온 소리는 각양이었으나, 소리에 새겨진 빛은 모두 한가지였다.

길은 거칠었다. 남대천을 거슬러 올라간 산길은 험했다. 산장에 당도하고서야 계집아이는 울음을 그쳤다. 찬모는 마중 나와 있지 않았다. 노인이 기침했다. 찬모가 달려와 허리를 숙였다. 게으른 기색이 눈에 거슬렸으나 노인은 개의치 않았다.

노인이 찬모에게 말했다.

"잘 살펴주게. 아비 잃은 아이일세."

찬모가 알았다고 대꾸했다. 아이를 맡기고 노인은 산을 내려갔다. 찬모가 아이를 데리고 산장 안으로 들어갔다. 계집아이가 가늘게 어깨를 떨었다. 찬모가 먹을 것과 덮을 것을 내주었다. 계집아이는 지쳐 보였다. 찬모가 안쓰럽게 바라봤다.

한 달이 지나서야 노인은 모습을 드러냈다. 한 달 동안 무엇을 했는지 계집아이의 머리엔 떠오르는 게 없었다. 봄빛이 성근 측백나무 아래 아비의 죽음이 보였다. 목을 치켜든 신하들을 떠올리면서, 아이는 속이 검은 학들을 생각했다. 생각은 대숲에 불어가는 바람처럼 속이 꽉 차 있었다. 살을 찌르는 바람이 아이의 머릿속을 불어 다녔다.

노인이 다실로 계집아이를 불러 앉혔다. 반 식경 가까이 아이를 바라봤다. 노인의 입에서 날숨이 나왔다. 어린것의 무릎을 보면서 노인은 총기를 읽어 내렸다. 계집아이의 총기는 확신이 서질 않았다. 다리가 저릴 법한데 계집아이는 미동이 없었다. 굳게 입을 다물고는 쉬이 혀를 내돌리지 않았다. 이마가 둥글고 눈매가 잘 찢어져 있었다. 콧등이 매끄럽고 순했다. 노인은 세심한 관찰자가 되어 아이의 앞과 뒤, 옆과 위에서 바라봤다. 가르치는 무엇이든 해낼지 의문이 들었다.

계집아이는 얼굴에 기억을 새겼는데, 소리가 없는 고요한 아이였다. 노인이 물었다.

"몇 살이냐? 이름이 무엇이냐?"

"열두 살, 명무(明楸)라 합니다."

계집아이의 목소리는 또랑또랑하지 않고 약간 쉬어 있었다. 많이 울어서 그런 것 같지는 않았다. 본래 이 아이의 음색이 탁한 모양이라고, 노인은 생각했다. 노인이 다시 물었다.

"아픈 데는 없느냐?"

"없습니다."

대꾸할 때 계집아이는 숨을 고르게 들이마셨다. 언어가 분명하게 들렸다. 생각이 많아서 그런 것 같지는 않았다. 숨을 내쉴 때 계집아이의 시선은 깊고 청명했다. 탁한 음색이어도 영민해 보이는 아이였다.

계집아이가 말했다.

"여쭐 게 있습니다."

"말해보거라."

"제 아비의 시신은 어떻게 되었는지요?"

노인의 표정이 어둑해졌다. 명현서가 죽은 다음 날 무당을 불러 장례를 치렀다고, 어영청 병사에게 전해 들었다. 병사는, 명현서의 죽음은 다만 읍참마속(泣斬馬謖)이었다고 했다. 본래 읍참마속은 애지중지 여기던 짐승을 본보기로 하는 것인데, 명현서의 죄상으론 과분한 처사였다고, 표정 없던 병사의 말은 우울하게 들렸다. 장례에 유루가 없도록 하라는 그 말은 전하의 명이었다고, 병사는 덧붙여 전했다. 장례는 조밀하지 못했다고 했다. 잘린 사지를 한곳에 모으고 볕이 드는 곳에서 혼백을 어루만졌어도 저승길이 무난하진 않았다고, 병사는 혀를 찼다. 신하들이 입을 가벼이 해 궁 안팎이 수선스러웠다고, 병사는 기침 없이 떠들어댔다.

어수선한 어영청 병사의 말을 아이에게 죄다 사실대로 일러주어야 할지 짧게 줄여서 말해야 할지 노인은 판단이 서질 않았다. 노인이 말을 뱉지 못하고 머뭇거렸다. 목 안에 긴 가래를 그릇에 받힌 후에서야 굵은 소리가 올라왔다.

"꼭 알아야 하겠느냐?"

"제 아비입니다. 어디에 묻혔는지 알아야 할 것입니다. 그것이 마땅하리라 생각됩니다."

아이의 입에서 나온 말 치곤 분명하게 들렸다. 어려움을 겪은 아이의 언어는 어른스러워도 되는지 알 수 없었다. 목소리만큼이나 말투가 질겼다. 계집아이의 눈에서 물빛이 어른거렸다.

"상심이 클 것이다. 그러나 들어라. 듣고 기억하거라."

"······."

대답이 없자 노인의 얼굴에 곤혹스러운 빛이 떠올랐다. 눈을 허공에 두고 외면한 채 노인이 말했다. 힘이 밴 음성이었다.

"군왕이 무당을 불렀다. 혼백이라도 편안을 고하려 했다. 일찍이 신료를 위해 그런 장례가 없었다. 사십구일째 되는 날 다시 무당을 부를 것이다. 그날이 오면 너도 예를 올리거라. 찬모가 젯상을 마련해줄 것이다. 할 말이 있거든 그때 가서 고하거라."

계집아이가 낮게 흐느꼈다. 흐느낌엔 소리가 없었다. 매운 울음엔 소리가 들어 있지 않은 것 같았다. 아비의 죽음을 대할 때, 혹은 그 소식을 접할 때, 무릇 슬픔은 그래야지 싶었다.

그날, 무당은 한나절 동안 굿을 하고도 신명을 올리지 못해 애를 먹었다. 혼백을 불러오지 못한 무당을 보고 방원은 자신의 무능을 보는 것 같아 식은땀을 흘렸다. 신하들은 눈물을 흘리는 축과 무덤덤한 무리들로 나뉘었다. 신하들의 생각은 제각각인 것 같았다. 해가 머리 꼭대기에 올라설 무렵 무당이 죽은 명현서의 혼백이 무겁다고 말했다. 중천에 걸려 넘어가지도 넘어오지도 못한다고 말했다. 무당의 말을 곧이곧대로 들은 방원은 어떻게 해야 되느냐고 무당에게 물었다. 무당은 홀로 남겨둔 혈육을 짚어냈다. 좌명공신 박은은 어린 여식이 있다고 답했다. 자식은 한이 되는 것이라고 무당이 말했다. 방원은 명현서의 딸을 찾아오라고 명했다. 박은은 명현서 여식의 행방을 몰랐다. 방원은 짜증을 감추지 않았다. 따가운 햇살 아래 한나절이나 끌고 간 장례는 외람되고 무색했다.

장례가 끝나고 방원은 무당의 무능을 두고두고 곱씹었다. 신료들의 무심한 태도를 오래 꾸짖었다. 명현서의 넋이 편안할지 방원은 긴 날을 근심했다. 딸의 행방도 오래 염려해 마지않았다. 그 일이 명분을 옳게 세우는 것인지, 모호한 생각도 없진 않았다. 군주의 소관이 거기에 닿아 신료들 사이에 기강이 바로 서고 변방의 병사들의 사기가 솟으면 그것으로 족했다. 군주의 무능과 독단을 가지고 수군대는 신료들의 신하됨이 옳게 돌아간다면 그보다 더한 일도 할 수 있을 것 같았다. 방원은 창덕궁 인정전에 들어가 문을 닫아걸었다.

깊은 슬픔에는 소리가 없다는 것을 이제야 알아가는 모양이라고, 노인은 생각했다. 덧없이 늙어가는 것도 알게 되는 것 같아 슬그머니 뒤를 돌아봤다. 눈에 보이는 것도 있었고 보이지 않는 것도 있었다. 그제야 자신의 생애를 통틀어 지나간 날이 앞날보다 많은 것에 한숨지었다. 노인이 짐짓 상심한 얼굴로 일렀다.

"마음이 좋질 않구나. 너는 울 때 소리가 없는 아이냐?"

"그렇지 않습니다. 하지만 제 아비가 어디에 계신지는 알아야 할 것이라 생각 들었습니다."

"지극하다. 너는 지극하면서도 영민한 아이다."

다실 창 너머 새 울음소리가 곧았다. 새들의 재재거림이 산에서 맑게 들렸다. 순한 바람이 울음 사이를 옮겨 다니며 불어갔다. 산은 새 울음을 보듬는 어미의 품속 같았다.

계집아이가 노인을 올려봤다. 아이의 눈이 저리 깊어도 되는
것인가, 노인이 자문했다. 그런 것만 아닐 것이라고, 자답할 때
계집아이가 물었다.

"할아버지는 누구신지요?"

"할아버지?"

노인의 입가에 슬그머니 웃음이 피어올랐다. 가소롭고 맹랑
하게 들려왔다. 노인의 웃음은 금세 지워졌다.

"스승이라 불러라. 그리할 수 있겠느냐?"

"스승……."

계집아이 어깨 너머로 노을은 번져왔다. 산에서 더운 열기가
뿜어 나왔다. 산야의 여름은 대기에 스민 습도에서 그 시작을 알
렸다. 여름은 산맥과 산맥 사이 들판을 가로질러 꼭두서니 빛으
로 밀려왔다.

노인이 고요한 눈빛으로 물었다.

"어미는 어디에 있느냐?"

"몇 해 전 헛간 일을 하다가 쇳조각에 찔려 파상풍을 오래 앓
았습니다."

"세상 천지에 의지할 언덕이라곤 너뿐이더냐?"

"그러합니다."

초여름 노을이 산등성을 따라 떠갈 때, 새들은 서쪽으로 날아
갔다. 저녁이 오는 색채가 산에서 곱고 부드러웠다. 능선은 붉은
물을 뒤집어쓰고는 비탈을 감추었다. 산들이 노을 속으로 흘러

갔다.

노인의 음색이 따스하게 들렸다.

"너의 성씨는 어디에서 왔느냐?"

"별에서 왔습니다."

"별? 허면 명왕성을 말하는 것이냐?"

계집아이가 고개를 끄덕였다.

"씨가 밝구나. 모두에게 외경과 신비를 주는 별이다."

계집아이가 노인을 올려봤다. 눈에서 조용한 색채가 떠올랐는데, 수맥이 순하고 떡잎이 고른 나뭇잎 같았다.

노인이 어두운 얼굴로 덧붙였다.

"너는 깊거나 혹은 얕은 네 가슴에 새기거라. 나의 성씨는 스물여덟 수(宿) 별자리 가운데 스물일곱 번째 남쪽에 떠 있는 익성(翼星)에서 빌려 왔다. 한 번의 날갯짓으로 하늘을 가르고 우주로 날아올라 그 계통을 알린다."

"어렵습니다. 하지만 그렇게 알 것입니다."

"똑똑하고 야무지다. 너는 말 한 마디에 그것을 알아듣고 가슴에다 새기느냐?"

"그렇지 않습니다."

젖은 종잇장 같던 계집아이의 표정이 밝아졌다. 양 뺨에 볼우물이 피어올랐다가 사라지는 것을 노인은 놓치지 않았다.

"또 너는 새기거라. 나는 궁에 몸을 담은 적이 있다. 지금은 개경 저잣간 화랑에 몸을 담고 있다. 한때 궁 안의 회화를 관장했다. 궁에서 볕을 쬘 적에 그늘에 가려 무시당한 적도 있었다. 중요한 것은 왕궁이 아니라 그림이다. 네 가슴에 피울 꽃이 있다면 그림을 그리거라."

"그림……."

계집아이는 말을 잇지 못했다. 물끄러미 노인을 올려봤다. 계집아이의 눈 속에 노루가 뛰었고, 노인의 눈에서 사슴이 뛰었다.

노인이 크흠, 기침 끝에 말했다.

"작년 가을이었을 것이다. 네 아비는 횃불을 밝힐 나무를 다듬었고, 너는 네 아비를 화선지에다 옮겨놓고 있었다. 행복해 보였다. 그때 그림을 대하는 너를 눈여겨보았다. 네 아비가 못다 이룬 꿈이 있다면 너라도 이루어야 되지 않겠느냐?"

계집아이의 눈에서 잔 빛이 새어나왔다. 빛은 금세 꺼졌으나 순도가 높고 고와 보였다.

"가슴 깊이 새기겠습니다."

열두 살 아이의 대꾸가 순하고 어여쁘게 들렸다. 양 볼이 불그스름하게 물들면 그것 또한 어여쁘게 보였으나, 총기를 읽을 때 계집아이의 눈빛은 어렵고 깊어 보였다.

창 너머 산마루마다 붉은 하늘이 낮게 내려와 떠갔다. 산과 산 사이 바람이 순하게 지나갔다. 바람은 계집아이의 흐느낌처럼 소리가 없었다. 소리가 없던 아이의 울음을 생각하자 마음이 좋지 않았다.

노인이 말을 이었다.

"무위도식하며 지낼 생각은 말거라."

"그리할 것입니다."

계집아이는 슬픔을 견디는 것이 아니라 심중에 뜬 배를 저어 건너가는 모양이었다. 마음을 고요히 눕히고는, 저 아득한 심연에서 끓어오르는 슬픔까지 삭이는 듯했다. 계집아이는 산장에 온 뒤 처음으로 따스한 빛을 보고 있었다. 빛은 가까이 있었다.

산중의 저녁은 급작스럽고 가쁘게 몰려왔다. 저마다 고유한 색을 덜어내고 노을을 받아들였다. 산마루에 번진 금빛이 부드럽고 고왔다. 빛은 소리가 없었다. 빛나지 않는 것들도 샛노랗게 눈부셨다. 계집아이의 눈에 세상은 단 한 번 본 적 없는 금빛 설국이었다.

"건너가거라. 부를 때까지 오래 쉬거라."

붓과 칼

보름 후 노인은 산장에 나타났다. 아이에게 적당한 크기의 화방을 꾸며주었다. 붓은 아이에게 익숙했다. 그림은 아이에게 편안하고 쉬웠다. 아직 투박한 질그릇에 지나지 않았어도, 노인은 그림을 담게 될 아이의 그릇이 마음에 들었다. 언제 깨어질지 모르는 그것은, 잘만 다듬어주면 웬만한 그릇으로 새로이 태어날 것이라고, 노인은 생각했다. 노인의 확신은, 다만 앞으로 전개될 시간과 노력이 문제였다.

계집아이는 마음을 추슬렀다. 노인은 따로 마음의 준비를 지시하지 않았다. 사기진작은 마음에서 오는 것. 마음의 준비는 언어에서가 아니라, 그야말로 마음에서 오는 것이었다. 그것은 아이가 알아서 할 일이라고, 노인은 생각했다.

붓의 세계는 깊고 넓은 구멍 같았다. 노인이 붓을 들고 그 용도와 쓰임을 말하면, 아이는 눈과 머리와 손에 새겼다. 색상의 체계를 말하면, 색을 섞고 배합하는 원리를 깨치는 아이의 모습은 순조로워 보였다. 색은 농도에 따라 달라져 머리에 새겨둘 것이 많았다. 색에는 각각의 성질이 녹아 있어 그 속성을 알아내는 데 혼신을 실어야 했다. 색감은 머리로 외워지지 않았으나, 붓을 쥐고 읽힐 때 아이의 감성으로 왔다.

붓은 굵고 가늚에 따라 그 형상이 멀어지다가 가까워졌다. 물이 많고 적음에 따라 색의 농도가 달라졌다. 화선지 두께에 따라 붓 자국이 깊고 얕아지는 감각은 저절로 왔다. 회화는 머릿속에 생성되는 것이 아니라, 오감을 통해 몸에 사무치도록 하는 것. 아이는 색감을 낯설어하지 않았다.

회화의 길은 멀고 아득해 보였다. 끝이 없어서 그러한 것 같았다. 끝이 있어도 볼 수 없어서 그러한 것 같기도 했다. 회화의 세계는 깊고 새로웠다. 풍부하고 다양했다. 쉽고도 어려웠다. 멀고도 가까웠다. 만질 수 없으나 어떤 것은 만질 수 있었다. 새로운 시각으로 세상을 바라보고, 그것을 새로운 생각 위에 각성하는 일은 어렵고 무궁해 보였다. 노인이 알려주면 아이는 고개를 끄덕였고, 노인이 물으면 분명한 목소리로 답했다.

간간이 인문학과 궁중수양을 병행했다. 다례 수양은 엄격했다. 그 자체가 단아한 여인의 훈육이었다. 천문(天文)을 깨치면서 아이는 별과 별 사이 시공을 헤아렸다. 별을 헤아리면 우주의 개념이 머릿속에 그려졌다. 별의 운행에 집중하면 계집아이의 눈

은 더 맑고 깊어졌다. 달의 공전에 따라 바다가 멀어지고 가까워
지는 천문의 이치는 별바라기에서 왔다. 모든 별은 해를 중심으
로 도는 것이 아니라, 별에 따라 도는 각도와 습성이 달랐다. 지
난날 아비로부터 전수받은 천변(天變)의 생태가 아이의 머릿속
에 깔려 있었다.

엄한 훈육이 날마다 계속되었다. 저녁때 아이는 다시 붓을 들
어 달과 마주했다. 달은 세상을 비추면서 많은 것을 그려내도록
했다. 달빛이 그려낸 세상을 계집아이는 허공에 그렸다. 달빛이
요요한 밤에 아이의 그림은 한없이 맑아져, 허공에 그려 넣는 세
상마저 모두로부터 사라지는 것 같았다. 달이 없는 삭망에 계집
아이는 별과 마주했다. 별이 사라진 밤에 아이는 처마 아래 앉아
빗줄기를 바라봤다.

모든 사물은 저마다 고유한 색과 선과 면에서 시작되는 것,
사물의 시작을 계집아이는 시선과 손끝으로 알아갔다. 색과 선
과 면이 합쳐지면 입체의 질감이 형상화되는 것, 계집아이는 생
각을 한곳으로 모았다. 시작과 끝을 보는 시각이야말로 화가가
갖추어야 할 덕목이라는 노인의 말은, 아이의 머릿속에 곧고 견
고한 결이 되고 있었다.

하루는 빨라 흔적 없이 지나갔다. 해가 지나면서 붓과 화선지
는 아이의 몸에 맞게 익어갔다. 붓과 자신이 하나가 되기 위해서
는 그중 하나를 버려야 하는데, 그 일은 생각만큼 쉽지 않았다.
붓을 취하고 자신을 버림으로써 붓과 하나가 되어가기를 소망

했으나, 소망은 소망일 뿐이었다. 아이는 한없이 작아지던 날을 버리고 큰 것을 응시했다. 붓과 색은 계집아이의 생에 새로운 세계였다.

언제부턴가 계집아이는 붓보다 칼을 쥐고 싶은 마음이 간절했다. 칼은 아이에게 기다림과 같았다. 칼의 본성을 계집아이는 쉽게 떨치지 못했다. 붓과 칼은 하나가 될 수 없으나, 계집아이는 하나로 합치고 싶어 했다. 붓과 칼은 아이에게 한없이 단순해 보였다. 그로 인해 붓과 칼은 더 깊고 어려워지는 것 같았다. 붓은 노인이 바라보는 손끝에서 늘 떠나지 않았다. 노인이 볼 수 없는 곳에서 아이는 칼을 잡았다. 쇠칼을 쥐는 대신 나무칼을 쥐었다. 조악한 목검에 숨은 살기를 불어넣으면 칼의 총기는 갈수록 단단해졌다.

목검에서 뛰어오르는 칼의 본성이 노인은 놀라웠다. 아이를 단속할 수 없다는 것을 알았다. 오랜 날 나무칼을 흘려보내고서야 아이를 앞에 앉혀놓고 물었다.

"너는 칼이 좋으냐?"

"그러합니다."

"어째서 그러한 것이냐?"

"칼과 하나가 되고 싶습니다."

식상한 아이의 말을 건성으로 흘려보낼 수 없었다. 혼을 신고 칼을 휘두르면 칼끝으로 나무들이 집중하는 것 같았다. 바람이 숨을 죽이는 것 같았다. 시간이 멈추는 것 같았다. 붓보다 나무칼을 만지는 날이 많아진 것을 안 노인은 한숨짓지 않고 조용히 대안을 모색했다.

"붓 하나만 너와 하나가 될 수 없느냐?"

"……."

아이는 답하지 않았다. 노인은 늦도록 붓과 칼을 생각했다. 붓은 사유의 맨 끝에 이르는 고뇌의 정점이라고. 칼은 사유의 끝이 아니라 사유의 시작에서 오는 본능일 뿐이라고. 해가 뜰 무렵 노인이 생각을 다잡았다.

이른 아침 찬모를 저잣간으로 내려보낸 뒤 노인이 한숨 쉬었다. 정오 무렵 찬모가 대장장이를 불러왔다. 산장에 있는 녹슨 쇠들을 모아 대장장이에게 녹이도록 일렀다. 대장장이가 알았다고 대답했다. 보름 뒤 대장장이가 흰 갑보에 칼을 싸서 가져왔다. 대장장이의 칼은 고요하면서도 단단해 보였다. 칼은 쇠의 끈기와 장인의 인내로 단련되어 있었다. 제련 때 생긴 소용돌이무늬가 칼날에 집중되어 있었다. 칼 속에서 파란 치어들이 날 끝을 갉아먹느라 빛을 튕겨냈다.

노인이 크흠, 기침을 했다. 칼을 들고 한동안 말이 없었다. 노인이 손잡이와 칼끝을 쥐고서 바위에 내리쳤다. 칼은 생각보다 쉽게 부러졌다. 부러진 칼을 바라본 계집아이의 얼굴에 안타까움이 역력했다. 노인은 아이의 표정을 놓치지 않았다.

아이는 노인이 보이지 않는 곳에서 다시 나무칼을 들었다. 붓과 칼이 하나가 될 수 있는 조건은 아이에게 있을 것인데, 아이의 간절한 바람을 노인은 더 이상 의심하지 않았다. 붓은 저 가는 데로 가는 것, 칼은 저 홀로 갈 수 없는 것. 때문에 그것들은 하나가 될 수 있는 것이라고, 노인은 생각했다. 그것들은 아이에게서 따로 떼어놓을 수 없는 그 무엇이었다.

'이 아이는 그림이 생의 전부가 아니야. 허나 칼은……'

다시 대장장이를 불러들인 노인이 금붙이를 쥐어주며 신명이 오를 때 칼을 만들 것을 당부했다. 한 달 만에 대장장이가 붉은 갑보에 칼을 싸서 가져왔다. 칼을 받아 든 노인이 계집아이를 불렀다. 아이를 앞에 앉혀 두고 노인은 오래 말이 없었다. 아이는 칼에서 눈을 떼지 않았다. 노인이 칼을 집어 들었다. 날에서 퍼런 물고기가 뛰었다. 칼날은 가볍고 단단해 보였다. 칼끝에서 고른 빛이 새어 나왔고, 날 속에 무지개가 보였다. 노인이 날을 손바닥에 대었다. 손바닥 위로 일자의 피가 솟았다. 아이가 눈을 찔끔 감았다가 떴다.

노인이 어두운 눈으로 말했다.

"붓과 칼, 그 끝이 왜 날카로운지 아느냐?"

"알 것도 같고 모를 것도 같습니다."

"끝이 날카롭지 않고서는 그 어디에서도 치명적인 아름다움이 베어 나오지 않는다. 붓의 형상과 칼의 형상이 결코 다르지 않은 것도 그 때문이다. 아느냐?"

"그렇게 알 것입니다."

아이가 칼끝을 바라보며 조용히 대꾸했다. 노인이 다시 낮은 목소리로 덧붙였다.

"칼의 속성은 닿는 즉시 베이는 데 있고 베어지는 데 있다. 베이는 것은 나로 말미암은 것이고, 베어지는 것은 남의 의지에서 온다. 너의 남은 무수하다. 내가 될 수도 있고 군왕도 될 수 있다. 허나 너는 알 것이다. 무수한 너의 남 앞에, 네 아비의 사지가 베어진 것을…… 너는 남을 벨 수 있겠느냐?"

계집아이는 대꾸하지 않았다. 말하지 않아도 노인의 말을 알아듣는 것 같았다.

"베임과 베어짐은 다르지 않다. 하지만 어느 한 쪽을 선택해야 한다면 너는 베이는 것과 베어지는 것 중에서 어느 쪽을 선택하려느냐?"

계집아이의 눈빛이 흔들렸다. 베임과 베어짐의 차이를 식별하는 일은 아무래도 어려워 보였다. 노인은 베임과 베어짐을 구분함으로써 아이에게 칼을 어렵게 만드는 것 같았다. 칼은 단순하고 집요하며 집중하는 것인데, 그것을 흩어지게 함으로써 노인은 칼을 복잡하게 만드는 것 같았다. 칼은 실제의 것임에도 칼의 헛것을 부추기고 허위를 돌아보게 함으로써 칼을 무화시키는 것 같았다. 칼은 겨눈 곳과 겨누어 오는 곳의 피아를 식별해야 하는 것인데, 노인은 칼이 겨눈 피아를 흐려놓고 있었다. 그랬어도 아이는 칼을 단순하게 받아들이는 것 같았다.

계집아이가 짧게 대꾸했다.

"칼을 익힘으로써 베임과 베어짐을 알게 될 것입니다."

그 이상 답을 바라는 것은 무리라고, 노인은 생각했다. 이 아이에게 칼의 무화는 아무 의미가 없다고, 노인은 판단했다. 시간이 지날수록 칼에서 멀어지기보다 가까워질 것을 짐작하는 일은 너무도 자명하고 쉬웠다. 쉬운 일을 어렵게 돌아가는 것이야말로 모순을 모순으로 대처하는 것이라고, 노인은 느슨하게 뻗어나간 생각의 줄기를 잘라냈다.

아이에게 칼을 건네며 노인이 굵은 목소리로 말했다.

"너는 알아라. 너에게 칼을 주는 것은 칼 하나로 너의 생을 결정하라는 게 아니라, 너의 아집을 꺾기 위해서다. 붓과 칼은 서로 상극이며 합쳐지지 않는다. 그것만 보완하면 붓과 칼은 너의 생각을 깊게도 할 것이다."

"그렇게 알겠습니다. 스승님."

명무가 고개 숙였다. 노인이 덧붙였다.

"붓과 칼은 휘두를 때가 가장 아름다운 것. 붓은 지나간 뒤 아름다움을 낳는다. 칼은 휘두른 뒤 치명적인 단면만 남는다. 잘린 단면은 돌이킬 수 없다. 하나가 되기 위해서는 하나를 버릴 줄 알아야 한다. 무엇을 선택할지는 붓과 칼, 그 아득한 지평선 끝에 가서 정할 일이다."

"처음부터 다시 가슴에다 새길 것입니다."

칼을 받아 쥔 아이가 고개 숙였다. 노인이 산장 안으로 들어갔다. 서산마루 너머로 해가 뉘엿이 저물어갔다. 붉은 물결 속에 새들이 곧은 울음을 흘렸다. 새들은 하늘에다 허상의 무늬를 남기곤 서편으로 날아갔다. 칼끝에 모여든 빛의 치어들이 날의 수평선을 향해 헤엄쳐 갔다.

6년 뒤.

아이는 언제부턴가 여인의 몸에 가까웠다. 달마다 기별이 왔고, 혈은 붉고 선명했다. 살결은 단단했다. 눈빛은 고요하면서 침착했다. 붓과 칼의 복잡함 속에서 단순함을 찾아내지 못했어도, 말없이 생의 자락에 얹을 줄 알았다.

돌아보면 선명하고 또렷했다. 총기를 잃지 않기 위해 매시간 혼신을 가다듬었다. 실수가 많아 꾸지람이 잦았다. 엄한 훈육과 격려가 따사롭던 나날이었다. 까마득히 먼 시간들이 흔적을 지우고 생각 속에 남아 있었다.

늦가을 볕이 아이의 어깨에 내려앉았다. 볕은 빛이 되어 뛰어올랐다. 멀리에서 겨울은 예감됐다. 겨울은 남대천 계곡을 따라 하류로 밀려 내려갔다. 산맥 저 안쪽에서 젖은 안개가 피어오를 때, 연어들의 산란은 종잡을 수 없었다. 산란을 마친 연어들은 붉은 등짝을 보이며 대개 죽어갔다. 죽은 연어들은 산에서 내려온 짐승들의 포식감이 되었다. 어린 짐승은 죽지 않은 연어의 눈알만 파먹었다. 연어들이 죽은 뒤 산은 날마다 우렁우렁한 소리로 울었다.

가야의 선율

아침나절 가야금 소리가 들렸다. 소리의 허상이 전각 모서리를 스칠 때, 방원은 늙은 기녀의 눈과 굳은 손마디를 생각했다.

……금(琴)을 켜면 옛 가야의 바다를 저어가게 됩니다. 그곳은 긴 수염이 자란 고래가 노니며, 높은 파랑이 숲을 이루옵니다. 그곳은…….

늙은 기녀의 중얼거림 속에 가야의 소리와 조선의 소리는 선율 하나로 천년을 잇는 듯이 보였다. 바람이 서촌 기슭을 향할 때, 가야금 소리가 맑게 들려왔다. 아침나절 광화문 밖에서 소쩍새가 울었다.

방원은 편전에 앉아 속 모를 고요를 견디었다. 미시에 하륜,

신극례, 민무질이 편전으로 들어섰다. 아침나절 대신들과 집회가 무난할지 알 수 없었다.

방원이 물었다.

"명나라 사신들은 모두 돌아갔는가?"

제.

하륜의 대답은 짧고 간략했다. 짧은 대답 속에 긴 사연과 말이 들어 있어도 하륜은 늘 속을 삼키고 말했다.

사신들이 조선 천지에 갓 돋아난 숫처녀를 원했다고, 나라와 나라의 화친보다 술과 기녀와 풍악을 원했다고, 수염 없는 내시부 상선의 말은 독버섯을 씹는 기분이었다.

방원이 한숨 쉬었다.

"조공으로 무엇을 딸려 보냈는가?"

"마른 칡뿌리를 내린 탕액과 석상오동으로 만든 가야금을 보냈습니다."

"조선 팔도에 흔한 게 칡덩쿨인데, 그것으로 사신들이 흡족해하던가?"

"조선엔 흔해도 국경 너머에선 보약 중에 보약이라 하옵니다."

하륜의 말을 신극례가 받았다.

"그랬어도 사신들의 욕정은 칡뿌리 하나로 해결되지 않았사옵니다. 수시로 아녀자를 갈아치워야 했고, 시시때때 만찬을 올려야 했사옵니다."

신극례의 감정은 무난할 때도 있었고 도가 지나칠 때가 있었다. 어느 것이든 틀리지 않다는 것을 방원은 알았다. 명나라 사신들에 관한 신극례의 감정은 어디까지 이어질지 알 수 없었다.

"그러고도 남았을 테지. 그래, 가야금은 마음에 들어 하던가?"

"바위 위에서 천년을 견딘 오동을 파내 만든 가야금이옵니다. 청아한 가야의 선율을 담아 보내었사옵니다."

민무질의 말은 들끓는 사신들의 욕정보다 깨끗하게 들렸다. 젊은 처녀와 우량의 말과 종이와 벼루와 붓을 원했을 사신들의 포부가 가야의 선율 하나로 무마되면 다행이었다. 명나라는 조공의 의무를 사직에 바라 마지않음으로써 세상의 중심이 되기를 원했으나, 그럴 수 없다는 것을 방원은 알았다. 조선의 중심은 결국 조선이므로, 그 일은 나라와 나라가 일으키는 동맹과 화친의 명분이기도 했다.

방원의 어깨에 곱싸박음질 된 용들이 꿈틀댔다.

"가야의 선율이라, 가야의 선율이 곧 조선의 선율이지 않은가?"

"그러하옵니다. 무너진 가야 땅에서 나온 선율이 천년을 견딜 것이옵니다."

민무질이 대꾸했다. 방원이 침을 삼키며 말했다.

"아깝다. 우륵은 어찌 가야의 금을 들고 신라로 망명하였다던가? 백제로 갔더라면……."

"신라든 백제든, 어디로든 가져가는 게 살 길이었을 것이옵니다."

하륜의 목에서 우륵의 살 길이 보였다. 죽은 뒤 저승길은 보이지 않았다. 가야의 금을 들고 우륵은 천지간 어느 길로 향했을지 짐작되지 않았으나, 하륜의 말 속에 우륵은 정처 없이 떠도는 혼백으로 비쳐들었다.

우륵의 길은 결국 우륵의 걸음에 있었을 것이고, 그 걸음은 누군가 재촉할 순 없었을 것이다. 가야를 두고 신라로 망명한 우륵의 길을 비겁의 길이라고, 방원은 생각하지 않았다. 반역의 길이라고도 생각하지 않았다. 우륵은 풀 수 없는 숙제를 던져놓고 난세에 잠들어 있었다. 미지의 악사는 여전히 조선의 선율 속에 살아 있었다. 이것을 가야의 선율이라 말해야 할지 조선의 선율이라 말해야 할지, 방원은 알 수 없었다.

신극례는 우륵의 선율을 끌어당겨 조선 선율을 매듭짓고 있었다.

"사관들이 우륵의 행보를 채록하고 있사옵니다. 밝은 날 물으시면 우륵의 길을 알 수 있을 듯하옵니다. 머지않아 우륵의 선율이 조선 선율로 승정원에 기록될 것이옵니다."

"그래. 가야의 선율은 결국 조선의 선율이며, 조선의 유산이다. 명나라 사신들이 가야금을 자기 것이라고 우길 수 없도록 못을 박아야 한다."

방원은 생각했다. 신료들 모두가 충을 고할 수 없다는 것을. 불충을 고하다 죽어가는 것도 충이라는 것을. 조선의 밑그림을 누구에게 맡겨야 할지. 명현서만이 방원의 머릿속에 떠올랐다.

'명현서를 살려두었다면……'

방원은 속으로 읊조렸다. 무엇도 들려오지 않았다.

가야금 소리가 기척 없이 멎었다.

방원은 어둑한 바다 가운데 서 있는 기분이 들었다. 신극례에게 물었다.

"여전히 민심은 소란한가?

"봄처럼 풍요롭던 고려의 근성이 늦가을에 이르러 몹시 지친 듯하옵니다."

"아직도 고려 떨거지들이 도성 곳곳에 남아 있다고 들었다."

"어찌할 수 없는 자들이옵니다. 놔두면 저절로 조선 안으로 들어올 자들이옵니다."

하륜은 고려유민을 입으로 당겨오고 있었다. 하륜은 신극례와 다른 것 같았다. 가야의 선율을 조선의 선율로 일으키려는 신극례의 뜻과 고려유민을 조선의 품으로 끌어당기려는 하륜의 생각이 어떻게 다른지, 방원은 알 수 있었다.

편전 밖을 바라볼 때, 세상은 희고 또 희었다. 뚜렷한 하양 속에 먹빛으로 걸어오는 명현서가 보였다.

……고려유민들을 어여삐 여기시어 전하의 아량 아래 두소서. 때가 되면 요긴할 것이옵니다. 그들을 더 이상 적으로 여기지 마옵소서.

명현서는 흰 세상을 버리고 어찌 먹빛을 택했는지, 어찌 먹빛으로 흰 세상을 가리고자 하였는지 알 수 없었다.

방원이 한숨 끝에 말했다.

"도화서 뜰에서 죽어간 명현서도 그런 말을 했다."

"죽은 자의 말이옵니다. 담아 두지 마소서."

민무질의 입에서 술찌끼가 밀려왔다. 밤새 얼마나 마셨는지 단내가 코를 찔렀다.

"어쨌거나 하지 개국일에는 백성들에게 많이 베풀도록 하라. 거두기만 하지 말고, 가진 자들은 조금씩 나누도록 하라."

"그럴 것이옵니다. 하오나, 전하."

하륜이 방원의 말을 받았다. 하륜의 목소리는 방원의 호기심을 끌기에 충분했다. 방원은 묻지 않고 기다렸다. 하륜은 뜸들이지 않고 아뢰었다.

"내년 하지에 맞춰 전하의 초상을 모심이 어떠하실지……."

"내게 묻는 것인가?"

"지난 추분에 당상들이 내놓은 제안이옵니다."

신극례의 표정은 예나 지금이나 달라진 게 없었다. 회군하여 혁명을 일으킬 때 활약은 미진했어도 조선의 뼈마디를 맞추는 일에 누구보다 능동적이었다. 신극례는 조선을 지탱하는 본보기로 옳았다. 신극례는 늘 눈빛 하나로 방원의 마음을 조율하거나 신중한 말투로 방원의 심중을 헤아렸다.

방원이 물었다.

"나 죽은 뒤 향 피울 때 쓸 영정을 말하는 것인가?"

"단순한 영정이 아니오라, 군왕의 전신을 기록할 왕의 초상, 즉 어진(御眞)을 말하옵니다."

하륜은 군왕의 초상이 의미하는 바 무엇에 닿아 있는지 아는 것 같았다. 알았어도 방원의 표정을 살피는 일 또한 게으르지 않은 것 같았다.

"왕의 초상, 어진이라……."

"전하의 화상(畵像)이옵고, 조선의 어진이옵니다."

민무질이 하륜의 말을 거들고 나섰다. 술 냄새가 다시 탁자 위로 번져갔다.

"신의 생각도 같사옵니다. 여러 대신들도 알다시피 전하의 초상을 모실 때가 되었사옵니다."

방원이 눈살을 찌푸렸다. 처남의 술 냄새 때문만은 아닌 것 같았다. 어진 하나로 분분히 끓어오를 성리학의 이념과 왕실의 법도를 생각하면 벌써부터 골치가 아파왔다. 당상들과 논하면 순조로울 것인지, 알 수 없는 상황에 민무질의 술찌끼는 몹시 어수선했다.

고려유민이 남아 있는 한 어진이 조선의 왕을 추앙하는 전범(典範)이 될지, 조선의 이념을 버무리는 당쟁의 근본이 될지 알 수 없었다. 보이지 않는 근본을 세울 때, 신중해야 하고 성급히 윤허하여서는 안 될 것이라고, 방원은 생각했다.

신극례가 목소리를 낮추었다. 하륜, 민무질이 신극례를 바라봤다.

"그렇긴 하오만, 종친들께선 어찌 생각할지 아직 모르지 않습니까?"

민무질이 신극례의 말을 받았다.

"종친들께서도 이미 생각에 담아두고 있습니다. 다만 때를 언제로 정해야 할지 모색 중이었습니다."

민무질은 덧붙였다.

"전하, 종친부는 어진 제작에 만반의 준비를 갖추고 있사옵니다."

"너무 서두르는 건 아닌가?"

하륜이 말을 보태었다.

"아니옵니다. 막중한 나랏일은 때가 있으며, 그렇다는 것은 개국일에 맞추어 크나큰 경사가 될 것이옵니다."

방원은 대꾸하지 않았다. 울대가 한 주먹이나 치밀어 올랐다가 떨어졌다.

당상들의 말을 전적으로 신뢰할 수 없는 이유를 합치면 백 가지가 넘었다. 그렇다 처도 군왕을 사이에 두고 뜻과 생각들이 합쳐지니 모처럼 기분은 좋았다. 방원은 내색하지 않고 당상들을 둘러봤다. 당상들의 표정은 한가지인 것 같았다.

'조선의 밑그림은……'

방원은 속으로 읊조렸다.

어진부터 생각하는 게 옳은 일인지 알 수 없었다. 그게 옳다 쳐도 다음엔, 그다음엔 무엇이 올지 알 수 없어 답답했다. 아무래도 조선의 밑그림은 미루지 않아야 할 것 같았다.

방원이 말했다.

"좌의정의 뜻이 크고 깊다. 과인도 대신들의 생각과 다르지 않다."

하륜이 방원의 말을 받았다. 하륜의 눈은 갓 잡아 올린 물고기 눈 같았다.

"허면, 날이 밝는 대로 종친들과 논하겠나이다. 도화서 제조에게 알려 어진 제작을 준비하라 이르겠나이다."

"신은 승정원에 알려 어진도감을 정비하라 하겠나이다."

민무질은 누구보다 어진 제작에 적극적인 태도를 보였다. 신극례가 말을 보태었다. 생각할 수 없던 말이었다.

"외방에도 알려 이름 있는 화가들을 불러 모아 경연을 치르는 게 어떠하신지……."

전례가 없던 일이었다. 방원이 고개를 끄덕였어도 단번에 그 맥을 짚어내지는 못했다. 단순히 왕실에서 주관하는 어진이 아니라, 국가적 경연을 펼치는 어진 제작은 생각할 수 없던 터였다. 하륜, 신극례, 민무질은 왕의 초상 하나에 삶을 거는 듯이 보였다.

하륜이 말했다.

"경연이 어진을 괄목하게 할 것이고, 전하의 초상을 눈부시게 할 것입니다."

방원이 고개를 끄덕였다. 이것으로 고려유민들의 저항을 조금이라도 잠재울 수 있으면 다행이었다. 조선의 기강은 들끓는 극좌를 멸족시키고, 한 덩어리 극우를 몰아내는 데 있었다. 극좌와 극우, 이 모두를 쓸어내는 게 급선무였다. 이 모두 조선의 미래를 위함이었다. 국본(國本)의 자격을 놓고 당상들이 오래 근심하였어도 답을 내릴 수 없었다. 양녕이 될지, 효령이 될지, 충녕이 될지, 세자 책봉은 시급하고 중요한 일이었음에도 누구를 국본으로 세워야 할지 모두는 주저하고 망설일 뿐이었다.

방원은 명나라와 여진과 일본 사이에 놓인 조선의 운명을 생각했다. 나라 대 나라의 전쟁이 조선을 이끌어갈 원동력이 될지 알 수 없었다. 변방의 국지전은 끝없는 소모였다. 여진과 전쟁은 개국을 준비하던 태조 때부터 있었다. 한강 나루에서 한차례 훈련을 감행한 차에, 이름 없는 병사들이 죽어가는 순간순간이 방원에겐 지울 수 없는 고뇌였다. 고려 왕족과 내통한 반역자들이 눈앞에 어른거렸으나 어찌할 수 없었다. 명나라 첩자와 접선하는 자들도 목전에 드러났으나 버려둘 수밖에 없었다. 보이지 않는 적은 먼 곳이든 가까운 곳이든 늘 그곳에 있었다. 눈앞의 적과 먼 곳의 적은 다르지 않았다. 결국 조선의 운명은 왕의 초상이 아니라 국본에 있었다. 무엇을 생각하든 당상들이 신중을 기해주면 다행이지 싶었다.

하륜이 말을 맺었다.

"전하, 어진만큼은 마음으로 받아들이소서."

방원이 눈을 들어 밖을 바라봤다. 기척 없이 궁중악이 들려왔다. 악은 자리를 구분하지 않고 스며들고 있었다. 악은 너른 시공을 던져 소리가 없던 곳으로 건너갔다. 편전 안으로 들어온 햇볕 한 줌이 눈에 부셨다.

조선은 겨울을 인내하고 있었다.

별의 노래

눈을 감으면 아비의 얼굴이 떠올랐다. 파상풍으로 죽어간 어미의 얼굴은 가물거렸다. 며칠 사이 능선은 눈으로 덮였다. 산맥을 타고 넘어온 겨울은 산맥과 산맥을 가로질러 흰빛으로 몰려왔다. 눈 덮인 능선마다 흰빛이 겹치고 겹치면서 산들은 더 환해지는 것 같았다. 남대천 기슭에서 얼음을 뚫고 흐르는 개울물 소리가 들려왔다.

먼 산을 바라보며 노인이 물었다.

"무엇을 생각하느냐?"

"별입니다."

"흔한 게 별이 아니더냐?"

"별은 처음 하나였고, 하나에서 떨어져 나온 별이 무리를 이루어 별이 되었습니다. 수많은 별들이 머리 위에서 빛을 내고 있으나, 저 별들은 수백, 수천 년을 걸어가야 닿을 수 있는 우주 저편 명멸의 잔상일 뿐입니다."

우주의 전개는 노인의 눈에 막막해 보였다. 우주는 한 줌 머릿속에 모아질 수 없는 것임에도, 저 아이는 외계의 별 속에 생의 조화를 찾아내는 모양이라고, 노인은 생각했다.

"하늘에 떠 있는 별이 내겐 너무 멀고 아득하다. 너는 별이 가볍고 가깝게 보이느냐?"

"별은 말로 다 표현할 수 없습니다."

"허면, 해는 누구를 위해 존재하느냐?"

무엇에 닿기 위한 물음인 것인데, 노인의 물음은 손에 쥐어지지 않았다. 오래 생각에 머금다가 명무가 답했다.

"해는 모두에게 평등합니다. 아이들의 성장과 아녀자의 다산을 위해 뜹니다. 농작물의 풍작과 짐승들의 우량을 위해 기웁니다. 모든 자연을 위해 뜨고 기우는 그것이 해입니다."

노인의 표정이 굳어졌다. 명무의 말이 아무래도 탐탁지 않은 모양이었다.

"모든 별들은 지상의 제왕을 위해 돌고 기운다. 그것을 모르느냐?"

명무가 눈을 들어 깨알같이 떠 있는 것들을 바라봤다. 그것들은 일제히 꿈결 같았다.

"별들이 땅의 제왕을 위해 돌고 기운다는 그것은 허구이며 천변을 거스르는 오류입니다. 별은 별일 뿐입니다. 별의 으뜸을 구분하는 것과 땅의 제왕을 세우는 일은 명백합니다."

"너는 두려움이 없느냐? 너는 죽음이 두렵지 않으냐?"

"그렇지 않습니다."

"너는 별을 바라보면서 날마다 죽음을 생각하느냐?"

"죽음을 미루며 불어가는 삶의 가벼운 면을 생각합니다."

"가벼운 삶, 무거운 죽음이 별 속에 정해져 있는 것이더냐?"

"삶과 죽음은 한 가지에서 나고 듭니다. 그것은 명멸의 별과 다르지 않습니다. 생멸의 비중이 무한한 것이 별이라고 배웠습니다."

고개를 들자 별들이 물속의 사금처럼 제자리에서 빛을 냈다. 노인이 물었다.

"너는 그처럼 먼 곳의 일을 눈앞에 보듯 말하느냐?"

"천문은 고구려에서 계승되었습니다. 고구려는 멸망하면서 돌에 새긴 천문도를 대동강 물에 빠뜨렸다고 했습니다. 조선의 천상열차분야지도(天象列次分野之圖)는 고구려의 천문도를 본으로 하여 만들어졌다고, 오래전 아비는 말했습니다."

물소리가 들려오면 세상 밖의 고요가 세상을 압박해왔다. 노인이 오래 생각에 잠긴 뒤 대꾸했다.

"별은 불꽃과 같다. 담징도 고구려의 불꽃을 일본에 심어주려 했다. 결국 네 이름자에 박혀든 별도 불꽃이며, 너의 자질도 불꽃이 될 것이다."

담징에 관한 노인의 생각은 어렵고 난해했다. 언젠가 담징의 불심은 권선과 징악의 사사로운 감정을 비워낸 자비 그 자체였다고, 그림과 자비는 본래 하나로 통하는 것이라고, 노인은 조용히 덧붙였다. 담징은 고구려의 별들을 아꼈으며, 살아가는 동안 밤마다 떠오른 별들만큼이나 그림을 소중히 여겼다고, 노인의 음성은 그때 젖어 있었다.

노인이 말을 이었다.

"그래서 네 이름자에 모과만 한 별이 자라는 것이겠지."

빛이 사라진 밤엔 별들이 세상을 관장했다. 그것들은 목(木), 화(火), 토(土), 금(金), 수(水) 오행과 함께 동서남북 스물여덟 별자리로 나뉘었다. 이 다섯 별이 변전(變轉)하여 만물을 일으키는 것이라는데, 별은 유심(唯心)에서도 왔고 유물(唯物)에서도 왔다. 별은 복을 빌고 운을 걸며 행을 나누는 매개였으니, 그것을 빌려 성씨로 삼는 씨족이 많았다.

멸망한 고려 왕족들은 왕(王)자에 획을 지우거나 더해 창씨했다. 본래 성씨를 덮고 이름자 앞에 붙이는 그것을 치욕으로 여겼다. 일부는 별 이름을 따 새로운 성씨로 삼기도 했다. 그것은 세상 앞에 사라지기 위한 게 아니라, 날마다 드러나기 위함이었다.

노인은 명무의 이름에 박혀든 별자리를 생각하면서 자신의 성씨에 해당하는 별자리를 떠올렸다. 노인의 별은 보편적이면서 과묵했다. 하늘을 관장하는 일월성신 가운데 신(辰)에 닿아 있는 스물여덟 별자리 가운데 스물일곱 번째 남쪽에 떠 있었다. 사람들은 익성이라 불렀다. 익성의 첫 글자를 딴 후예는 무겁고 호전적이었다. 구름 걷힌 밤, 노인의 별은 중천에 떠올라 씨족의 향수가 되곤 했다. 별은 날마다 해와 달의 가호 아래 조용히 떠 있었다.

사위가 깊고 적막했다. 별들이 하늘 빈자리에 둘러 앉아 반짝였다. 명무는 시선을 정하지 못한 채 먼 곳을 바라봤다. 목소리가 중성적으로 들렸다.

"우주에는 우리가 알지 못하는 수많은 비밀이 숨겨져 있습니다. 초신성 폭발은 수백 년이 지나서야 우리 눈에 보이는 곳에 와서 회오리친다고 합니다. 이때의 색채야말로 색채가 말하는 반열에 오른다 합니다."

천문에 관한 명무의 언어는 발상과 전개가 넓었다. 별에 관한 견문을 어려워하지 않았다. 정확히 표현할 줄도 알았다. 본래 이 아이의 언어가 그러한 것이라고, 어려움을 겪은 후 더 깊고 오묘해지는 것이라고, 노인은 생각했다. 노인이 고개를 끄덕이며 말했다.

"허면, 한 가지 물으마. 이 땅, 사람 사는 세상의 제왕은 네게 무엇이더냐?"

"……."

명무가 주저했다. 솔직할수록 노인이 원하는 답이 아닐 것이었다. 명무의 눈썹이 흔들리자 노인이 재촉했다.

"아는 대로, 생각나는 대로 말하거라."

왕은 입에 올리는 그것부터가 조심스러웠다. 노인이 어두운 눈으로 명무를 바라봤다. 머뭇거리던 명무가 입을 열었다.

"왕이라 함은, 오래전 제 아비에게 능지(陵遲)를 내린 주모입니다. 제 삶의 항해는 이것을 갚기 위해 처절한 것이 아니라, 이것의 윤곽을 풀고 생의 정직을 찾는 것입니다. 붓을 지향하고 칼을 쥘 때 제 삶도 분명해질 것입니다."

노인의 표정은 굳어 있었다. 입에서 더운 김이 쏟아져 나왔다.

"당상관들이 어진을 모시기로 합의했다. 왕께서 수락했다. 달포 안에 도감(都監)이 설치될 것이다. 외방마다 이름난 화가를 불러들이라는 하명이 있었다."

명무의 눈썹이 떨렸다. 명무가 음색 없이 조용히 되물었다.

"어진이라 하면, 왕의 초상을 말하는 것입니까?"

"왕의 전신을 큰 화폭에 담게 될 것이다. 어용(御容), 수용(壽容), 진용(眞容), 성진(聖眞)이라고도 일컫는다. 그 가운데 어진이란 용어가 가장 준수하고 무난하다. 그러나 용어의 분별이 용어마다 함축된 의미를 다 따라잡지는 못한다."

노인이 말끝에 힘을 주었다. 노인이 다시 용어의 의미를 되새기듯 말했다. 어용이란 말은 투박한 느낌이 들어 잘 쓰지 않는다고 했다. 수용은 살아 있는 왕의 초상을 말하므로 어진의 의미로는 폭이 좁다고 했다. 진용은 어감에서 무난하지 않다고 했다. 성진은 사후 왕의 초상을 칭하므로 적당하지 않다는 것이다. 말끝에 영정(影幀)의 정(幀)자는 그림을 펼치는 뜻이므로, 족자로 장성(粧成)된 것에만 사용하는 용어라고 덧붙였다. 생각 이상 중

대한 사안이지 싶었다. 별을 가지고 시작한 물음이 왕의 초상으로 끝을 맺는 것에 명무는 놀라웠다. 가슴은 놀라움을 감추지 못하고 조용히 뛰었다.

왕을 생각했다. 왕은 생각만으로는 닿을 수 없는 존재인 것 같았다. 왕은 생각 속의 존재가 아니라, 생각 밖의 존재인 것 같았다. 노인은 왕을 눈 속에 담아두는 것 같았다. 눈빛이 우울해 보였다. 표정은 어둡고 창백했다. 아득한 것들이 소리 없이 머릿속을 돌고 돌았다. 종잡을 수 없는 표정으로 명무가 물었다.

"나라 안 모든 화공을 불러들이는 것입니까?"

"우수한 화가를 찾는 경연이다. 경쟁해서 가장 뛰어난 어진을 택할 것이다. 궁에 들어가면 먼저 어용화사(御用畵師) 선정을 위해 시재(試才)를 거치게 된다. 처음부터 신중해야 한다."

"소녀는 아무 이름을 얻지 못했습니다. 뛰어나지도 않습니다. 이름난 화가들과 겨룰 수 있을지 의문입니다."

그림에 관한 솜씨를 저 스스로 낮추는 태도가 노인은 마음에 들지 않았다. 제 스스로 묻고 내뱉은 답이라서 그런 것이라고, 노인은 생각했다. 붓의 기세가 남과 견주면 한없이 달라지고 어엿해지는 아이가, 경연을 주저하는 일이 언짢았다. 새와 나무와 물과 짐승과 사람을 그릴 때, 스스럼없는 솜씨를 저 스스로 낮추어 말하면 그것은 겸손이 아니라 오만이며 허위라고, 노인은 생각했다. 명무의 붓은 칼보다 깊으니, 그것을 아끼는 마음은 옳았다. 노인이 속으로 묻고 낮게 읊조렸다.

"스스로 높여 자만할 것 없다. 겸손도 크면 득이 될 게 없다. 지난날 네가 보여준 실력이면 족하다. 욕심을 버려라. 네게 특별한 기회가 될 것이다."

노인의 음성이 먼 산악을 향해 나아갔다. 산악은 화답하지 않았다. 빠르게 달려온 바람이 능선을 비켜갔다. 달빛 내린 능선은 강고해 보였다. 눈 덮인 세상은 한곳에 몰입한 듯 깊게 펼쳐졌다. 눈보라가 능선을 삼킬 때, 바람은 세상 밖으로 불어갔다. 세상은 희디흰 설국처럼 보였다.

오래전 회화 입문은 높고 가팔랐다. 회화의 능선은 좀체 보이지 않았다. 그 길이 가야 할 길인지, 가지 말아야 할 길인지, 종종 혼란스럽고 헷갈렸다. 붓을 대하면서 칼을 익히고 싶었는데, 겸수(兼修)는 순조롭지 않았다. 붓과 칼을 구분 짓는 일은 단순하면서도 어려웠다. 붓은 크기에 따라 용도와 쓰임이 분명한 반면, 칼은 크기에 따라 생각이 달라졌다. 붓의 용도를 손과 머리에 새기고 색의 다양성을 익혀 나갈 때, 쇠와 쇠가 맞물리고 결과 결이 억눌린 칼의 복잡성을 단순하게 받아들이는 일은 어렵고 난해했다. 붓은 지나온 흔적을 신속히 드러내는 속성이 있어 그것을 붙들어 매는 용기를 필요로 했다. 칼은 휘두르는 순간 섬광 같은 것이라야 하는데, 빛보다 빠른 칼은 볼 수 없었다.

회화의 길은 멀어서 보이지 않았다. 칼의 길은 도무지 가까워질 기미가 없었다. 그것의 불확실성과 그것의 모호성과 그것의 색다름을 알기에는 그것의 끝없음도 알아야 하는데, 그것은 끝내 알 수 없었다.

대장장이가 붉은 갑보에 싼 칼을 가져왔을 때, 명무는 붓과 칼 중에 하나를 버려야 하는 것을 알았다. 하나를 버리려는 소망은 노인의 마음이었다. 두 가지 것을 한 가지 것으로 소유하려는 마음은 명무의 소망이었다. 노인의 손바닥에서 튀지 않고 고요히 배어 나오는 일자의 피를 바라보며 명무는 칼의 무게를 생각했다. 칼과 일체가 되기 위해서는 나를 버려야 하는 것이라고. 붓과 하나가 되기 위해서는 칼을 버려야 하는 것이라고.

명무는 버려야 할 자신의 무게가 버거웠다. 붓은 쥐는 순간 그것을 감각으로 알았고, 칼은 쥐는 순간 혼이 빠져나가는 그것을 본능으로 알았다. 붓과 칼은 하나가 될 수 없으나, 그 지향점을 물으면 살이 떨렸다. 칼과 붓은 각기 성질을 헤아려 단순하게 받아들이는 그 단순함으로 인해 더 깊고 어려웠다. 칼은 노인이 볼 수 없는 곳에서 만져야 했다. 조악한 나무칼에 비해 쇠칼은 새로움이 솟았다. 나무칼에 붙어 있던 살기가 쇠칼에 옮아갔다. 칼은 쥘수록 단단해졌다. 칼을 쥐는 날, 명무는 세상 앞에 한없이 작아지던 날을 버리곤 했다.

붓과 칼은 두 가지 신명이 합쳐져 하나로 되는 것이 아니라, 제각기 세상 밖으로 사라지게 하는 것. 붓과 칼은 제가끔의 소요를 한곳에 모아 세상 속에 흩어지게 하는 것. 마침내는 세상 번잡과 소음 안에서 붓은 칼을 지향하되 칼은 붓을 따라가야 했다.

하나를 버리되 몸 안에 버리고, 하나를 가지되 몸 밖에 가져가야 했다. 그 각성은 새로웠으나 한편으론 우울한 깨달음이었다. 저녁나절 두 지향점을 응시하면 세상은 낯설게 왔다.

붓을 대하는 날 명무는 몸가짐을 정연히 해서 노인의 말을 잘 알아들었다. 그럴 때 명무는 칼을 버리고 회화의 세계로 돌아오곤 했다. 칼을 쥐면 명무는 노인의 말을 거스르는 날이 많았다. 그런 날엔 노인의 심기가 편치 않았다.

노인이 눈빛을 한데 모아 말했다.

"먼 길이 될 것이다. 떠날 채비를 하거라."

말을 마친 노인이 돌아섰다. 명무가 고개 숙였다. 고개를 들자 노인은 보이지 않았다. 능선으로 뻗은 샛길 위에 발자국이 남아 있었다. 산야는 잠잠했다.

흰 산들이 겹친 곳에서 새들이 날아와 울었다. 새들은 산마루에 둥근 무늬를 그려놓곤 무늬 속으로 날아들었다. 소리는 능선을 타고 넘어와 능선을 거슬러 되돌아갔다. 새 울음소리가 설연에 닿으면 울음마다 눈송이가 보태어졌다. 능선에 남아 있던 울음들이 긴 꼬리를 늘어뜨리며 점점이 사라져갔다. 소리가 사라질 때 빛도 사라지는 듯이 보였다.

산장 한곳에 마련된 화방 쪽으로 발길을 돌렸다. 화방 안으로 들어와 탁자에 기대고 앉았다. 먹물 냄새가 났다. 색깔별로 사발에 담긴 색료가 탁자에 놓여 있었다. 화선지엔 정물과 초상화가

그려져 있었다. 그것들 모두 저 나름의 이름과 속성을 가진 회화
처럼 보였다.

찬모가 차려준 저녁상은 입에 대지 않았다. 화구를 매만져도
마음은 정한 곳으로 돌아가지 않았다. 마음은 물 위에 뜬 잎사귀
처럼 흔들렸다. 노인의 말이 좀체 떠나지 않았다. 특별한 기회가
될 것에 암시를 주어 새겨들었으나, 가슴을 눌러오는 압박은 변
함없었다.

왕은 입에 올리는 순간 떨림으로 왔다. 왕은 그 하나만으로
태산 같고 운명 같았다. 그 칭호는 귀에 닿기도 전에 사지가 떨
려왔다. 왕은 그야말로 왕이라고, 명무는 한숨을 내쉬었다.

무거운 말이 눈 속에 파묻혀 형체가 사라지지 않고 머릿속에
맴돌았다. 서로 다른 시간대의 별들이 머릿속에서 하나의 불꽃
으로 고요히 타올랐다. 삶을 생각하면 가뭇없고, 죽음을 생각하
면 꿈결 같은 밤이었다. 숲에서 부엉이가 울었다. 밤 기슭은 건
조해 보였다. 삶과 죽음이 한데 뒤엉켜 흔하게 들려왔다.

탁자에 놓인 정물의 배열을 달리하고 위치를 바꾸면서 왕에
대한 생각을 지웠다. 정물은 새롭게 자리를 확보하면서 새로운
공간에서 새로운 형상을 드러냈다. 스스로 정한 마음의 정리 정
돈이었다. 정물은 새 공간을 확보할 때 떨림이 없었다. 해가 동
틀 무렵 화선지 하나를 채우고 붓을 놓았다. 왕에 관한 생각은
저만큼 물러가 있었다.

화선지엔 먹물이 번지지 않은 꿩 한 마리가 그려져 있었다.

화폭을 바라보면 화선지는 소멸되고 꿩만 남아 있었다. 그림은, 땅을 박차고 비상하는 꿩의 자태가 다음에 올 그림이 무엇인지 암시했다. 꿩은 주저 없이 치솟아 올랐다. 꿩은 어디로 갈지를 정한 듯이 보였다. 꿩은 두려움을 버린 지 오래돼 보였다. 꿩은 무난해 보였다. 꿩을 그려서 마음을 추스르면 마음은 지나간 것을 돌이키는 것이 아니라, 새로운 마음으로 들어찼다. 밤 자락이 남김없이 물러갈 즈음 명무는 눈을 붙였다.

창밖으로 밤도 낮도 아닌 새벽 어스름이 어른거렸다. 능선을 넘어온 바람이 별무리 속을 가로질러 갔다. 한 떼의 바람이 어지럽게 솟아오를 때, 별 속에 인어가 헤엄치는 소리가 흘러나왔다. 반투명 젖빛 속에 별들의 고결함은 끊이지 않았다.

대관령 너머

겨울은 오래도록 산야를 점령했다.

왕궁을 향한 여정은 멀고 고단했다. 남대천 상류는 얼어 있었다. 지난 가을 등짝이 붉던 연어들은 보이지 않았다. 치어들이 빠져나간 물줄기는 고요했다.

길을 걸으면서 노인은 내내 말이 없었다. 명무가 산그림자처럼 따라붙었다. 산기슭을 돌아 너른 들을 지났다. 참나무 빽빽한 재를 넘을 때 해거름이 몰려왔다. 산맥은 해가 기우는 곳으로 고개를 쳐들고 남은 볕을 쬐었다. 천지는 맑고 가물거렸다. 한차례 눈을 뿌릴 듯 낮게 하늘이 내려왔다. 겨울은 꿈처럼 달려왔고, 그림자를 지운 먼 산들이 세상 끝에 누워 있었다.

적막을 견디는 소리가 때로 무겁게 들렸다. 몸도 마음도 먼 겨울 속으로 떠내려갔다. 산자락을 휘돌 때 설악 능선을 따라 희미한 여명이 비쳐들었다. 고요한 새벽이었다. 추위에 아랑곳 없이 걷던 노인이 낮은 목소리로 말했다.

"노을과 여명의 차이를 아느냐?"

해의 주름은 부챗살 같았다. 빛은 태고에서 뻗어나와 무도하지 않게 세상 위에 내리쬐었다. 대관령의 아침은 고려가요처럼 태평스럽고 평화로웠다. 노인의 말에 명무가 답했다.

"여명은 떠오르는 상(相)이지 기우는 것이 아닙니다. 암흑을 뚫고 솟아오르면 빛은 세상에 가서 닿고, 세상은 오묘한 색을 띠어 그려내기 까다롭습니다. 노을은 꺼져가면서 분명한 명암을 낳습니다. 서편으로 몰려가면 아쉬워지고, 그려내면 붉은 핏발로 눈이 시려집니다. 여명은 한 줄기 솟음인 것, 노을은 헛된 번짐인 것. 노을은 끝을 감추는 날마다 두렵고, 여명은 시작을 암시해 날마다 새롭습니다. 노을은 밀려가는 것, 여명은 밀려오는 것. 색을 빼앗아 닿은 자리의 색이 안타까운 것이 노을이고, 색을 펴 닿은 자리의 색이 어려운 것이 여명입니다. 여명은 생기이며, 노을은 어지러움입니다. 서로가 서로를 볼 수 없는 시간차를 아쉬워하고 보완하면서 색채는 세상을 압도합니다."

열여덟 살 아이의 말 치곤 당돌하게 들렸다. 노인은 그것이 또 귀에 맞지 않았다. 빛으로 색을 베푸는 마음가짐과 씀씀이를 듣고자 하였으나, 생각이 노인을 앞지르고 있었다. 어린것의 당돌한 말을 무엇에 쓸지 생각했으나 노인의 머릿속엔 떠오르는 것이 없었다.

노인이 걸음을 멈추고 능선을 바라봤다. 먼 산맥 어깨를 짚고 빛은 일자로 솟아올랐다. 산맥 능선 위로 금빛 테두리가 그어졌다. 산들의 공제선은 일제히 화롯속 잉걸 같았다. 노인이 눈을 들어 먼 산들을 바라봤다. 산악은 꿈결 같았다.

"네가 서 있는 발아래가 바로 평원의 땅 대관령이다. 풍요를 상징하는 한강의 발원지이며, 세상 위에 아늑함을 보태는 백두대간 중간 지점이다. 기후가 서늘하고 물과 풀이 풍부해 짐승을 기르는 데 더없이 좋은 땅이다. 별의 신화를 믿고, 그 전설을 전파하는 유목민의 오랜 정착지다. 여명은 밤과 낮, 그 중간에 생성되는 것이지 않더냐? 이곳이 평원의 땅이자 여명의 땅으로 불리는 것도 그 때문이다. 여명과 노을은 엄연히 다르나 빛나서 아름다운 속성은 결국 하나다."

"허면 노을과 여명이 한가지라는 말씀입니까?"

노인이 식상한 얼굴로 말을 받았다.

"노을의 해와 여명의 해가 다른 것이더냐?"

"그렇지 않습니다."

"네가 아는 해와 내가 알고 있는 해는 결코 다르지 않다. 멈추지 않는 해의 순환, 그것이 날마다 생성과 몰락을 증명하는 해의 존재다. 그것을 어렵게 받아들이는 일은 쉽고, 그것을 쉽게 받아들이는 일은 어렵다. 너는 해를 어렵게 받아들이고 있질 않느냐?"

여명 속으로 이른 새들이 날아들었다. 새 울음이 여명 속으로 빨려 들어갈 때, 아침은 소리 없이 짙어 오르는 것 같았다. 하늘 끝나는 곳에서 새들은 점점이 무화되고 있었다.

노인이 다시 가라앉은 음색으로 말했다. 어둠도 아니면서 아침도 아닌 시간에 노인의 목에서 문득 물소리가 들렸다.

"자연의 경이는 볼 때마다 새롭고 놀랍다. 너는 보아라. 보아서 깊이 알거라. 눈앞에 그려진 천연의 섬유가 밀려올 때 너는 붓을 쥐어야 한다. 색의 기지와 감각은 저절로 오는 것이 아니라 제때 베푸는 데서 온다. 알겠느냐?"

알 수 없는 말을 알아들으라 하면 어찌해야 할지 주저해야 했다. 붓으로 그려낼 수 없는 상(相)을 그리라 하면, 명무는 키 작은 나무가 되는 것 같았다.

대관령의 여명은 강물처럼 밀려와 머리에서 발목까지 고루 적셨다. 여명은 저녁나절 서쪽 하늘에 번진 노을처럼도 보였다. 한줄기 현음처럼 부드러운 그것을 그렇게 받아들여서도 안 되고 저렇게 받아들여서도 안 될 것 같았다. 다만 빛은 도달할 수 있는 먼 곳의 생기를 불러와 땅 위에 내려서는 모양이었다. 빛은 생명을 불어넣는 전율이며 아침을 기다리는 자들에겐 축복 같았다. 여명은 금빛의 순도를 세상에 내보내고 있었다.

노인의 의중은 생각만큼 가까이 있지 않았다. 생각보다 멀리 있는 것도 아니었다. 노인이 걸음을 내딛었다. 목소리가 차게 들렸다.

"가자꾸나. 곤하다. 갈 길이 멀다."

아침이 시작되는 먼 곳에서 새 울음이 번져왔다. 새들은 정직한 힘으로 흠뻑 날아올라 이내 바람에 몸을 맡겼다. 허공을 저을 때 깃에 모여 있던 빛이 뛰어올랐다. 구름 위로 솟은 설악은 금색이었다. 명무와 노인은 서로의 꿈속을 걸어갔다. 산과 산 사이 작은 산들이 물결처럼 밀려왔다. 산들이 밀려오면 세상의 떨림도 함께 왔다. 발아래 드러누운 아득한 것들이 잠에서 깨어나고 있었다.

대관령 고원에 터를 잡은 마을로 들어섰다. 늘어선 가옥을 가로질러 언덕배기 움막으로 걸음을 내딛었다. 일찍 깨어난 마을 사람들이 물가로 짐승을 몰았다. 말과 염소와 양들이 한데 어울렸다. 짐승을 몰다 말고 둘을 유심히 바라보는 사람도 있었다.

움막 앞에서 노인이 헛기침을 하자 키가 작은 중노인이 고개를 내밀었다. 노인이 공손히 고개 숙였다. 중노인이 밝은 얼굴로 노인과 명무를 반겼다.

"인사 올리거라. 이곳 촌장이시다."

명무가 깊이 허리 숙였다. 촌장이 명무의 얼굴을 찬찬히 바라보곤 고개를 끄덕였다. 짐승들이 촌장의 표정을 닮아 선량한 것 같았다. 노인이 촌장을 따라 움막 안으로 들어갔다. 움막 안에서 수런거리는 말소리가 들려왔다. 간간이 웃음이 번져왔다. 둘은 오랜 벗인 듯했다.

초원엔 밝은 기색이 돌았다. 설악에서 불어온 바람은 아침나절 차가웠다. 짐승들이 게으른 울음을 흘리며 한가롭게 다녔다. 햇볕에 드러난 명무의 얼굴은 초췌했다. 뒤로 묶은 머리칼은 헝클어져 산발에 가까웠다. 몸에서 젖은 풀 냄새가 났다.

촌장 부인이 물끄러미 명무를 바라봤다. 부드러운 시선이었다. 부인이 명무의 손을 잡아끌었다.

"좀 씻어요. 덥힌 물이 있어요."

부인의 말투가 순하게 들렸다. 작고 부드러운 윤곽의 얼굴이었다. 명무의 손을 잡고 부인이 재촉했다. 움막을 지그시 바라본 후 부인이 이끄는 곳으로 향했다. 정주간이라 할 수 없는 초라한 곳이었다. 부인이 큼직한 나무를 잘라 잇댄 통에 더운 물을 받은 후 문을 닫고 나갔다. 살강엔 투박한 질그릇이 놓여 있었다. 그릇들은 한가지 형태로 정연히 엎어져 있었다. 아궁이에는 쇠를 녹여 두드려 맞춘 엉성한 솥이 더운 김을 피워 올렸다. 간결한 살림살이였다. 부인이 받아놓은 물은 알맞게 데워져 있었다. 정주간을 나와 움막 앞으로 걸어갔다. 노인을 불렀다. 노인은 대답이 없었다. 다시 목소리를 높였다.

"스승님, 더운 물이 있습니다."

잠시 후 노인이 움막을 나왔다. 명무를 보면서 자신의 모습을 생각하는지 쑥스러운 표정을 지었다.

"너부터 씻지 그랬느냐?"

"그럴 수 없습니다."

크흠— 노인이 헛기침 끝에 정주간 쪽으로 걸어갔다. 노인을 따라 어린 망아지가 폭이 좁은 걸음으로 따라붙었다. 더운 물에서 노인은 기분이 좋아 보였다. 손안에 물이 넘치게 퍼 올려 머리 위에 쏟아부었다. 물 밖으로 다리를 내밀고는 발가락 사이를 긁다가 발톱 밑에 낀 흙을 씻어냈다. 옆에서 목이 마른지 히힝―, 우는 망아지 입을 벌려 물 한 그릇을 퍼먹이곤 혼자 낄낄댔다. 망아지는 숨을 벌떡이다가 콧구멍으로 물을 쏟고는 밖으로 달아났다. 망아지를 내보낸 후에도 노인은 연거푸 얼굴에 물을 끼얹고는 물 밖으로 나올 줄 몰랐다. 흥얼거리는 노랫소리가 새어 나왔다.

눈을 돌려 명무가 마을을 내려봤다. 작은 마을이었다. 사람들은 부지런하고 평온해 보였다. 초원에 스민 삶의 무늬에선 부드럽고 순한 향이 맡아졌다. 땅에서 솟는 지심의 순조로움과 순응 속에 대관령은 무르익고 있었다.

대관령은 사람을 향한 어떤 정성과 부드러움을 안고 주인을 섬기는 것 같았다. 땅의 향은 모두의 삶에 공평하게 한 줄로 연결되어 있었다. 날마다 지심의 증좌가 새로워지고, 새로운 지심 위에 복된 삶이 들어서고 있었다. 천지간 향은 베풂의 것. 향은 세상 속으로 깨끗함을 밀고 왔다.

마을 좌측엔 희디흰 나무 한 그루가 자라고 있었다. 볕이 닿으면서 나무는 순백의 가루를 날리듯 흰색을 띠었다. 나무 밑동을 사람이 힘껏 껴안고 있었는데, 이상하게도 사람은 움직임이 없었다. 더 이상한 것은 누구도 사람을 나무에서 떼어놓거나 말리려 들지 않았다. 그곳을 지나치는 것조차 꺼리는 것 같았다. 짐승들조차 나무를 피해 풀을 뜯었다. 괴이하게 비쳐들었다.

노인이 옷을 갈아입고 헛기침을 두어 번 할 때까지 명무는 시선을 거두지 못했다. 노인이 기척했다.

"무엇에 그리 넋을 놓고 있느냐?"

"⋯⋯."

대답 대신 명무는 놀란 짐승처럼 노인을 바라봤다. 노인이 물었다.

"너는 호기심이 많은 아이냐?"

"그렇지 않습니다."

"눈에 보이는 것만이 전부가 아니다. 그 본성을 바라봐야 해."

노인의 입에서 구린내가 밀려왔다. 말똥 냄새 같기도 하고, 잘 익은 청국장 냄새 같기도 했다.

"나무를 보았습니다. 그 아래 사람을 봤습니다."

"내 눈에는 그저 흰 자작나무로만 보이는구나."

"스승님 눈에는 나무를 부둥켜안고 있는 사람이 보이지 않으신지요?"

그 말에 노인이 헛헛하게 웃다가 혀를 찼다. 사람은 여전히 나무를 끌어안고 움직임이 없었다. 노인이 허한 눈으로 나무를 바라보고는 몸을 돌렸다. 움막 안으로 들어가려다 말고 노인이 엄한 목소리로 일렀다.

"나무 근처에 가볼 생각은 꿈도 꾸지 말거라. 얼른 씻기부터

하거라."

　노인이 움막 안으로 들어가자 명무는 다시 나무를 바라봤다. 나무를 뿌리째 뽑으려는 건지, 나무 속으로 들어가려는 건지, 나무와 사람은 하나처럼 여겨졌다. 부동의 집중에서 파격은 왔다. 그것은 수면 위에 돌을 던져 일으키는 파문 같지 않고 오히려 초원 위에 꾸밈없고 스스럼없었다.

　명무가 정주간으로 들어섰다. 그새 부인이 물을 갈아놓은 모양이었다. 물은 뜨겁지 않았다. 옷을 벗어 기둥에 걸어두고 물에 비친 몸을 바라봤다. 젖무덤이 물 위에 떠 있었다. 물은 명무의 젖무덤을 낯설게 받아들이는 것 같았다. 무덤을 따라 내려가면 배꼽 아래에 검은 실타래가 오글거리며 모여 있었다. 타래를 쓸어내리면 도끼로 팬 듯이 살이 갈라졌다. 살을 펼치면 살 속에 연분홍 요철의 살결이 보였다. 살결이 함몰되면 구멍은 깊어지면서 넓어져, 그곳에 아기의 씨를 담으면 열 달을 견디며 기른다고, 산장의 찬모는 말했었다. 이른 아침나절 소나무 아래 소금에 절인 무 항아리를 열면서 떠들어댄 찬모의 이야기를 믿어야 할지 건성으로 넘겨야 할지 감이 오지 않았다.

　둔덕 아래에서 젖은 풀 냄새가 올라왔다. 명무는 저도 모르게 다리를 오므렸다. 밑이 남의 것처럼 낯설게 느껴졌다. 어쩌다 손이 닿으면 망측한 기분이 들었다. 다리를 오므리면 시작과 끝을 알 수 없는 기분에 젖곤 했다. 그것은 자신의 몸에서 내몰 수 없는 어떤 것이었음에도 어찌할 수 없었다.

물속의 몸은 편안했다. 물 밖에서 몸은 쑥스럽고 민망했다. 물속에서 살은 고요했다. 몸을 뉘어 눈을 감으면 꿈을 꾸듯 푸근했다. 물속에서 아래는 비리지 않고 향기로웠다. 물속에서 젖무덤은 낯설지 않고 몸에 알맞게 익어 자신의 것이 되고 있었다. 물속에서 두 개의 봉우리는 편안하고 부드러워 보였다. 물은 살보다 아늑했다.

유랑하지 않은 사람들은 선량해 보였다. 드넓은 초원을 무대 삼아 밤이면 좌우에 짐승들을 세워 잠을 청했다. 낮에는 산 아래 개울을 찾아 짐승들에게 물을 먹이거나 목욕을 시켰다. 정갈한 음식은 입에 맞았다. 마를 갈아 쑨 죽은 싱겁고 거북했으나 목 안으로 넘길 때 고소한 맛이 느껴졌다. 자극적이지 않은 음식이 그들의 습식인 듯했다.

일탈을 꿈꾸지 않는 삶의 바탕에는 조상의 조상들로부터 별을 숭상하는 소박한 신앙과 신화를 물려받았다고, 노인은 말했다. 무난한 인생을 꿈꾸는 습생과, 자신들만의 성좌를 따라 별과 별 사이를 유랑하는 삶은 부러웠다. 밤이면 가야금을 뜯었다. 오래전 가야의 악사가 전파한 선율은 아름다웠다. 열 손가락이 짚어 만들어내는 소리가 세상 앞에 울려 퍼지면 상생의 무늬가 높고 낮은 데를 헤엄쳐 다녔다. 장방의 악기가 둥근 무늬를 직조하면 선율은 깨알 같은 별과 별 사이를 돌고 돌았다. 소리는 소리가 없던 대기에 새로운 파문을 일으키면서 아득해졌다가 가까워졌다. 소리는 세상 속으로 나아가 잠든 소리를 깨웠다. 누군가의 생에 닿을 때, 선율은 순하고 신비로웠다. 초원을 돌아 경이롭게 떠 있는 성좌에 가서 닿으면, 우주의 광활함 속에 소리는 고결하게 들렸다.

촌장은 나이가 지긋했으나 노인보다 아래였다. 노인 못지않게 인상이 매서웠다. 노인과 촌장 사이에 깊이를 알 수 없는 강이 흘러가곤 했는데, 더러 강물 위로 달빛을 단 배가 떠가곤 했다.

촌장이 낮게 말했다.

"우리는 무모하게 인생을 낭비하지 않습니다. 자연과 더불어 사는 인생을 중히 여깁니다."

저마다 삶이 간단하지 않고 어디로 가든 유리할 수밖에 없는 유랑의 존재라는, 촌장의 말은 깊게 들려왔다. 저마다 운명을 걸고 어딘가를 향하는 존재라는, 촌장의 말은 깊이를 잴 수 없었다. 외로운 근성이 촌장의 얼굴에 비쳐들었다. 노인이 촌장의 말을 받았다.

"문명에서 뒤지면 그 인생은 낙오하는 것 아니겠소?"

"우리는 정치하지 않습니다. 사람들은 우리가 세상을 표리하면서 어렵게 살아가노라 말하지만, 우리처럼 평온한 삶을 살아가는 사람도 드물 것입니다. 우리 저마다의 삶은 자연에 기대며 살아갑니다. 고려 그 이전부터 우린 그렇게 믿어왔습니다."

촌장의 말 속에 생의 깊이가 보였다. 선유(仙遊)의 메아리가 있다면 촌장의 말에서일 것인데, 별빛 부드러운 밤에 파격으로 들려왔다. 이따금 먼 짐승들이 울었다. 좌우에 선 짐승들은 서로 몸을 기댄 채 졸았다. 시린 겨울을 인내하는 짐승들은 서로를 갈 구하면서 사람과 다르지 않았다. 촌장의 머리 위로 소리 없는 유 성이 꼬리를 끌며 대기를 적셨다.

노인이 가라앉은 음색으로 말했다.

"허나 자연에 관한 한 당신들의 신화도 결국엔 허구이잖소?"

"오래전 우리의 조상은 전쟁에 환멸을 느꼈습니다. 은둔한 조 상들은 자연 속에 묻혀 자연과 더불어 살아가기를 강령했습니 다. 우리는 할아버지의 할아버지, 그 할아버지의 유한한 생을 가 벼이 여기지 않습니다. 우리의 언어는 건조해졌고, 언어를 함축 시킴으로써 마음으로 이야기하는 법을 알게 되었습니다."

촌장은 문명을 망각한 지 오래돼 보였다. 촌장의 목소리가 달 빛 아래 홀로 남아 우는 새 울음처럼 절박하게 들렸다. 말보다 마음으로 생을 찾아가는 전통은 소박해 보였다.

촌장을 바라보며 노인이 대꾸했다.

"모든 것을 마음만 가지고는 말할 수 없는 것 아니겠소? 인생 이, 이럴 수도 저럴 수도 없는 것처럼……."

"옳은 말씀입니다. 그것을 몰랐다면 처음부터 말의 덧없음을 예감하지 않았을 것입니다. 하지만 다짐하고 또 다짐하면 이루 지 못할 게 없고, 얻을 수 없는 것 또한 없을 것입니다."

촌장은 대관령 사람들의 꾸미지 않은 삶의 전형을 말하고 있 었다. 유랑하지 않는 삶이 짐승들에게 생기를 돌게 하고 마을 사람들에겐 역사가 되리라고. 날마다 고립의 환경을 열어가는 고단함 속에, 때로 회색의 하늘과 붉은 석양을 지나는 저마다의 삶은 우수에 젖어 보였다.

달빛을 받은 촌장의 얼굴은 순했다. 곁에 말없이 앉아 있던 부인이 희미하게 웃었다. 피부가 맑고 윤곽이 부드러운 얼굴에서 생기가 돌았다. 짐승들이 부인 가까이 몸을 부비며 조용히 돌아다녔다. 곁에 가야금이 놓여 있었다.

촌장이 낮은 목소리로 말했다.

"두 분을 위해 제 아내가 노래를 들려주겠답니다."

부인이 고개를 끄덕였다. 명무가 부인을 향해 고개 숙였다. 부인이 엷은 미소로 답했다.

통나무에 걸터앉은 부인이 가야금을 그었다. 깊고 풍부한 선율이었다. 목에서 맑은 소리가 흘러 나왔다. 고려의 노래였다.

　　살어리 살어리랏다
　　청산에 살어리랏다
　　멀위랑 다래랑 먹고
　　청산에 살어리랏다
　　알리알리 알랑셩 알라리 알라

　　우러라 우러라 새여
　　자고 니러 우러라 새여

널라와 시름한 나도

자고 니러 우니노라

얄리얄리 얄랑셩 얄라리 얄라…….

부인의 〈청산별곡〉은 대현과 소현에서 튕겨 나온 선율에 섞여 허허롭게 들렸다. 노래는 먼 곳의 결을 부여잡고 스스로 무게를 벗는 듯했다. 노래는 억눌린 인고의 자국을 지우고 있었다. 노래는 다음 시대로 건너가는 모양이었다.

부인의 눈빛이 밀려왔다. 아미를 가지런히 모으고 고개를 수그리자 두근거릴 만큼 처연했다. 노래를 마칠 즈음 노인은 기분이 좋아 보였다. 눈두덩에 쌓인 졸음을 떨어내며 노인이 말했다.

"아름다운 연주와 노래였소."

촌장 내외가 몸을 일으켜 늦은 밤에 예를 갖추었다.

"밤이슬이 차니 움막에라도 들지 않겠습니까?"

"괜찮소. 재워주는 것도 과분할 뿐이오. 웬만하면 요 말라깽이 망아지라도 끌어안고 잘 테니 걱정 놓으시오. 무야!"

명무는 달빛 아래 우두커니 서 있었다. 유난히 밝은 별 하나가 명무의 눈에 들어왔다. 풀잎 옷을 지어 입고 초원을 거닐고 싶은 마음이 간절했다. 먼 밤의 섬광을 바라보느라 노인이 부르는 것도 듣지 못했다. 어쩌다 컹컹 짖어대는 짐승 소리마냥 노인의 목소리는 멀고 아득했다. 다시 노인이 부르고 나서야 명무는 생각에서 빠져나왔다.

명무가 대답했다.

"예, 스승님."

"피곤할 테니 그만 자거라. 내일 먼 길을 가야 할 것이다."

자리에서 일어선 노인이 비쩍 마른 망아지 옆에 가서 몸을 뉘었다. 낮에 노인을 따라갔다가 콧구멍으로 물을 쏟고는 황급히 달아난 망아지였다. 어미가 보이지 않았다. 어쩌다 혼자가 된 것 같았다.

잠자리가 불편한지 노인은 쉽게 잠들지 못했다. 몇 번인가 뒤척이던 노인이 잠든 후에서야 명무는 초원으로 내려섰다. 이끌리듯 초원을 가로질러 걸어갔다.

낮에 본 자작나무는 초원 한가운데 꽂혀 있었다. 짙은 안개 속에 나무는 푸르스름한 빛을 냈다. 가까이 이르러서야 밑동을 끌어안은 사람이, 사람이 아니라 나뭇등걸인 것을 알았다. 사람의 형상을 한 등걸은 뿌리 가까이 박혀 있었다. 오래도록 누군가를 기다리다 나무가 된 듯 보였다. 올려다보자 굵은 나뭇가지 하나가 휘어지도록 명무를 기울여봤다. 명무가 나무를 쓰다듬으며 몸을 기대었다. 품속처럼 아늑했다.

"이곳의 능선은 깊고 깊구나. 꿈속이듯 어여쁘구나."

초원 위로 바람이 지나갔다. 나무는 바람 속에 조용히 늙어가고 있었다. 세월의 무상을 나이테마다 저장하고는 중후하게 살아 있었다. 별들이 성기어드는 오랜 시간을 나무는 홀로 견딘 모양이었다. 능선과 하늘, 초원을 스쳐가는 바람 속에 나무는 한줄기 은총이었다.

눈을 떴을 때 명무는 나무 아래 웅크리고 있었다. 몸을 일으
키자 뼈마디에서 오도독 소리가 났다. 아침나절 촌장 내외와 이
별은 간결했다. 헤어지면서 노인은 눈썹을 파르르 떨었다. 부인
은 감정을 드러내지 않았다. 촌장이 우울한 얼굴로 배웅하고 나
섰다. 노인을 따라온 망아지가 오래 울더니 돌아섰다. 촌장 내외
가 초원에 서서 오래도록 바라봤다.

대관령을 넘어 왕궁으로 향했다. 멀고 험한 길은 오래 이어졌
다. 산을 넘고 강을 건넜다. 높다란 재에 올라설 무렵 북한강 갯
가에서 불어온 바람은 비렸다. 깎아지른 벼랑을 기어오른 갯내
음이 주린 짐승처럼 몰려왔다. 갯내음은 한동안 으르릉대며 지
분거리다 능선을 타고 물러갔다. 산과 산 사이 드러난 한강은 파
란 혼백들로 반짝였다. 고깃배를 띄운 사람들은 평화로워 보였
다. 고요한 강변이었다.

시름 안에서

늦은 밤, 강녕전 전각 너머 인왕산 자락이 눈으로 덮여갔다. 기슭에서 눈보라를 뚫고 소쩍새가 울었다. 능선을 따라 푸르스름한 빛이 돌았다. 멀리 인왕산 자락은 삭발머리 같았다. 백송고리 한 마리가 방원의 눈에 들어왔다. 늦은 밤에도 백송고리는 먹잇감을 추적하느라 활공을 멈추지 않았다.

편전 앞마당에 예문관 대교는 달을 등지고 서 있었다. 얼굴빛이 어두웠다. 본래 드러내지 않는 자일수록 얼굴빛이 무거운 것이라고, 방원은 생각했다.

대신들은 모두 퇴궁하고 없었다. 내시부 상선과 민무구만이 곁에 있었다. 대교가 등판을 따라 일어서는 욕정을 잠재우고 엎드렸다. 대교를 바라보는 방원의 눈은 피곤해 보였다.

방원이 말했다. 목에서 메마른 딱정벌레 소리가 들렸다.

"어찌 일본은 동쪽 섬 하나를 놓고 침탈을 엿보는지 알다가도 모를 일이다. 답답하다. 신라 지증왕 때 매듭지은 것을 우긴다고 되는 일인가?"

"나라와 나라간 맺은 언약과 의리를 욕심 하나로 끝을 보려는 모양이옵니다. 몽매한 욕심이니 마음에 담지 마소서."

대교의 말은 단순하고 정직하게 들려왔다. 방원이 덧붙여 물었다.

"언제쯤 말 많고 탈 많은 전쟁에서 벗어날 수 있을 것인가?"

"오래 걸리지 않을 것이옵니다. 적을 다 섬멸할 순 없어도 적들로 인한 쟁의 용기는 언제든 충만할 것이옵니다. 그것이 사직을 지탱하는 근본이 될 것이옵니다."

방원의 눈에 세상은 외롭고 건조해 보였다. 개경을 떠나 한양에 수도를 세운 후 견고한 왕업을 위해 노력했다. 명나라와 유대를 긴밀히 했고, 일본과도 마찰을 최소화했다. 대륙의 판세를 가늠하고 읽고 조율하는 데 게으르지 않았다. 고려유민과 내통하는 신하를 두고 보지 않았다. 신하와 신하들 사이에 서면 방원은 무능과 존엄 사이를 오갔다. 그런 자신이 쓰라렸다.

방원은 매 순간 불꽃같은 감정으로 나라를 다스릴 수 없었다. 중론을 중히 여겼으나 중용하지 못한 날이 많았다. 밤이면 궁중 악에 귀 기울이며 사직을 버리곤 했다. 사직을 버리면 세상이 흔들리는 것을 알았다.

가야금 소리라도 들리면 좋으련만, 아무 소리도 들려오지 않왔다. 아악서 악사와 기녀들은 모두 돌아간 모양이었다. 어둑한 편전 앞마당에서 사품대교와 말을 섞는 것이 옳은 일인지 알 수 없었다.

방원의 입에서 젖은 음성이 나왔다.

"달이 무궁한데, 어찌 이곳은 고요하기만 한지 알 수 없구나."

하늘은 빈 들판처럼 허허롭고 가뭇없었다. 대교가 대꾸했다.

"노여워 마소서. 돌아보면 복된 날이 더 많을 것이옵니다. 신은 신념을 국경 너머 고토에 걸지 않사옵니다. 궁성을 위태롭게 하는 고려유민에게도 걸지 않사옵니다."

대교의 말은 방원의 가슴을 조용히 흔들었다. 무엇에도 걸지 않는 대교의 신념이 마음에 들었으나 방원은 드러내지 않았다. 대교는 문과 무, 논과 충으로 짜인 인물이라고 방원은 생각했다.

민무구가 말없이 대교를 바라봤다. 표정이 밝지 않았다. 대교가 민무질의 눈빛을 흘려보냈다. 둘의 눈빛이 어딘가에서 부딪히는 것을 알았으나 방원은 개의치 않았다.

민무질과 달리 민무구는 술을 싫어했다. 민무질의 입에서는 단내보다 술찌끼가 많았으나 민무구의 입에서는 사상과 의리와 정계의 논변이 풍부했다. 정략에 밝았고 사리가 분명했다. 정치적 야욕 또한 적지 않았다. 그런 민무구가 마음에 들 때가 있었고, 그렇지 않을 때도 있었다. 민무구가 심호흡 끝에 입을 열었다. 민무질과 달리 음색이 묵직했다.

"전하께서 기억하실 역사가 있사옵니다. 요동을 정벌하기 위해 숱한 전쟁을 마다하지 않았으나, 우리의 사직은 한낱 풀잎에 지나지 않는 세월이었사옵니다. 오래전 사신으로 간 이염(李恬)이 명황제의 매질에 반송장이 되어 돌아온 적이 있사옵니다. 조선을 억압하려는 명의 처사가, 사직에 씻을 수 없는 치욕을 남긴 일은 이뿐만이 아닐 것이옵니다."

"선왕 때의 일이다. 이제 와서 다시 정도전을 살려내 요동을 정벌하자는 말이냐?"

"치욕은 치욕으로 갚아야 하는 것이옵니다."

민무구의 저음이 방원의 귀에 돌덩이가 되어 박혀들었다. 방원은 낮고 침착하게 대꾸했다.

"나라와 나라의 일이다. 어찌 이를 이로 돌이킬 수 있겠는가를 묻지 말고 대안을 말하라."

그 사건은 두고두고 굴욕이었다. 조선에 대한 명의 행태가 도를 벗어난 것을 모른 바 아니었다. 명은 태조의 장남이나 차남을 사신으로 채용해 조선에게 굴욕을 안겨주려 했으나, 그것만큼은 용납할 수 없었다. 씻을 수 없는 국가적 치욕을 털어내면서 그때 아비 강헌은 몸소 흐느꼈다.

당시 의흥삼군부 판사 정도전은 조야에 요동정벌을 제안했다. 정도전의 요동정벌이 공식 외교문서까지 비화된 이상 명나라 황제는 북방의 흉노를 진압하는 데 단독 작전이 힘들다는 이유로 조선군과 함께 왕자를 사신으로 요청했다. 강헌은 명나라 요청에 굴복하지 않았다. 사은사(私恩使)로 이염을 파견함으로써 군사적 입장을 우회했다. 명의 주된 명분은 왕자를 사신으로 받아 조선을 속박하려는 것보다 요동정벌을 외쳐대는 정도전을 원하는 것이라고, 강헌은 외교적 견제와 대외 판세를 가늠하면서 읽었다. 이염은 명나라 황제로부터 가혹한 매질을 당했다. 맞으면서도 이염은 나라와 나라의 형제 같지 않음을 통탄했다고, 함께 돌아온 당상관은 강헌 앞에 울먹였다. 이염은 귀국하고 얼마 살지 못했다.

불운한 사건이었다. 선왕의 수습이 옳았는지 알 수 없었다. 외교적 절박함을 모르는 바 아니었다. 대의를 지킨 선왕의 명분이 옳았는지 판단할 수 없었다. 이럴 수도 저럴 수도 없는 사건을 판단하기에는 더 많은 시간이 지나야 할 것이라고, 방원은 생각했다.

방원의 얼굴은 파랗게 식어 있었다. 군왕의 기백이 달빛에 가려 보이지 않았다. 선왕의 무능을 지적하는 신하의 국문(鞠問)은 참기 버거웠다. 짓무른 날들 중에 그 일만큼은 지워지지 않았다.

방원이 말했다.

"당시로서는 어떠한 길도 마땅치 않았다. 길을 두고 선왕은 최선을 굽히지 않았다. 이럴 수도 저럴 수도 없던 그 일도, 결국 그 이상 아니었고 그 이하 아니었다."

민무구가 눈을 내리 뜨고 대꾸했다. 목소리에서 곰삭은 홍어 등뼈가 보였다.

"이염은 오래가지 못하고 죽었사옵니다."

"안다."

"신료들의 눈물을 보셨나이까? 백성들의 오랜 슬픔을 보셨나이까?"

민무구의 말에서 방원은 답답함을 느끼고 있었다. 방원의 대꾸는 침착하게 들렸다.

"내 슬픔도 모두와 다르지 않았다. 결과만 가지고 묻지 마라. 선왕도 어찌할 수 없었다. 처남은 재촉하지 말고 자숙, 자숙하라."

헌데 이염은 그 일로 죽었던가. 유배지에서 이염이 죽었다고, 그 말을 전해 들은 날, 편전에서 홀로 울던 아비 강헌의 눈물이 머릿속에 떠올랐다. 이염의 죽음이 고결한 것이었는지, 모두의 마음에 얼어붙게 하였는지, 그 이상 무엇이었든 이미 지난 일이라고, 방원은 생각했다.

이태 전, 민무구는 일본왕의 생일을 감축하는 국서를 가지고 종사관과 함께 통신사로 일본을 건너갔다가 폭풍 속에서 혼자 살아 돌아왔다. 그때 죽지 않은 민무구는 아직 할 일이 남아 있기 때문이라고, 방원은 생각했다.

굵게 주름 잡힌 방원의 이마에서 땀방울이 흘러내렸다. 땀방울은 콧등을 타고 용포 위로 떨어져 내렸다. 편전 앞마당은 적막했다. 궁중악은 들려오지 않았다. 방원의 한숨을 대교도 민무구도 주워 담을 수 없었다.

민무구가 덧붙였다. 목에서 죽은 지 오래된 홍어 등뼈가 보였다.

"그 일은 많은 백성들로 하여 등을 돌리게 하는 오점이 되었나이다. 두고두고 기억될 것이옵니다. 한 점 오류가 될 것이옵니다. 그렇게 전하여질 것이고, 그렇게 기록될 것이옵니다."

민무구는 지난날들의 쓰라림을 감당하라는 듯이 말했다. 민구무의 입에서 삭은 홍어 비린내가 풍겨왔다.

"처남은 아는가. 윤허할 수밖에 없는 군주의 자리를…… 무엇을 결정하고, 무엇을 결정할 수 없음을 다 알려 하지 마라. 어떤 것은 선왕 탓으로 돌려야 하는 내 마음을 비겁이라 말하지 마라."

민무구는 사직을 이끌고 어디로 가고자 하는지 종잡을 수 없었다. 기약할 수 없는 신하의 행방을 뜬눈으로 지켜보는 일은 버겁고 역겹기까지 했다. 죽을힘을 다해 사직을 버리려 하는 신하를 붙잡아 가둘 수 없고, 신하의 행선지를 물을 수 없어 답답할 뿐이었다.

대교가 방원의 말을 받았다. 대교의 목소리는 불잉걸 같았다.

"남은 신하들의 여생을 삶과 죽음 중에 하나를 택하도록 하고, 그것을 윤허하는 건 전하의 결단이라야 하옵니다."

대교의 음성은 증발하고 있었다. 대교와 민무구 가운데 뜨거운 간(諫)을 가려내는 일은 어렵지 않았다. 방원은 대교의 목에서 충을 보고 있었다. 그것은 곰삭은 홍어 등뼈보다 단단해 보였다.

민무구가 대교를 바라봤다. 둘의 시선이 부딪치는 것을 방원은 알았다. 침을 삼키며 민무구가 말했다.

"하오나, 그때의 영웅을 저버린 건 어느 면에서도 설득력이 없사옵니다."

"정도전은 영웅이 아니다. 정도전의 요동정벌은 무거웠기 때문에 실천할 수 없었다. 내 계획도 정도전과 다르지 않다. 허나 실천의 행보가 다르니 어찌하겠는가."

"지금의 판세는, 변방의 오랑캐를 흡수할 때라고, 안으로 반역의 무리를 제거할 때라고, 그리하여 조선의 바탕을 다져나갈 때라고, 말하고 있사옵니다."

방원의 포부는 늘 대륙을 향해 팽팽한 날을 세웠다. 대륙 위에 그려진 조선 영토는 약소하지 않았다. 그랬어도 힘을 비축하는 일은 만만하지 않았다. 신하들과 벅찬 언쟁을 견디는 일도 쉽지 않았다. 신하들의 국문과 언쟁을 견디는 것은 인내가 아니라 쑥스러운 것이라고, 방원은 생각했다.

"대륙을 향한 야망은 시대마다 사직을 쥐고 흔들었다. 그것은 저 멀리 고구려와 발해에서 시작되었다. 그랬음에도 고려 사직은 대륙 진출을 실천하지 못했다. 고려는 안으로 삼키려고만 들었다. 요동 진출은 조선의 과업이다. 언젠가 직면할 날이 올 것이다."

방원의 어깨를 타고 한 줄기 전율이 용포를 스적이며 지나갔다. 조선의 운명은 여전히 눈에 보이지 않았다.

민무구가 눈꼬리를 치켜세웠다.

"모든 것은 후대가 평가할 것이옵니다. 조선의 의무는 고려가 이루지 못한 완전한 고토 회복에 있사옵니다. 방대한 운하와 토목 공사로 국고를 낭비하지 마옵소서. 인력과 군비를 아껴 변방에 들끓는 여진 무리를 대적케 한다면 우리의 입지가 크게 달라질 것이옵니다."

민무구는 옳은 것을 말하면서 사직의 무능을 지적하고 있었다. 어이가 없는 민무구의 말에, 아직은 때가 아니라고, 말할 수 없었다. 기다리라고 다독여줄 수도 없었다. 민무구의 입에서 밀려오는 곰삭은 냄새의 홍어 등뼈는 본래 말랑말랑한 것이어서 쉽게 부러지지 않는다는 것도 알았다.

올 것이 오는 것을 막지 않는 데는 그만한 이유가 있기 때문이라고, 큰 목소리로 말하려다가 방원은 입을 다물었다. 민무구의 옳은 말은 거둘 수 없었고, 그 뜻은 민무구도 알 것이라고, 방원은 생각했다. 그런 자신의 우유부단함이 방원은 놀라웠다. 파도처럼 출렁이는 심중을 들여다보며 방원은 숨을 들이켰다.

대교는 더 이상 말하지 않았다. 말을 아끼는 대교를 방원은 오래 데려가고 싶었다. 죽어 구름이 된 이염은 이제 끊어야 할 때가 되었다고, 방원은 마음을 다독였다.

방원의 입에서 나직한 소리가 흘러나왔다. 얼굴에 짙은 우울이 번져 있었다.

"이염, 어느 하늘 어느 땅 위를 흐르는 구름이 되었는가?"

예부터 땅이 그리워 사무친 구름만이 바위가 된다고 하였다. 땅을 흠모한 구름만이 땅의 이름을 얻어 바위가 될 수 있다고

했다. 군신의 예가, 살아 충정을 고하는 신하와 죽어 한 줌 구름
이 되어 불충을 고하는 신하와는 다를 것이라고, 방원은 생각했
다. 대개의 신하들은 살아 있을 때 충정보다 죽은 후 충정을 더
고결하게 여기는 것 같았다. 살아 충정을 아끼는 신하보다 죽어
사직의 무엇이 되기를 소망하는 신하들의 가벼움을, 방원은 단
한 번 무겁게 받아들이지 않았다. 죽음은 그것으로 끝이라는 것
을 모르고 떠드는 소리라고, 방원은 평소 말했다.

　죽은 이염의 충정과 대교의 충정은 하나의 뿌리에서 솟았다.
오래전 죽은 이숭인과 정도전의 충정도 한곳에 뿌리내렸다.

왕가의 뜰

한양.

새벽나절 시간은 파랗게 얼어 있었다. 일찍부터 자하문(紫霞門) 밖 조지소(造紙所) 관원들이 북한산을 따라 내려온 계곡물을 져다 날랐다. 새벽빛 속에 조지소는 우람하게 서 있었다. 기와에 맺힌 흰 서리가 백발 같았다. 서까래마다 맺힌 총기가 과묵해 보였다. 언 종이가 건조대에 널린 채 펄럭거렸다. 양지쪽에 자리 잡은 종이들이 일제히 먼동을 바라봤다.

얼어붙은 한강을 건너 왕궁으로 향했다. 여명은 겨우 나루에 당도하는 모양이었다. 바람은 젖어 있었다. 바람의 날은 날카롭고 축축했다. 실버들 잎사귀가 소리 없이 잘려나갔다. 민가의 아궁이는 새벽부터 소란스러웠다.

광화문 앞에 이를 즈음 관악산 위로 해가 올랐다. 홍예(虹霓)

를 튼 세 문은 나란히 열려 있었다. 가운데 문으로 왕이 드나들고, 좌우 두 문으로 신하들과 군사들이 드나든다고, 노인이 피곤한 기색을 감추고 말했다. 머리 부분을 둥글게 쌓아올린 홍예는 고풍스럽고 안정돼 보였다. 꼭대기에 박아놓은 장방의 홍예종석은 오류가 없었다. 종석마다 작은 용들이 돋을새김되어 있었다. 용들은 각양의 얼굴로 웃고 있었다. 명무가 돌들을 바라보며 웃었다.

광화문 좌우엔 해태상이 멀리 관악산을 바라보며 암수 대구를 이루었다. 얼굴은 홍예종석의 용들처럼 웃고 있으나 뒷발을 오므리고 앞발을 세워 언제든 뛰어오를 자세였다. 등과 배에 둥근 소용돌이무늬를 새겨 보는 위치에 따라 변화가 느껴졌다. 부동의 해태는 조금씩 움직이는 듯이 보였다. 꼬리는 관악산에서 뻗어오는 화기를 제압하느라 강직해 보였다. 생동하는 해태의 기맥은 요란하지 않으면서 침착했다. 명무가 발꿈치를 들어 올려 육축 위의 돌짐승을 바라봤다. 돌짐승들은 해태보다 게을러 보였는데, 저마다 돌의 질감을 버리고 과묵했다. 부동하는 돌짐승들의 소임이 주술적이지 않고 사실적으로 느껴졌다.

광화문의 위엄은 멀리에서 조용히 왔다. 광화(光化)의 원전은 요 임금으로부터 전해온 것이라고, 노인은 말했다. 광화란 군주로부터 내려오는 덕화(德化)를 의미한다고, 광(光)의 전거(典據)는 『서경(書經)』에 전한다고, 노인은 덧붙였다. 노인의 말을 새겨들으며 다시 광화문을 올려다봤다. 목수와 석공의 수공이 치밀해 보였다.

입궁은 까다로운 절차를 거쳤다. 소지품은 일일이 점검받았다. 쇠붙이는 허용되지 않았다. 봇짐 속엔 붓과 색료, 화선지와 그림을 그리는 데 사용하는 화구가 대개였다. 저화(楮貨)는 많지 않았다. 검문을 마치자 도감에서 나온 화원이 화가들을 맞았다. 색료가 밴 앞섶으로 보아 그림을 대한 지 오래돼 보였다.

화원이 말했다.

"이번 어진 제작은 특별하다. 화가들을 서로 겨루게 하여 가장 우수한 어진을 논상(論賞)하고자 한다. 사례가 없던 경연인 만큼 본보기로 옳다. 명심하라. 이것이 조선의 기발함이며 사직의 능동이다. 경연 방식과 절차는 도감에 채용된 도화서 화원들이 주관한다. 동선은 지시에 따르되 분명하지 못할 때는 궁 밖으로 퇴출된다."

어진 제작은 먼저 시재(試才)를 거쳐 어용화사(御用畫師)를 선정하며, 어용화사는 주관화사(主管畫師), 동참화사(同參畫師), 수종화원(隨從畫圓)으로 구분한다고, 화원은 덧붙였다. 주관화사는 집필화사라고도 칭하며, 어진에서 가장 중요한 용안과 전신의 윤곽을 그리게 된다고, 화원이 말했다.

본래 동참화사는 곤룡포를 담당했다. 수종화원은 채색과 어진 제작에 필요한 업무를 도왔다. 어용화사가 구성되면 경연은 시작을 알렸다. 아홉 명의 주관화사들이 아홉 축의 어진을 그리는 경합이었다. 길일 길시를 택해 밑그림에 해당하는 초본(草本)

을 그리게 되며, 동시에 어진의 바탕 비단을 잇는 직조(織造) 과정을 거쳐야 했다. 비단이 마련되면 전신의 윤곽을 그리는 상초(上肖)와 색을 입히는 설채(設彩)로 접어들어야 했다.

화원이 말을 이었다.

"봉심(奉審)은 따로 하지 않는다. 이유는 경연 자체에 의미를 두기 때문이다. 허나 매 과정마다 화원들이 엄히 관찰한다. 경연이 끝나면 도감에서 화원들이 심사를 진행한다. 심사를 통해 순위를 정한다. 순위가 정해지면 전하께서 직접 우수한 어진을 정하고, 종친부와 함께 시류에 적합한 어진을 결정한다. 그때 하사품도 정한다. 선정된 어진은 장황(粧䌙)하여 진전(進殿)에 봉안한다. 전하는 경연에 참가한 화가 모두를 아끼신다."

말을 마친 화원이 경연자들을 숙소로 안내했다. 명무와 노인이 화원을 따라 궁 안으로 들어갔다. 경계가 삼엄했다. 광화문을 지나 흥례문까지, 흥례문을 지나 근정전까지, 문과 문 사이는 시위에서 과녁에 이를 만큼 먼 거리였다.

흥례문을 거쳐야만 정전(正殿)인 근정전과 편전(便殿)인 사정전, 침전(寢殿)인 경성전, 연생전, 강녕전에 닿을 수 있었다. 그곳에서 왕의 집무와 비의 종종걸음이, 그 너머에 왕자들의 훈육과 공주들의 걸음이 오갔다. 조선을 총괄하는 사색도 그곳에서 조율되었다. 그곳에서 국풍을 열었으며, 민심과 여론을 반영했다.

근정전에 이르는 행로는 가파르게 보였다. 왕의 지존과 탁월한 종사가 거기에서 비롯되고, 그곳을 통해 아래로 내려갔다. 왕의 본보기와 왕가의 역사가 거기에서 시작되고 있었으며, 마침 또한 그곳에서 마련되며 기록되고 있었다. 왕궁의 하루는 감을 잡을 수 없었다.

근정전 광장에 서서 경연자들이 일제히 엎드려 예를 올렸다. 왕은 볼 수 없었다. 볼 수 없는 왕을 향한 배례는 무미하고 건조했다. 정전을 수호하는 내금위 무사들은 차가워 보였다. 갑옷의 내금위는 무수한 살수(殺手)를 제압하며, 왕을 근위하고 그 식솔들을 보호했다.

기척 없이 궁중악이 울려 퍼졌다. 타악의 둔중한 악상이 궁궐의 전각 안으로 스며들었다. 악이 울릴 때 저 소리가 왕궁의 소리인 듯싶었다. 아침나절 왕궁의 타악은 높고 맑았다. 밤사이 입시를 고하는 신하와 신하의 행렬을 도왔다. 조회를 위한 왕의 행차를 알렸다. 타악의 흐름에 맞추어 궁 안의 움직임이 빨라졌다. 화원도 걸음을 빠르게 내딛었다. 명무와 노인의 걸음도 왕궁의 소리에 흡수되듯 빨라졌다. 오늘의 왕업이 시작되고 있었다.

노인과 명무의 숙소는 경회루 뒤편 어진도감에서 멀지 않은 곳에 지어진 화방으로 정해졌다. 화방은 낡고 초라했다. 오래 묵은 묵향이 났다. 묵혀놓은 방이었던지 나무 썩는 냄새가 났다. 지난 초가을 말라 죽은 버들하늘소가 창틀에 달라붙어 있었다.

가운데 불을 지펴 숙소를 데울 수 있도록 난로가 놓여 있었다. 천장을 뚫어 굴뚝을 밖으로 냈다. 한쪽에 탁자와 의자, 침상이 가지런히 정돈돼 있었다. 추림(秋霖)에 남은 습기가 다 마르지 않아 정물마다 눅눅했다. 불을 피워 습기를 걷어내고 온기를 더해야 할 것 같았다. 노인이 온기 없는 침상을 손으로 털어내고 앉았다.

"먼 길 오느라 고단할 테니 눈이라도 붙이거라."

"아직 해가 남았습니다. 경연에 쓸 화구를 정리해야 합니다. 스승님 먼저 쉬셔요."

한낮의 해가 궁궐 뜨락을 고루 비추었다. 전각들은 하늘 맞닿은 자리에서 또렷한 윤곽을 드러냈다. 전각들은 고정된 공간을 이탈하지 않고 무겁게 버티고 있었다. 전각들이 시간을 견디는 듯이 보였다.

난로에 불을 지폈다. 노인이 침상에 몸을 누이자 명무가 화구를 탁자에 올려놓았다. 풀어놓은 화구는 많지 않았으나 하나하나 살피는 일에 신중을 기했다.

붓은 쓰임에 따라 크기별로 순서가 정해졌다. 정밀한 채색을 위한 세필은 열 가지 이상 분류되었다. 바탕선을 그리는 소필은 아홉 가지로 나뉘었다. 윤곽을 그려나가는 중필은 소필과 더불어 쓰임에 맞게 열 가지 이상 구분됐다. 대필은 잘 쓰이지 않으나 한번 휘두르면 장중한 무게감을 근본으로 두었다. 쓰임에 따라 다섯 가지로 나뉘었다.

작은 호리병엔 색료를 담았다. 먹물이 담겨 있었고, 나무와 약초에서 얻은 식물성 색료가 들어 있었다. 흙과 바위에서 얻은 광물성 색료도 모아 두었다. 닭, 오리, 노루에서 채취한 동물성 색료는 따로 담았다. 모두 자연에 얻은 색료였다. 흑, 적, 청, 녹, 백 다섯 가지 색료로 어떤 색상이든지 만들어냈다. 탁자 가운데 횡으로 세웠다.

동물의 뼛가루, 고래 심줄을 고아서 만든 아교, 동식물성 기름, 나무의 줄기에서 채취한 수액은 빼놓을 수 없는 재료였다. 돌 틈에서 채취한 분말색료는 화가들이 갖고 싶어 하는 진귀한 재료였다. 이것은 도화서 화원들과 왕족들만 사용했는데, 그만큼 귀했다. 일부 화원은 이 분말재료를 액상과 혼합해 비단에다 석채화(石彩畵)를 그렸다. 섬세한 묘사가 석채화의 묘미였다. 오랜 세월이 흘러도 그 색채가 닳거나 흐려지지 않아 왕실의 초상화를 담당하는 도화서 화원들 사이에 은밀히 전해왔다.

화구를 정리한 뒤 명무는 화방을 나왔다. 화방은 기다랗게 연결된 공동의 가옥 형태였다. 문 숫자만큼 방을 따로 두었는데, 한 동에 다섯 개의 화방이 줄지어 있었다. 두 동의 합숙 화방은 대체로 조용했다.

옆 화방은 사범과 후예가 경연을 준비하느라 분주해 보였다. 고급스러운 화구가 눈에 띄었다. 가지런히 놓인 붓은 천차만별이었다. 화구의 호사스러운 정도로 봐선 흔한 화가는 아닌 듯했다. 사범과 후예의 옷차림에 귀족의 매무새가 보였다. 탁자 위에 놓인 화구만 봐도 명무의 것과 비교되지 않았다. 어느 것 하나 소홀함 없이 만반의 준비가 엿보였다. 강호를 떠나 은둔한 화가의 궁핍만을 보아온 터라, 그 초라함을 생각하고 싶지 않았다. 예술혼과 궁핍이 조화를 이룰 때 필연적으로 회화가 가능하다는 스승의 가르침은 믿기지 않았다. 준비부터가 철저하다면 실력을 겨룰 때 특출한 화법을 구가하지 않는 이상 그쪽으로 기우는 것은 자명해 보였다.

거기다 더욱 사기를 떨어뜨린 것은 옆 화방에서 나온 중늙은이의 환한 웃음이었다. 그 곁에 푸른 앞치마를 두른 어린 나인이 붙어 있었는데, 어디로 보나 도화서 화원이 분명했다. 삼품 이상 관직을 상징하는 관이나 은어대를 두른 푸른 관복은 단아했다. 상아로 된 홀(笏)은 언제든 붓으로 대용할 수 있도록 끝에 술을 댄 것도 눈에 띄었다.

명무와 눈이 마주친 화원이 놀라는 눈치였다. 명무가 고개 숙였다. 보아서 안 될 일인지 알 수 없었다. 경연 참가자는 누구도 화원과 접촉할 수 없었다. 숙소를 알려주던 화원이 괄괄한 목소리로 전한 터였다.

경연은 어디까지나 경연이었다. 이 호사스러움이 한편으론 경연의 취지와 잘 어울릴 것 같았다. 왕의 초상이 단지 예술혼 하나로 그려나가는 것만은 아닐 것이므로, 경연을 앞둔 화가의 준비부터가 자신감을 불어넣어줄 것이었다. 화원의 신망을 보장받는 것이야말로 사전에 신중한 초석이 되고 남을 것이었다. 무엇을 어떻게 해야 할지 막막했으나 가야 할 길은 정해져 있었다.

낮에 빛나던 것들이 하나둘 어둠을 받아들일 채비를 했다. 경회루 너머 아악서에서 현악의 소리가 실려 왔다. 천추전과 사정전, 만춘전 담장 너머에서 소리는 시작되는 듯싶었다. 소리는 궁궐의 전각을 깎아지르지 않고 너울너울 춤추듯 연못을 건너왔다. 물과 해와 바람의 무늬를 갉아대던 생이 짧은 곤충들의 울음처럼 소리는 가뭇없이 넘어왔다.

경회루 연못은 얼어 있었다. 해빙을 기다리기엔 해가 짧은 모양이었다. 얼음이 녹으면 뱃놀이를 해도 좋을 만큼 넓어 보였다. 경회루를 건너는 돌다리는 셋이었다. 가운데가 왕만이 건널 수 있는 돌다리라는데, 대안 쪽 난간 기둥에 돌짐승이 조각되어 있었다. 불기를 잡아먹는 돌불가사리 하나가 거기 우두커니 앉아 접안을 바라봤다. 돌불가사리는 광화문의 돌짐승들처럼 편안하지 않았다. 해괴하지도 않았다. 짐승의 사념을 버리고 오직 불기만을 좇는 듯이 보였다.

경회루를 떠받치는 마흔여덟 개 돌기둥엔 연중 절기가 설정되어 있었다. 조영과 설계 자체가 왕을 중심으로 하는 천운(天運)에서 비롯된 터였다. 조상의 음덕과 보우에 이르는 사연은 천문(天文)과 무관하지 않았다. 의도된 설계를 바탕으로 경회루삼십육궁(慶會樓三十六宮) 도면은 만들어졌다고 했다. 경회루의 설계는 파격을 감추고 현오를 드러내는 듯이 보였다.

해는 점점 서편으로 기울어 긴 그림자마저 자취를 감추었다. 빛이 사라지는 시간에, 시간은 파랗게 얼어갔다. 저녁 어스름은 장터처럼 웅성거리며 물려왔다. 청계천에 모여 있던 상인들이 귀가를 서두르는 모양이었다. 궁궐의 전각들은 일제히 잿빛으로 물들어갔다. 빛이 밀려가면서 궁궐은 제자리에서 어둑어둑해졌다.

방으로 돌아오자 가느다란 빗줄기가 내렸다. 불안한 마음은 어느새 가라앉아 있었다. 저녁이 오는 소리가 댓돌에서 들려왔다. 왕궁의 저녁은 낯설고 고요했다. 밤이 깊어가자 처마를 도는 순라병들의 등불이 곳곳에서 깜빡거렸다. 밤이 이슥해져서야 명무는 겨우 잠이 들었다. 밤새 병사들의 수런거림이 밖에서 흔들렸으나, 꿈결에 무엇도 보이지 않았다. 잠결은 어느 때보다 깊고 잠잠했다.

편백나무

밤사이 편백나무 잔가지가 눈에 덮였다. 비원을 가로질러 바람이 불어갔다. 눈송이가 흩날렸다. 멀리 청계천에서 물소리가 들려왔다.

왕후 민씨와 양녕, 효령, 충녕 왕자가 모습을 드러냈다. 어린 성녕은 보모에게 안겨 옹알이를 했다. 공주들은 수다스럽지 않고 조용했다. 왕가 종친들이 치장을 늘어뜨리고 입궁했다. 신료들이 의관을 정제하고 몰려들었다. 민가에서 늙은 백성들이 지팡이를 짚고 오거나 자식들에게 업혀왔다.

방원이 인정전 앞뜰에 들어섰다. 내금위 무사 셋이 호위했다. 육조 당상관들이 뒤를 이었다. 방원이 말했다.

"외방에서 화가들이 입궁했다고 들었다."

"어진 경연을 위해 화가들을 불러들였사옵니다."

좌명공신 하륜이 방원의 말을 받았다.

"예감이 좋다. 준비는 잘되고 있는가?"

"만반의 준비를 갖추고 있사옵니다. 내일 신시를 기해 화가들을 한자리에 모아 시재(試才)를 거칠 것이옵니다."

신극례의 목소리는 눈빛만큼이나 또렷했다. 신극례는 어진의 중요성을 아는 듯이 보였다. 방원이 고개를 끄덕였다.

"시재에 오를 주역은 누구인가?"

"김인찬 장군이옵니다."

"김인찬?"

"태상황 전하 즉위 원년에 일등공신으로 책봉된 무신이옵니다."

민무질이 대꾸했다. 육조 당상들이 아비 강헌의 숙장 김인찬을 잊지 못하는 것이라고, 방원은 생각했다.

방원은 김인찬을 떠올렸다. 개국 때 공로가 커 강헌은 김인찬을 일등공신으로 보았다. 오래전 죽은 김인찬은 쉽게 지울 수 없는 인물이었다. 방원의 머릿속은 가물거리며 멀리 달려갔다.

태조는 즉위 원년 8월 공신도감을 설치하고 배극렴 이하 일등공신 16명, 윤호 이하 이등공신 11명, 안경공 이하 삼등공신 16명을 개국공신으로 선임했다. 여기에 개국 직후 죽은 김인찬을 일등공신으로 추대하고, 동년 9월에 조견 이하 7명, 11월에 황희석을 보태어 총 52명의 개국공신을 책봉했다. 김인찬은 무재(武材)가 넘치는 무신이었다. 고려 때 밀직부사를 지냈고, 조선 개국 후에는 중추원사 의흥친군위동지절제사에 올라 친위대를 이끌었으나 얼마 가지 못했다. 죽은 후 개국 일등공신에 봉해졌고, 익화군에 추봉되었다. 차후 문하시랑찬성사에 추증되었다. 양근(楊根)을 본관으로 하는 시조에 올랐다.

기억 속에 떠오른 김인찬은 또렷했다. 목에서 끓는 소리가 들렸다.

"눈매가 곧고 바르다고 들었다. 우람하고 곧은 무장이라 들었다. 어진 경연의 시재에 적합한 장군일 것이다."

"그러하옵니다."

하륜이 대꾸했다. 방원이 고개를 끄덕였다. 방원이 흡족한 표정으로 상선을 바라봤다. 상선이 말꼬리를 알아채고 허리 숙이며 말했다.

"기로(耆老)들과 민가의 노부 노모들이 입궁하였다 하옵니다."

상선의 말 속에 등짝이 늘씬하고 보폭이 짧은 염소 울음소리가 들렸다. 방원이 상선을 바라보며 알았다고 대꾸했다.

동짓달 보름 양로연은 기름기가 빠진 대신 향그럽고 푸근했다. 해마다 여름과 겨울이면 연로한 노인들을 불러 건강과 장수를 빌었다. 가깝게는 공경의 뜻을 전하고, 멀게는 나라의 화평을 다지고자 했다. 양로연 하나로 나라의 근심을 다 비워낼 수는 없을 것이나, 다만 나이 든 노인들로 하여 구복과 바람을 더하고자 했다. 노인들에게 대접이 후해야 남은 자들이 부정을 타지 않는다고, 모두는 알았다.

낮인데도 앞이 흐렸다. 바람이 잠잠해질 무렵 하륜이 축문을 띄웠다. 명나라 황제를 향한 하례(賀禮)는 올리지 않았다. 보름마다 명황제의 궐패에 올리는 망궐례(望闕禮)는 명분이 없었다. 정월 초하룻날 신료들과 더불어 올리는 하정례(賀正禮) 역시 나라와 나라가 정한 예절 이상 여기지 않았다. 축문을 읽어 내려가는 하륜의 목소리가 떨렸다.

"조선의 기상을 기억하시라. 연로한 노부 노모를 모시니, 해마다 홍수와 가뭄과 기근과 큰 바람의 근심을 비워내게 하시라. 풍작과 우량으로 나라 안 모든 백성들을 살지게 하시라."

방원이 모두를 힘주어 바라봤다. 오늘만큼은 근심을 지우고 백성들 가까이 가고 싶었다. 백성에 대한 배려는 몸과 마음에서 나오는 것이며, 그것이 조선의 강건을 다지는 기틀이 될 것이라고, 방원은 단전에 힘을 주었다. 방원의 목소리가 맑게 들렸다.

"복된 날, 모두 기뻐하라."

전악서(典樂署)와 아악서(雅樂署)에서 나온 악공들이 〈전정헌가(殿庭軒駕)〉를 연주했다. 방원은 전정고취의 전통과 역량을 알았다. 악사들이 지닌 악상의 전형을 신뢰했다. 현악과 타악이 섞이어들면서 음악은 무르익어갔다. 악기마다 소리의 질감이 좋았다.

저녁나절 인정전 앞뜰은 풍성한 빛들이 군무를 추었다. 기로들이 줄을 지어 앉았다. 승정원 당상관과 당하관들이 들어섰다.

의금부 장교들이 당도했다. 동짓달 양로연은 편안하고 따스해 보였다.

악대 좌우에 놓인 편종과 편경이 울리자 협률랑(協律郎)이 방원의 휘를 새긴 깃발을 들어 세웠다. 삭고(朔鼓)가 울렸고, 응고(應鼓)가 뒤따라 울렸다. 축(祝)을 한 번 두드리자 뒤따라 건고(建鼓)가 세 번 울렸다. 의장이 높이 오를 때 홍주의(紅紬衣)를 걸친 악대가 〈빗가락정읍[橫指井邑]〉을 연주했다. 느리면서 장엄한 선율이 인정전 뜨락을 물처럼 떠갔다. 조선의 음악은 고려의 음향과 가락이 버무려져 나왔다. 민가에서 올라온 노인들이 상을 끼고 둘러앉아 느린 가락에 어깨를 흔들었다. 음악이 연주되는 동안 노인들이 흥겹게 떠들어댔다. 음악은 돌고 돌아 〈처용무(處容舞)〉로 넘어갔다. 전정고취 연주는 그때마다 장엄한 격이 솟아 있었다.

서녘 하늘에 노을이 비껴들었다. 빛은 본래 자리를 이탈해 서촌 너머로 저물어갔다. 붉은 해거름이 궁궐 전각 모서리에 부딪힐 무렵 양로연은 막을 내렸다. 하늘이 붉게 가라앉을 때, 기로와 노인들이 몸을 털고 일어섰다. 배를 두드리며 일어서는 노인이 있었고, 거나하게 취한 노인도 있었다.

어린 성녕이 보모에게 안긴 채 잠들어 있었다. 민씨가 보모와 함께 강녕전으로 돌아갔다. 양녕, 효령, 충녕 왕자들이 동궁으로 돌아갔고, 공주들이 조용히 내명부 앞을 지나 처소로 향했다.

모두가 돌아간 뒤 편전으로 대교를 불렀다. 대교는 다섯 걸음 앞에 무릎을 꿇고 낮게 허리 숙였다. 말없이 대교를 내려봤다. 요동 결전에서 삼천 명에 이르는 여진 병사들을 토문에다 수장할 때, 대교는 이숙번을 호휘했다. 문관으로 진출하면서 대교는 정칠품 참군(參軍) 관직을 버렸다. 무관에서 문관으로 진입은 의외였다. 방원은 대교의 문무를 당연으로 보았다. 이를 트집 잡는 당상관은 없었다. 반역하지 않는 이상 오래 데려갈 작정이었다.

　대교가 물었다.

　"천한 신하이옵니다. 어찌 엄중한 곳에……."

　"화가들이 입궁했다고 들었다."

　달빛이 순한 저녁에 방원은 기분이 들떠 있었다. 무슨 말이 새어나올지 알 수 없는 상황에 섣부르게 방원의 마음을 읽어서는 안 될 것이라고, 대교는 생각했다. 대교가 목소리를 낮추었다.

　"신은 문필과 친하옵니다. 그림은 배우지도 다루지도 못하나이다. 하오나 어진 경연은 시류를 비추는 종사가 될 것이옵니다."

　방원이 문밖을 바라봤다. 인정전 월대에 깔린 박석에서 고른 빛이 올라왔다. 전각 모서리에서 지난가을까지 살다 죽은 귀뚜라미 소리가 새어나왔다. 바람 소리인 것 같았는데, 창덕궁의 바람은 한강 동편의 바람보다 부드럽고 아늑했다.

　대교가 고개를 들고 허리를 곧추세웠다. 밤중에 홀로 방원과 마주하기는 처음이었다. 방원의 얼굴은 어둡게 보였다. 사사로이 예문관 사품을 부를 군왕이 아님을 알았다. 대교는 방원의 마음을 읽지 않고 기다렸다. 곁에 그림자처럼 붙어 있어야 할 상선은 보이지 않았다. 내금위 무사들까지 물러가 있었다. 독대의 엄중이 누구를 위한 것이든 결국 알게 될 것이었다.

방원이 말을 띄웠다. 말 속에 차고 냉랭한 댓잎이 보였고, 마른 대쪽이 보였다.

"그보다 할 말이 있어 불렀다."

……혹여, 그 일로.

오래전 사건을 떠올려 이로울 게 없었다. 방원의 눈가에 번지는 가느다란 떨림을 대교는 놓치지 않았다. 군왕과 독대란 가파른 산악을 오르는 인내와 같았다. 무엇이 됐든 대교에겐 뿌리칠 수 없는 부담이었다. 마음은 가라앉지 않고 홀로 난바다로 나아가 출렁거렸다. 등허리를 타고 식은땀이 흐를 때, 방원이 말했다.

"명현서의 여식은?"

방원의 마음은 대교의 생각을 넘어서지 않았다. 대교는 안도했다.

"찾을 수 없었사옵니다. 다섯 해 동안 충청, 전라, 경상 쪽 민가와 해안가를 뒤졌으나 보이지 않았사옵니다. 작년 강원, 함경, 평안의 민가와 산악으로 사람을 보내 훑었으나 드러나지 않았사옵니다."

"국경을 넘었다는 말인가."

"어린것이 그랬을 리는 만무하고, 필시 싸고도는 무리가 있었을 것이옵니다."

"그랬겠지. 새 떼 같은 고려 떨거지들이 가만두었을 리 없지."

인정전 안으로 밀려들어온 바람이 늘어진 휘장을 흔들어댔다. 바람은 낮고 고요히 불어 다녔다. 방원의 얼굴은 그늘에 잠겨 있었다.

대교가 대꾸했다. 목젖이 떨렸다.

"명현서는 고려유민과 반역을 꾀하였사옵니다. 설득할 수 없었고, 살려둘 수 없었사옵니다."

"대교 말이 옳다. 허나 그때를 떠올릴 때마다 한없이 작아지는 내 마음을 알 수 없다. 대교는 아는가?"

이럴 수도 저럴 수도 없는 일이었다. 망설이지 않고 대범하게 이끌어야 한다는 것을 알았다. 대교가 짧게 대꾸했다.

"느슨히 바라보시고 강고히 매듭지으소서."

"그래야 할 것이다."

그 말을 뱉고 방원은 잠시 대교를 내려봤다. 방원의 시선은 한줌 부담이었다. 마음이 무거웠다. 방원의 마음이 깊은지 얕은지 알 수 없었다. 무거운 것은 가라앉기 마련인데, 오늘 밤 무거운 것들이 오히려 떠오르고 있음을 대교는 직감했다.

대교가 말했다. 대교의 목에서 오죽(烏竹)으로 빚은 퉁소 소리가 들렸다.

"양녕대군이 국본의 위엄을 불어넣으려 하고 있사옵니다. 성녕 왕자가 태동에서 벗어나 옹알이를 시작한 지 엊그제이옵니다. 멀리 바라보시고 사사로운 일에 관대하소서."

통소 소리가 조선을 거슬러 먼 과거의 시간대를 더듬어갔다. 고려를 지나 신라와 백제와 고구려 앞자락에서 까마득한 발해의 기슭으로 소리는 건너갔다. 건너간 통소 소리는 돌아오지 않았다.

"고려 왕족과 유민들은 사사롭지 않다."

그들을 더 이상 적으로 여기지 마소서, 라고 대교는 말하지 않았다. 무릎이 시큰거려왔고 몹시 추웠다. 방원을 올려봤다. 방원의 얼굴은 굳어 있었다. 대교의 목에서 마른바람이 불어갔다.

"신의 신체는 고려유민을 척살하는 데 용이할 뿐이옵니다."

"그렇다 쳐도, 고려의 저항은 끊이지 않을 것이다."

창 너머 바람이 불어갔다. 멀리에서 개들이 짖어댔다. 밤사이 번을 서는 군장과 병사들의 수런거림이 들려왔다. 밤안개를 뚫고 달려온 한강 동편의 바람은 인정전 앞에 당도해 있었다. 날을 세운 바람 속에 오래전 죽은 명현서의 혼백이 보였다. 명현서는 죽어서도 조선의 바람으로 남아 있었다. 명현서의 목소리가 들렸다.

......조선은 저 높고 아름다운 나라, 고려를 피로 물들이며 일으킨 나라이옵니다.

피로 물들 날들을 대교는 무엇으로 견디어줄지 알 수 없었다. 앞날은 깨어 있었으나 보이지 않았다. 대교를 내려보는 방원의 눈은 어둡고 캄캄해 보였다. 대교의 눈빛이 흔들렸고, 방원의 어깨가 떨렸다. 둘 사이 긴 바람이 불어갔다.

대교가 짧게 대답했다.

"유념하겠나이다."

대답 속에 고려의 저항을 무마하는 적개심이 보였다. 방원의 바람은 거기까지라고, 대교는 생각했다. 방원이 고개를 끄덕였다.

"그래야 할 것이다."

허리를 묻고 인정전을 나왔다. 대교의 머리 위로 긴 꼬리를 끌고 유성 하나가 지나갔다. 밤사이 이승의 길을 지나 저승의 숲으로 걸어가는 혼백이 있는 것 같았다. 비원에는 양로연을 마무리하느라 어린 나인들과 병사들이 분주하게 움직였다. 편백나무 이파리가 잔바람에 몸을 떨었다. 기로와 민가의 노인들이 돌아간 축제의 끝은 허전하고 쓸쓸했다.

왕들의 아침

청계천 물 흐르는 소리가 들려왔다. 비는 개어 있었다. 아침나절 인왕산에서 불어온 바람이 머리를 깨웠다. 햇살은 부드러웠다. 산들이 영롱했다. 멀리서 한강은 풍요의 소리를 냈다. 한강은 기갈과 주림과 불만의 흔적을 지운 채 느리게 흘러가는 모양이었다.

조식을 마치자 경연자들이 사정전 앞에 모여들었다. 사정전 현판은 근정전 현판과 더불어 정도전이 썼다고 노인이 말했다. 사정전은 윤곽을 벽체로 감싸지 않고 외부 전체를 개방했다. 문과 창을 달아 빛과 바람과 소리가 흔하게 드나들었다. 동편엔 만춘전이, 서편엔 천추전이 사정전과 일곽을 이루었다. 정전이 아닌 편전 앞에 경연자들을 불러 모은 것은 합당해 보였다.

도감에서 어용화사를 선발하기 위해 화원들이 나왔다. 어용화사 선정은 시재(試才)를 거쳐야 했다. 어진 제작의 첫 과정이었다. 시재는 종묘(宗廟)에서 진행된다고 했다. 따로 화구를 지참할 필요는 없었다. 시재 후에는 역대 추존 왕들의 위패와 신주단지를 모신 정전을 둘러볼 것이라고 했다. 경연자는 누구도 빠질 수 없었다. 화원들이 앞장서 조용히 걸었고, 화가들의 무리 지어 뒤를 따랐다. 화가들의 걸음이 수런거려 화원이 뒤돌아서서 주의를 주었다.

종묘는 경복궁 동편 건춘문을 나와 창덕궁 지나 남쪽으로 더 걸어가야 했다. 창덕궁 전각들은 지어진 지 얼마 되지 않아 생솔 냄새가 났다. 경복궁 전각들보다 우람하고 깔끔했다. 얼마 전 금천교가 완공되었다고 노인이 말해주었다. 창덕궁은 고요한 기품이 보였다. 돈화문에서 젊고 무거운 위엄이 돌았다.

종묘로 들어설 때 서늘한 기운이 감돌았다. 경연자들이 외대문 앞에서 걸음을 멈추었다. 문은 세 개로 나뉘었다. 화원을 따라 좌측 문으로 조용히 들어선 종묘는 한눈에 봐도 웅대해 보였다. 화원들이 숙연한 표정으로 들어섰다.

태조 3년 사직 궁궐 조시와 더불어 종묘 설계가 시작됐다. 태조는 직접 서운관과 풍수학인들에게 지세를 살피게 했다. 그해 늦가을 감산 아랫녘을 종묘터로 정하고서야 흡족해했다. 한양의 동편이었다. 청계천의 북향이기도 했다. 하늘에서 내려다보면 산자락이 흘러내리다 한곳으로 합쳐지면서 아늑한 둥지를 트는 형국이라는데, 누구도 하늘에서 내려다본 적은 없었다.

당시 태조는 종묘 건축에 전력을 쏟았다. 종묘는 대실을 일곱 간으로 나누고, 감실 다섯 간을 돌로 올렸다. 좌우에 두 간의 익실을 보태었다. 인소전(仁昭殿)을 지어 신의왕후 한씨를 모시고 공신당(功臣堂)을 곁에 세웠다. 신문과 동문 세 곳을 뚫었고, 서문 한 곳을 뚫어 전체를 담장으로 둘러막았다.

단층으로 지어진 종묘정전은 정면 열아홉 간, 좌우 동서 익실 여섯 간과 익랑을 세워 규모가 장대했다. 서른다섯 열주기둥은 정교한 구상을 보였다. 기와로 얹은 지붕은 흰 삼화토로 윤곽을 잡아 흐트러짐 없이 단장했다.

정전을 올려다보던 화원이 천년을 기념할 것이라고 말했다. 천지간 사상과 이념과 학문이 하나가 되기를 염원한다고, 화원은 덧붙였다. 추상같은 염원을 안고 목조, 익조, 도조, 환조, 왕들은 종묘정전에서 쉬었다. 앞마당 월대는 광대했다. 장대석을 세벌로 쌓아올려 적당한 높이를 주었다. 박석을 깔아 포장한 위에 정전을 올림으로써 정전과 월대는 일곽을 이루었다. 중후하면서도 장엄한 건축물이었다.

태조 때 쌓아올린 남쪽 가산(假山)은 방원에 이르러 더 높게 쌓아올려졌다. 천혜의 부족을 알 때, 인공의 노력은 우선적이며 능동적이어야 한다는 방원의 원칙은 가팔라 보였다. 때를 늦추지 않고 실천으로 옮기면서, 방원은 가산의 보완이 타당하다고 생각했다.

가산 앞에 청룡, 백호, 주작, 현무를 암각한 바위를 세워 두었다. 석공의 솜씨가 정교한 조각이었다. 사방을 수호하는 부조의 신들이 바위의 견고함을 털어냈다. 주술의 힘을 신라의 범종에서 이어받았다고, 화원이 말했다. 건축물의 설계에서 완성까지 멸망한 백제의 석탑과 고려의 건축 기술을 계승했다는 화원의 말은, 파격으로 들렸다. 삶과 죽음의 중간에 선 추존 왕들은 산 자들의 강호에 생기를 불어넣느라 죽어서도 호연지기한다는 화원의 말은, 깃털처럼 부드러웠다.

종묘를 지나는 새들은 울지 않았다. 어디선가 밀려온 구름은 낮게 그곳을 비켜갔다. 바람은 한결 순하게 불어와 조용히 머물다 갔다. 적막했다. 경연자들이 긴장하는 듯했다. 공양왕 사당 앞에서 모두는 숨을 죽였다. 공양왕 영정은 감실 안에 놓여 있었다. 벽 쪽에 붙은 문을 열고 예를 올릴 때 고려 마지막 왕은 영정 안에서 눈물 흘렸다. 공양왕의 얼굴은 슬퍼 보였다. 죽어간 고려 왕족과 백성들을 연민하는 것 같았다. 살아남은 고려 왕족과 유민들의 앞날을 근심하는 것 같았다. 이승의 일을 공양왕은 영정 속에서 고뇌하는 것 같았다. 흠향(歆饗)이 끝나자 공양왕 초상은 감실로 들어갔다.

종묘 한곳에 공양왕의 위패와 영정을 받든 이유는 명백해 보였다. 고려의 대를 이어가려는 뜨거운 조선의 명분이었다. 패망의 고려가 아니라, 그야말로 새로운 아침을 이어가려는 조선은 끓어오르지 않고 다만 뜨거웠다. 고려를 끌어안으려는 조선의 의지는 적극적이며 능동적이어야 한다는 종친부의 결의는 깊어 보였다.

오포 소리가 울리고 나서야 시재가 시작됐다. 정전 월대를 덮은 멍석들은 노적가리 같았다. 멍석마다 화선지가 놓여 있었다. 색료와 붓도 가지런했다. 전방에는 공신도 한 폭이 펄럭였다. 화원이 목소리를 높였다.

"시재는 개국공신 김인찬 장군의 공신상 모사이다."

김인찬은 공신도 안에서 조선의 앞날을 근심하느라 숨을 죽였다. 눈매가 곧고 이마가 반듯한 김인찬은 감정을 비워낸 얼굴이었다. 콧등을 타고 미끄러져 내려온 인중은 입술을 지나 턱까지 수염으로 덮여 있었다. 입술은 시위를 당기지 않은 활처럼 붉고 고요했다. 전체적으로 안면 윤곽과 이목구비는 안색보다 짙은 선으로 그려져 있었다. 안면 근육에서 볼 수 있는 피부의 무수한 생리적 요철을 잠재운 추상의 얼굴이었다. 전신을 덮은 무신의 의습(衣褶)은 사실적으로 느껴졌다. 검정 관복의 선과 문양에 따라 엇갈리고 겹쳐지는 복문양의 입체감은 거세되고 세필로 그려낸 정교한 평문양 기법이었다.

김인찬은 공신도 속에서 곧은 무장의 질감으로 살아 있었다. 붓을 쥐고 모사할 때, 김인찬은 조용히 걸어 나와 정전 월대를 거닐었다. 김인찬은 길지 않은 시간 동안 회화의 도리를 아는 듯이 보였다. 정오 오포 소리에 맞춰 시작된 시재는 해가 뉘엿해서야 끝을 맺었다.

김인찬은 회화의 부족함을 드러내지 않았다. 사실적 구상과 회화적 추상 속에 김인찬은 한 폭의 공신상으로 부활했다. 넘치지도 부족하지도 않음을 알 때 시재의 적절함도 간파됐다. 시재는 다만 시재일 뿐이었다. 완성된 그림이라 할 수 없었다. 경연자 중에는 김인찬의 얼굴만 그린 것도 있었고, 전신을 담은 것도 있었다. 시재를 통해 어용화사를 선정할 것인데, 누가 주관화사가 되고 동참화사가 될지, 수종화원은 누가 될지 알 수 없었다.

화원들이 서둘러 화선지를 거두어 갔다. 경연자들이 술렁거렸다. 미진한 부분이 남은 아쉬운 감정들이었다. 나인과 장졸들이 떠메고 온 이른 저녁 끼니를 보자 곧 잠잠해졌다. 끼니는 소박하고 정갈했다. 정전 월대를 벗어나 멀리 떨어진 곳에서 모두는 소리 내지 않고 먹었다.

식사 후 경연자들이 다시 정전 앞에 모였다. 동편 하늘 모서리에 떠오른 보름달은 차가워 보였다. 제실 안으로 들어서자 추존 왕들의 위패와 신주단지를 모신 제단이 눈에 들어왔다. 제실마다 추존 왕의 초상이 걸려 있었다. 목조, 익조, 도조, 환조는 유상(遺像) 안에서 고요한 시선으로 내려봤다. 죽어 무엇도 윤허할 수 없는 왕들은 죽은 후에라도 백성들 앞에 드러날 면목을 남기고 싶은 그것이 사후 명분이라고, 화원은 설명하지 않았으나 짐작되고 남았다. 죽으면 새와 같이 묻힐 수 없고, 새 울음도 들리지 말아야 하는데, 산 사람들의 어수선한 동선을 따라 종묘는 밤 늦도록 수런거렸다.

명무의 생각은 깊지도 얕지도 않았다. 그런 생각이 죽은 왕들을 모독하는 것은 아닌지, 죽은 왕들의 죽음을 생각하는 그것은 산 왕의 왕업을 생각하는 것과 명백히 다를 것이라고, 생각을 추슬렀다. 종묘에서 왕의 죽음을 생각하는 것은 죽은 왕을 모독하는 게 아니라, 왕의 죽음에 깃든 진정을 헤아리는 것이라고, 명무는 생각했다.

　경연자들이 말없이 정전을 나왔다. 월대에 내린 달빛이 맑고 냉랭했다. 공신당 쪽은 캄캄해 보이지 않았다. 병사들이 횃불을 밝혀 들고 종묘를 순찰했다. 멀리에서 횃불이 죽은 왕들의 혼불처럼 떠다녔다.

　화방으로 돌아온 명무는 평상복으로 갈아입었다. 씻은 후 붓을 들고 모필을 매만졌다. 달을 그릴 때, 달무리가 낀 풍경은 고즈넉하면서도 음산했다. 달 아래 강기슭을 걸어가는 나그네가 보였다. 동편 하늘엔 별 하나가 외로이 떠 있었다. 별은 스승이 되기도 했고, 아비가 되기도 했다. 마음을 그렸으나 마음은 쉽게 그려지지 않았다. 마음은 가라앉지 않고 오히려 화폭에 그려진 나그네를 따라 시린 샛강을 거슬러 갔다. 마음은 어디로 갈지 정하지 않은 채 흘러갈 뿐이었다.

　노인이 잠든 후에서야 명무는 화방을 나왔다. 간간이 불침번을 서는 병사들의 등불이 멀리에서 흔들렸다. 더러 나무 부딪치는 소리가 들려왔다. 병사들의 수군거림도 들려왔다. 밤이 깊어가자 왕궁은 물에 잠긴 듯 고요했다.

궁 안쪽으로 발을 내디뎠다. 걸음에서 소리가 묻어나지 않도록 몸을 낮추었다. 도화서 앞뜰을 지나 경회루 좌측 돌다리를 건넜다. 연못을 건널 때 경회루는 물속에 거꾸로 박혀 있었다. 경회루는 비어 있었다. 병사들은 보이지 않았다.

몸에 숨긴 작은 칼을 더듬었다. 몸에 붙은 칼은 겉으로 드러나지 않았다. 입궁하면서 몸수색 때도 칼은 만져지지 않았다. 조심스레 발걸음을 옮겼다. 경회루를 지나 강녕전 근처에서 걸음을 멈추었다.

경복궁 중심을 따라 사정전 뒤편에 터를 잡은 강녕전은 연생전, 경성전, 연길당, 응지당과 더불어 하나의 행랑으로 이어져 있었다. 일곽의 다섯 나랏집 가운데 강녕전은 으뜸이라고, 노인은 말했다. 오행을 딛고 다섯 채의 처마 아래 왕의 운신이 오간다고, 노인은 덧붙였다. 왕의 침전이 자리한 곳이었다. 왕가의 연회와 가무가 이곳에서 열렸고, 더러 신하들과 간담도 열었다. 경계가 첫째로 삼엄한 곳이었다.

강녕전 담장을 올려다보며 명무는 나아갈 수 없다는 것을 알았다. 침전은 무거운 경계가 감돌았다. 병사들 눈에 띄었다간 곧바로 포박되거나 베어질 것이었다. 붙잡히면 혹한 고초를 견디다가 죽게 될 것이었다. 삼엄한 경계와 경계 사이에서 명무는 신음했다. 서둘러 숙소로 발걸음을 옮겼다. 돌아가는 동안 순라병과 부딪치지 않아 다행이었다.

숙소 근처에 당도했을 때 기척이 들려왔다. 노인인가 해서 뒤를 돌아보았다. 지난번 마주친 화원이었다. 옆 화방을 다녀온 모양이었다. 손에 등을 쥐고 있었다. 청사등롱이었다. 삼품 이상 벼슬의 야심한 행로를 비추는 소품은, 불이 밝고 영롱했다.

명무가 급히 해태상 뒤로 비켜섰다. 화원이 말없이 지나갔다. 명무가 숨을 멈추고 등불을 바라봤다. 등롱은 어둠 안으로 총총히 걸어갔다. 궁궐의 전각들이 웅크린 채 숨을 죽였다. 돌짐승들이 눈 뜨고 등롱을 지켜봤다. 어둠 속에서 등롱이 흔들렸다.

태조어진
太祖御眞

아침나절 다시 종묘로 나아갔다. 태조의 초상을 관람하는 일이었다. 밤사이 시재에 관한 소식은 없었다. 경연자들 사이에 추측의 말과 소망의 말들이 오고 갔으나, 정확한 말은 어디에도 없었다. 종묘에 이를 즈음 화원이 시끄럽다고 성을 냈다. 경연자들이 일제히 입을 다물었다. 머리 위를 따라온 새가 멀리 달아났다.

태조의 초상은 문소전(文昭殿)에 봉안돼 있었다. 정전과 마찬가지로 엄한 곳이었다. 잔바람이 지날 때 전각 끄트머리에 달린 풍경이 흔들렸다. 소리가 맑고 투명했다. 명무가 귀를 세우고 눈을 들어 올렸다. 문소전을 둘러싼 종묘엔 조선의 상상력이 펄럭였다. 조선의 상상력은 기발하면서도 차갑고, 차가우면서도 역동적으로 보였다. 다시 풍경 소리가 들렸다.

문소전은 종묘 한 켠에 지어진 특별한 나랏집이었다. 본래 신의왕후 한씨의 위패와 영정을 모셨다. 태조 5년에 건립해 인소전이라 했으나, 방원에 이르러 문소전으로 이름을 바꾸었다. 태조 승하 후 태조의 위판(位版)과 영자(影子)를 받들었다. 종친당상 가운데 도제조(都提調)와 제조(提調)를 관원으로 두고, 아래 참봉을 두어 관리했다. 환관과 내시를 헌관(獻官)으로 삼아 조석으로 입시했다.

외방에도 태조어진을 봉안한 진전이 여러 곳 있었다. 태조는 자신이 태어난 함길 영흥에 준원전(濬源殿)을 지어 예문춘추관 대학사 성석린을 보내 어진을 봉안했다. 계림에 집경전(集慶殿)을 지었으나 어진을 봉안하지는 않았다. 태조 승하 후 어진의 중요성은 가쁘게 밀려왔다. 어진은 성리학적 이념을 지탱하는 조선의 제의와 왕조의 상징이었다. 뿌리를 이루는 오례(五禮) 가운데 길례(吉禮)를 염원하는 신위(神位)의 기능을 담당했다. 외방 곳곳에 태조어진을 봉안할 진전을 구상하면서 방원은 서두르지 않았다. 시중들과 대안을 모색할 때 진전이 들어설 자리는 신중히 떠올랐다. 완산의 경기전(景基殿)과 개경의 목청전(穆淸殿), 평양의 영숭전(永崇殿)은 태조의 근본에 닿아 유서 깊었다. 종친부 당상과 시중들은 기꺼이 합의했다.

얼마 전 완공된 경기전은 외방 진전 가운데 으뜸이었다. 평성군(平城君) 조견을 보내 태조어진을 봉안했다. 경기전 정전은 단아하면서도 소박했다. 앞마당에 지대석과 면석과 갑석을 깔았다. 전면 기단에 첨각(添閣)을 세워 헌관의 배례를 도왔다. 전각 좌우에 드므 여섯 기를 두어 물을 담아 화재를 방비했다. 겨울엔 소금을 담아 동파를 막았다. 근처에 있던 향교는 저만큼 물렸다. 유생들의 글 읽는 소리에 태조의 영령이 편히 쉴 수 없다는 말은, 진전의 치밀함과 학자적 웅변으로 존중받았다. 조용한 곳으로 향교를 옮겨 인재 양성을 도왔다. 멀지 않은 흑석골에서 찐 닥나무 껍질을 물에 불려 종이를 만들었는데, 부드러우면서 질감이 좋았다. 장인들이 부채를 만들어 왕실에 진상했다.

완산은 시조 이한(李翰)에서 목조에 이르는 19대 선계를 이어 온 곳이었다. 완산을 떠나 강릉으로, 강릉에서 의주로, 의주에서 고려 병마사에 오르기까지 목조의 이거(移居)는 불꽃같았다. 방원은 완산을 아꼈다. 개경의 외방 진전은 태조의 잠저 터에 건축 중이었다. 평양의 영숭전은 완공을 앞두고 있었다. 진전은 저마다 위중하고 특별했다.

문소전의 태조어진 봉안은 엄격했다. 경연자들은 긴장한 듯이 보였다. 좌우익실 가운데 놓인 통례문은 굳게 잠겨 있었다. 어린아이 얼굴 크기의 구멍을 통해 화원이 자발한 후에라야 통례문은 열렸다. 문 안쪽에 좌우 셋씩 여섯 무사가 위병을 섰다. 위병들은 무장한 무사라기보다 엄숙한 도량 같았다. 눈빛이 맑고 깨끗했다. 지나침 없는 경계가 경연자들을 편안케 했다.

어진의 포장을 해제하는 것부터가 진전 관람에 따른 의주(儀註)의 시작이었다. 태조의 어진을 존중한 의무는 느리고 숭엄해 보였다. 먼저 문소전 바깥의 높다란 정자각 위에 통례관과 헌관이 올라 동편과 서편을 향해 섰다. 화원은 두 명의 전관과 전복, 네 명의 수복을 거느리고 방 안으로 들어섰다. 관례대로 서열을 지켜 동선을 짧고 절도 있게 그려나갔다.

방 안에서 두 명의 전관은 동쪽을 향해 섰다. 두 명의 전복은 서쪽을 향해 섰다. 화원이 제단에 향을 피웠다. 향을 꽂은 후 봉인된 어진 앞에 엎드려 네 번 절을 올렸다. 절을 마치자 두 명의 수복이 바닥에 흰 장지를 깔았다. 그 위에 붉은 천을 펴고 흰색 보를 덮었다. 수복이 전복 뒤에 서서 읍했다. 전복이 어진을 담은 흑장을 내려놓았다. 철편을 잇대어 심을 박은 궤를 조심해서 열었다. 금색보로 감싼 포장을 들어 삼중의 자리 위에 내려놓았다. 화원이 봉인을 제거했다.

전복과 수복이 화원을 수호했다. 정해진 소임이었다. 침묵으로 일관하면서 엄중을 기했다. 봉인을 제거한 화원이 금색보를 풀었다. 금색보를 풀자 흰 백단보가 나왔다. 백단보 안에 붉은 홍단보가 나왔다. 홍단보 안에 끈으로 동여맨 붉은 홍갑보가 나왔다. 의례는 느리고 무거웠다. 한 식경이 지나갔다. 그사이 수복은 화원이 피운 향을 갈았다. 동서 좌우로 선 전관은 위치를 바꾸어 소임을 이어갔다. 명무는 의례 하나하나를 눈에 새겨 넣었다. 경연자들은 누구도 소리 내지 않고 눈여겨 바라봤다.

화원이 홍갑보를 묶은 끈을 풀었다. 홍갑보 안에 다시 백단보, 홍단보, 홍갑보 세 겹의 천이 어진을 감쌌다. 삼보의 천을 걷어

낸 두 명의 수복이 어진을 들어 올렸다. 말려 있던 어진이 펼쳐
지면서 억눌려 있던 빛과 소리가 한꺼번에 튕겨 나왔다. 태조의
초상이었다. 화원과 수복들은 그 자리에 엎드려 어진을 받들었
다. 신하들의 오체투지는 과묵해 보였다. 경연자들이 하나둘 엎
드리기 시작했다. 명무와 노인도 바닥에 고개를 묻었다. 산 자들
의 경건이 곧아 보였다.

태조의 얼굴은 성긴 흰 천으로 덮여 있었다. 이를 괴이하게
여길 틈 없이 화원이 입을 열었다. 경연자들이 일제히 숨을 멈추
었다.

"태조강헌지인계운성문신무대왕(太祖康獻至仁啓運聖文神武大
王) 전하이시다. 예를 올리라."

태조의 시호는 장구하게 들렸다. 경연자들이 어진을 향해 엎
드렸다. 죽은 왕을 위한 배례가 물살 같았다. 이어 화원이 낮고
엄하게 말했다.

"전하의 용안을 덮고 있는 얇은 천은 설면자(雪綿子)이다. 경
연에 참가한 자들이니 설명하지 않아도 잘 알 것이다. 첫째는 태
조 전하의 용안을 직접 목독할 수 없음에 있고, 둘째는 용안을
숨김으로써 그 신성을 말함에 있다. 궁극, 눈을 가림으로써 조선
의 후예들과 나란히 백성들 속에 살아 있음을 상징한다."

눈 감은 자의 절대성, 눈을 가림으로써 만백성과 더불어 평등
할 수 있으리란 사후 왕들의 원칙이었다. 백성의 안녕을 묻고,
어느 한 쪽에도 치우침 없는 평등에 기초한 사상이자 이념이기

도 했다.

설면자는 왕이 승하한 후에 그려지는 추사(追寫)에 한해 사용
됐다. 추사는 어진 제작에 있어 도사(圖寫), 모사(模寫)와 더불어
세 가지 방법 중 가장 널리 활용됐다. 도사란 왕이 생존해 있을
때 그 모습을 그리는 것을 말했다. 기존 어진을 본으로 삼아 새
로이 어진을 그리는 것을 모사라 했다. 추사는 대개 왕이 승하한
뒤 전설상의 시조를 기리기 위해 그려졌다. 엄격한 어용을 준수
하고 사실상의 준용에 입각한 원칙이었다. 모두가 내세의 염원
을 안고 있었다.

태조는 어진 안에서 어질고 인자한 얼굴로 앞을 굽어봤다. 설
면자 너머에서 산 왕조와 신하, 그리고 조선의 세상을 굽어보며
묵은 자비를 드러냈다.

어진을 바라보는 명무의 눈동자가 떨렸다. 숨소리는 고르지
못했다. 머릿속에서 낙수 소리가 들려왔다. 알 수 없는 환청에
몸을 떨었다. 명무의 시선은 눈앞의 것을 보려는 것이 아니라,
보이는 것을 황급히 지우는 듯했다. 태조의 얼굴을 바라보며 명
무는 불현듯 슬픈 연민을 느꼈다.

왕의 세계는 진입할 수 없는 그 무엇, 왕은 몰입할 수 없는 어
떤 것, 깊이를 잴 수 없고, 잴 수 없는 깊이에서 죽은 왕을 바라
보는 일은 경건해 보이지 않았다. 죽은 왕은, 산 왕과 산 신하들
의 염원에 입각한 추상화에 머물러 있어야 하는데, 마치 살아 있
는 듯이 보였다.

노인이 명무의 손을 쥐었다 놓았다. 마음을 쥐어야 할 것인데, 마음은 다스려지지 않았다. 다시 태조의 초상을 올려다봤다. 태조는 검정 깁의 통천관(通天冠)을 쓰고 있었다. 통천관은 정무(政務)를 보거나 조칙을 내릴 때 주로 썼다. 앞뒤에 청, 황, 홍, 백, 흑, 오색 구슬을 꿴 열두 솔기를 달아 봄마다 날아오르는 나비의 본성을 더했다. 머리는 붉은 빛이 감도는 갓끈에 옥으로 만든 비녀를 꽂고 있었다. 낮은 날갯짓 하나로 백성과 더불어 평온한 집권기를 지낸 왕의 정신세계를 반영한다고, 화원은 조용히 덧붙였다.

　태조는 한 폭의 영정 안에서 편안해 보였다. 하얀 수염의 안부는 붉은 기운이 감도는 색으로 선염돼 있었다. 혈기가 왕성했다. 화견(畵絹) 뒷면에서 칠하는 배채법을 활용해 밝고 온화해 보였다. 추상화의 기법을 살린 태조의 용안은 순하고 매끄러웠다. 태조는 곤룡포 대신 강사포(絳紗袍)를 입고 있었다. 양어깨와 가슴에 다섯 발톱의 금색 용문이 새겨졌다. 강사포는 하례를 위한 왕의 조복(朝服)으로, 음력 초하루와 보름, 아침나절 입시를 고하는 신하들을 만날 때 주로 입었다. 이른 아침 떠오르는 해를 표상했다. 강사포의 화려한 색상이 추상같은 권위를 표상했다. 허리에 옥대를 둘러 전신의 균형을 잡고 비율을 분명히 했다. 불멸의 색상들이 태조의 전신을 선명케 했다.

　태조의 초상은 오류가 없었다. 어좌의 안락함을 은은한 비색과 더불어 붉은 적반(赤盤) 위에 흘려보내 영정 속 왕을 편안케 했다. 정밀한 금줄의 나선무늬는 백성과 군왕의 결속을 궁극으로 했다. 금줄의 상징 위에 나선의 상징을 더함으로써 두 가지 거룩한 상징은 무화되고 새롭고 비장한 상징이 들어섰다. 풍대(風帶)와 유소(流蘇)의 격식을 차려 대륙을 웅비하는 태조를 기렸다.

태조 어진은 사뭇 경이로웠다. 부족함이 없었고, 감정은 벅차올랐다. 감정이 감정을 뚫고 진입하는 계통을 알 수 없었다. 그것은 한 줄기 슬픔 같았다. 문득한 슬픔에는 색이 묻어나지 않았다. 고요한 슬픔에는 소리가 흘러나오지 않았다. 명무는 노인을 따라 묵묵한 걸음으로 문소전을 나왔다.

명무를 물끄러미 바라보던 노인이 말했다.

"어진의 위대함은 모든 비밀을 삼키고 굳게 다문 입, 반듯한 눈매, 매끄러운 코의 윤곽에서 나온다. 깊고도 높되, 현란하지 않은 색조 안에 군왕을 배려한 추상의 묘가 들어 있다. 보았느냐?"

"······."

어렵고 난해한 물음이었다. 문소전 너머에서 불어온 바람이 공신당 쪽으로 몰려갔다. 죽은 공신들은 공신도 속에 나란히 앉아 바람을 견디고 있었다.

노인이 잔 눈길로 명무를 쏠어 봤다. 명무의 얼굴은 표정이 지워져 있었다. 노인이 다시 물었다.

"표정이 심상치 않구나. 무엇을 보았느냐?"

"왕의 위대함을 보았습니다. 인간미는 보이지 않았습니다. 극간의 모순을 보고자 했던 게 아니었으므로, 어진을 본 것은 보지 않은 것과 다르지 않았습니다. 극간의 모순은 한가지에서 나오는 것. 문소전에서 바라본 왕의 얼굴은 숲에서 나무를 바라보듯 안과 밖이 달랐습니다."

"무에 그리 복잡하고 어려운 것이냐? 너는 단순하되 깊이 가서 닿으라고 일렀거늘, 네가 본 그것은 깊음이 아니라 얕음이다. 얕으니 여러 개를 한꺼번에 보는 것이겠지."

"본 것이 얕고 좁아 떠오르는 소견 또한 깊지 못합니다. 후에라도 더 깊이 볼 것입니다."

"표정이 창백하다. 돌아가자꾸나. 내일이면 어용화사가 발표될 것이다. 단단히 마음먹어라. 쉽진 않을 게야."

종묘 하늘을 가로지르는 새들의 울음소리가 어수선했다. 서늘한 바람이 불어와 살이 떨렸다. 볕이 인왕산 아랫자락까지 넓게 비추었으나, 왠지 모르게 추웠다.

노인 앞으로 앞섶을 뗀 화원이 지나쳐갔다. 어젯밤, 늦은 시간에 마주친 화원이었다. 명무와 화원은 서로를 알아봤으나 말이 없었다. 불편한 눈빛이 화원의 눈에 흔들리다가 지워졌다. 뒤를 따라 옆 화방의 화가가 지나갔다. 젊은 화가는 단아하면서도 묵직해 보였다. 시재를 거치지 않은 걸로 봐선 선비화가인 듯했다. 우수한 환경의 인자들만이 구사하는 화법은 따로 있기 마련이라고, 선비화가들이 비밀스럽게 이어가는 화풍도 거기서 거기라고, 산장에서 노인은 말했었다. 엄선된 화법은 독립된 화가만이 지닌 기발함과 독특함에서 나오는 것이라고, 노인은 강의 때마다 강조했었다.

멀리에서 청계천 물 흐르는 소리가 들렸다.

땅 위의 난바다

간밤 고려유민들의 저항은 거세고 단호했다. 의금부 장교 한 명과 일곱 명의 병사들이 죽었다고, 상선은 전했다.

죽은 병사들이 검은 천에 덮여 이틀을 견뎠다. 날이 추워 다행이지 싶었다. 피 냄새를 맡은 송골매 몇 마리가 날아들어 산 병사들이 돌아가면서 죽은 병사들을 지켰다.

죽은 병사들을 묻는 날 방원은 망설이지 않고 따라나섰다. 유족들의 바람이 아니어도 그래야만 할 것 같았다. 어린 짐승과 새들이 북한산 기슭까지 따라와 울었다. 울음의 질감이 달랐으나, 그것들 모두 한가지에서 뻗어 나왔다.

죽은 병사들의 유족과 인척들이 모여들었어도 장례는 조용한 편이었다. 매 한 마리가 소리 없이 오랫동안 장지를 떠나지 않았다. 뒤늦게 올라온 무당이 굿을 했다. 무당이 널을 뛰듯 신명을 올렸어도, 죽은 자들은 살아오지 않았다. 무당이 화장(火葬)을 권했다. 선각사 주지가 무당의 말에 고개를 끄덕였다.

매장을 하면 전염병이 들끓을 것이라는 무당의 말이 옳은지 알 수 없었다. 고려 잔당과 싸우다 죽은 자들이므로 화장해 유골을 추슬러 공신당 한 켠에 모셔야 한다는 주지의 말은 거룩하게 들렸다. 둘의 말과 뜻이 합쳐지지 않았어도, 방원은 죽은 장교와 병사들을 놓고 조용히 지나갈 수 있음으로 족했다. 무당의 말과 주지의 뜻이 옳은지 알 수 없어도, 땅에 묻든 화장하든 한 가지는 해야 할 일이었다. 엄동에 다섯 장정이 달려들어 파놓은 구덩이는 쓸모없었다.

방원의 음성은 식어 있었다.

"묻지 말고 화장하라. 유골을 추슬러 백함에 담아라. 종묘 공신당에 모셔라."

화장하는 동안 선각사 주지의 염불은 낮고 깊게 들렸다. 불길에 휩싸인 의금부 장교와 병사들의 주검을 바라보며, 조선의 가혹한 미래를 내다봤다.

방원이 한숨지었다. 반란의 주역을 가려낼 수 있을지 의문이었다. 한동안 잠잠하던 고려유민들의 저항이 개국일을 기회로 거세어질 것을 내다봤다. 시시때때 변방에서 일어서는 여진과의 국지전보다 보이지 않는 고려유민과의 쟁에 더 힘을 실어야 할 때라고, 방원은 생각했다. 변방의 쟁은 오래 끌수록 서정적으로 흐르기 마련이며, 내부의 적은 오래 살려둘수록 불리해질 것이라고, 방원은 보이지 않는 쟁의 줄기를 떠올렸다. 적들을 떠올리는 일은 언제나 피곤하고 불편했다. 대안이 없다는 것에 울화가 치밀어 올랐다.

장지를 따라나선 신하들은 말이 없었다. 죽은 병사들의 씨족이 이 광경을 본다면, 혹여 알게 된다면, 어떻게 생각할지 그것까지 숙고하여야 한다는 것에 방원의 머릿속은 짙은 안개로 들끓었다. 무당의 말을 듣고 죽은 병사들을 화장했다는 비난을 면할 수 있을지, 방원도 무당도 주지도 알 수 없었다. 주지의 독경은 오래도록 이어졌다.

어지러운 바다 모서리에 방원은 서 있었다. 어디를 가든 조선은 하나일 것인데, 땅의 바다는 거칠고 난해한 물길이었다.

죽은 병사들을 화장하는 동안 방원은 갈증을 느꼈다. 말없는 신하들을 바라보며 다시 한숨 쉬었다. 입을 다무는 것이 죽은 병사들에 대한 예우는 아닐 것인데, 신하들의 의중은 방원과 다른 것 같았다. 불꽃이 희미해질 무렵 하륜이 물었다.

"판 구덩이는 어찌하오리까?"

방원은 대답하지 않았다. 쓸모가 있을지 알 수 없었다. 하륜은 더 이상 묻지 않았다.

유족들의 눈물을 연민하여도 부족함을 방원은 알았다. 지금쯤 변방은 적과 아군이 서로를 겨누고 있을 것이었다. 해가 기울면 쟁은 잠시 멈출 것이며, 저녁놀 속에 적들의 고향 노래가 낮게 울려 퍼지면 아군은 각자의 구덩이에서 밤을 맞이할 것이라고, 밤사이 달빛 내린 대지는 적과 아군이 흘린 피와 땀과 눈물을 거두어들일 것이라고, 방원은 오래 생각에 잠겼다.

죽은 병사들을 화장한 능선 위로 노을이 번져갔다. 병사들이 횃불을 밝혀 들었다. 방원은 오래전 광화문 앞에서 타오르던 횃불을 생각했다. 날마다 집요하게 불어오던 횃불은 언제 사그라들었는지 하나둘 꺼져갔다. 횃불이 보이지 않던 날 명현서의 눈빛이 떠올라 마음이 좋지 않았다. 명현서는 끝까지 고려의 편에 서 있었는지 알 수 없었다. 명현서의 죽음은 외람되고 서글펐다. 명현서의 눈빛은 죽는 순간까지 맑고 냉랭했다.

병사들이 타고 남은 유골을 추스르며 투덜거렸다. 뼈마디를 함에 담으며 배가 고픈지 궁시렁거렸다. 타서 바스러진 뼈와 뼈마디 가운데 병사들이 밤을 맞았다. 횃불을 든 병사들이 수런거렸다. 죽은 장교와 병사들을 생각하자, 그 죽은 자들의 혼백이 가여웠다.

방원이 식은 목소리로 말했다.

"고려유민과 내통한 반역자를 불러오라."

반란의 주모를 가려내는 일은 언제나 어려웠다. 그랬어도 판결을 서둘러야 할 것 같았다. 밤을 넘기지 말아야 할 것인데, 누가 됐든 살려두지 않을 작정이었다. 명현서를 죽일 때도 그랬고, 앞으로도 그럴 수밖에 없을 것이라고, 방원은 생각했다. 죄목은 장교 살인과 반란이었다.

반역에 관해 처벌하여야 할지 대명률에 근거해 엄단하여야 할지 알 수 없었다. 주모자를 죽이는 건 대안이 아니라, 다만 치죄이며 엄단일 뿐이었다. 병사들의 사기가 솟기를 바라는 마음은 예나 지금이나 변함없었다. 변방의 이름 없는 병사들의 본보기를 생각한 마음도 그때와 다르지 않았다.

반역의 주모는 산채 능선까지 끌려왔다. 오라에 묶여 죽음을 내다보면서도 그는 두려움이 없었다. 목소리가 어둠 저편에서 또렷이 밀려왔다.

"죽어 마땅한 신료들이 보이지 않는 곳에서 주군을 이간하였소. 고려유민을 반역의 무리로 몰았소. 우리는 반역하지 않았소. 혁신하기를 바랐고, 오직 개혁하기를 바랐을 뿐이오."

방원은 등이 축축해지는 것을 느꼈다. 반란을 혁신과 개혁이라고 말할 수 있는 자, 몇 명이 될지 알 수 없었다. 손으로 이마를 짚으며 그를 바라봤다. 그는 이숙번과 함께 안변부사 조사의가 일으킨 반란을 진압한 장수였다. 어느 장수보다 우위에서 작전을 지휘한 참모였다. 여진과의 전쟁 때 한 번의 실수로 칠백 명의 병사를 잃고 후퇴했다. 후퇴하는 길에 퇴로를 확보하지 못해 오백 명의 아군을 희생시켰다. 머지않은 날 오랜 징역을 살거나 참(斬)에 처할 것을 안 그가, 어떻게 고려유민과 동맹하였는지 알 수 없었다.

방원이 물었다.

"너는 누구와 동맹하였느냐?"

"소장은 누구와도 동맹하지 않았소. 오직 충정이었을 뿐이오."

그의 목소리가 죽여 달라고 애원하는 듯이 들렸다. 하륜이 표정 없이 말했다.

"적과 싸우다 패퇴한 장수이옵니다. 근신하고 있어야 할 장수가 고려유민과 동맹하여 조선을 능멸했나이다. 반역한 자이옵니다. 죽임이 마땅할 것이옵니다."

방원은 입 안이 타들어가는 것 같았다. 하륜이 말을 보태었다.

"대명률에 의거해 처단함이 마땅할 것이옵니다."

명나라를 골자로 하는 법률엔 반역에 관한 사례까지 망라하고 있었다. 대륙의 왕조 사이에 비밀리에 전해 내려온 이 저술의 취지는 왕조를 지탱하는 권력의 보존과 왕가의 영원성을 골자로 했다. 그랬어도 모순이 많다는 것을 방원은 알았다.

방원이 물었다.

"생은 한 번뿐이다. 죽음이 두렵지 않은가. 살려주면 지난날 실수를 만회할 수 있겠는가?"

죄인이 대꾸했다. 목에서 오랜 기근에 굶주린 생의 목마름이 보였다.

"죽여주시오."

그 한마디 속에 삶의 희구와 죽음은 뒤엉켜 있었다. 방원은 죽고자 하는 마음보다 살고자 하는 마음이 더 강한 죄인의 뜻을 알았다. 그렇다 쳐도, 살려둘 수 없다는 것은 명백했다. 방원이 침을 삼켰다.

죄인을 바라보는 하륜의 눈빛은 또렷했다. 상선의 눈빛은 고요했다. 신극례는 눈을 감고 헛기침을 했다. 민무구와 민무질은 생각만으로 바라봤다. 모두 저마다 생각에 잠겨 말을 삼키거나 숨을 내쉬었다.

방원이 기침했다.

"밤이 늦었다. 파놓은 구덩이에 산 채로 묻어라."

방원은 구덩이를 바라보면서 변방의 병사들을 떠올렸다. 병사들의 밤이 온전할 수 있다면 이보다 더한 것도 할 수 있을 것 같았다.

의금부 병사 셋이 죄인을 구덩이로 몰았다. 죄인이 버티었다. 병사 다섯이 겨우 밀어 넣었다. 기어오르는 죄인을 칼집으로 내리쳤다. 다시 기어오르는 죄인의 머리통에 주먹만 한 쇠망치가 내리꽂혔다. 비척거리며 쓰러지는 그의 등판 위로 큼직한 바위가 떨어졌다. 흙과 돌덩이가 덮였고, 구덩이가 메워졌다. 그는 신음하지 않았다. 그는 한때 이숙번의 심복이었다.

방원은 죽은 장교와 병사들을 생각하면서 그들의 혼백이 조용히 이승을 떠나기를 빌었다. 죽음에는 여러 가지 주술이 섞일수 있어도, 이번만큼은 오직 주술을 벗고 저승으로 차오르기를 바랐다.

그가 이숙번의 심복이었다는 것에 방원은 놀라지 않았다. 더 많은 죄인을 가려낼 수도 있으나, 그가 죽음을 자처하고 모든 것을 뒤집어쓸 때부터 쉽지 않으리란 것을 알아봤다. 이제부터 시작이라고, 방원은 생각했다. 먼 곳의 일을 내다보는 일은 매번 막막했다.

신하들도, 민가에서 올라온 마소들도 모두 돌아간 뒤 홀로 남아 있던 매가 꿈결처럼 울었다. 울음은 속절없었다. 소리는 멀리 궁성에 가서 닿았다. 민가에서 개들이 짖어댔고, 광화문 앞에서 뜸부기가 울었다.

"종묘에 갈 것이다. 예문관 대교를 불러라."

상선이 알았다고 했다.

묘당을 찾은 날이 까마득했다. 죽은 자들을 위해 제실에 향을 피우고 예를 올리는 일은 당연했다. 말에 올라 광화문을 지나 종묘로 향했다. 내금위 무사 셋이 뒤를 따랐다. 밤중에 말 울음이 맑았다.

묘당의 장엄은 변함없었다. 늦은 밤에 석공들이 죽은 장교와 병사들의 이름을 새기고 있었다. 죽은 자들을 위한 석공들의 노고가 많지 싶었다. 죽은 자의 이름을 남기는 일이 옳은 일인지 알 수 없었다. 사치는 아닐 것인데, 죽은 자가 저 죽은 까닭을 부담스러워할지 알 수 없는 일이긴 했다. 다 새긴 터라 물릴 수 없었다.

말에서 내린 방원이 정전으로 향했다. 석공들이 일을 멈추고 허리 숙였다. 정전 위를 지나는 새들이 울었다.

방원은 속으로 읊조렸다.

'선왕들은 이렇듯 적막한 무덤에서 부활의 꿈을 꾸고 있는 것일까. 선왕들은 밀려오는 죽음을 거역하고 싶었을까. 선왕들은 죽음을 건너뛰고 싶었을까.'

정전 안으로 들어서자 좌우 각기 여섯 무사가 입구를 지켰다. 추존 왕들의 위패와 신줏단지는 깨끗하게 보존돼 있었다. 방원은 태조어진 앞에 소리 없이 몸을 낮추었다. 마루 골간에서 오래 묵은 먼지가 피어올랐다.

통천관을 쓴 태조는 한 폭의 영정 안에서 조선의 신하와 백성들을 굽어봤다. 강사포로 가린 전신의 균형과 황금비율을 통해 생전 업적을 남기되, 죽은 사유는 보이지 않았다. 방원은 태조의 영정을 오래 바라봤다.

어진의 진정을 모르는 바 아니었다. 높고 가파름 또한 모르진 않았다. 화원들의 뜻을 헤아릴 때, 속내는 다만 짐작될 뿐이었다. 화원들은 산 군왕보다 승하한 군왕의 추사(追寫)를 당연으로 여겼을 것이다. 사후 왕들의 업적과 추념은 생동하는 왕의 기지로는 뛰어넘을 수 없었다. 불멸의 정기는 저절로 오는 것이 아니라 먼 말류를 거슬러 오를 때 당도하는 것이므로, 방원은 불현듯 슬픔에 겨웠다.

정전을 나와 공신당에서 죽은 신료들의 위패와 마주했다. 위패 아래 유골함이 놓여 있었다. 흰 보자기에 싸인 함마다 죽은 장교와 병사들의 이름이 새겨져 있었다. 향을 피운 뒤 방원은 공신당을 나왔다.

달빛이 정전 뜰을 비추었다. 바람이 날을 세워 불어 다녔다. 북한산을 넘어온 한강 북편의 바람은 팽팽하고 차가웠다.

공신당 앞뜰에 대교는 서 있었다. 대교의 그림자는 긴 칼을 차고 있다가 몸으로 옮겨지면서 붉은 솔 달린 붓으로 바뀌었다. 대교의 팔뚝과 옷에서 묵향이 났다.

방원이 말했다. 처음 외마디는 강직하게 들렸다.

"먹을 갈다 왔느냐?"

"존경각에서 『시경(詩經)』을 필사하느라⋯⋯."

정전 뒤편에서 부엉이가 울었다. 대교의 말 속에 부엉이 울음이 들어온 것인지, 부엉이 울음 속에 대교의 말이 들어간 것인지 알 수 없었다. 대교의 말과 부엉이 울음은 각각의 것인데, 방원의 귀에 그것들은 한 통속으로 들렸다.

방원이 물었다.

"무엇을 베꼈느냐?"

"조풍(曹風) 후인(候人)를 필사하였사옵니다."

"무슨 내용이더냐?"

"귀족들의 사치가 망국의 조짐으로 이어짐을 풍자하고 있었사옵니다."

"조나라 시 속에 중원의 뼈가 들어 있을진대, 뼛가루 박힌 북풍에 맞서 조선의 혼백을 어루만지면 중원은 더 멀어지더냐, 더 가까워지더냐?"

"시경 속에 조선의 혼백은 언급되지 않았사옵니다. 다만 고려의 멸망은 『시경』에 예견되어 있었사옵니다."

대교는 『시경』에서 칼잡이들의 난동 속에 죽어간 하루살이 같은 고려유민의 울음을 들었다. 끝을 장식하던 구절은 눈물겨웠다.

婉兮孌兮 어리고 예쁜
季女斯飢 소녀들이 굶주리고 있네

이 한마디에 고려의 몰락이 보였다. 고려 소녀들의 아픔도 『시경』은 들려주고 있었다.

방원이 대꾸했다.

"본래 나라의 흥망은 흔한 것이기 때문에 어디든 사례가 깃들기 마련이다."

방원은 고려유민들의 저항에 맞서 죽어간 의금부 장교와 병사들을 생각했다. 가깝지도 멀지도 않은 중원의 시구 속에 고려유민과 조선 병사들의 혼백이 함께 떠돌고 있었다.

"충심으로 죽어간 혼백들이 나라를 세우는 것이다. 글 속에 깨우치려 함과 신체로 배우려 함은 다를 것이다."

방원은 『시경』의 의중으로 지금의 위기를 건너가고 싶었다. 지금의 위기가 미래 위기의 본보기가 되어주면 다행이지 싶었다. 저마다 삶의 지속과 죽음의 단절엔 문제가 없었는지, 방원은 생각했다. 모두의 죽음은 끝을 불러오는 것이 아니라, 죽음 속에 깃든 태동의 기운으로 그 죽음들은 아름다웠다. 주나라『시편』은 조선의 혼백을 요구하거나 죽음을 염려하지 않았으므로, 목숨을 내주어도 혼백은 당겨오지 않으리란 것을 알았다. 조선의 중심을 국경 너머에 걸 수 없는 사실 하나로 죽음은 늘 실체로 왔다.

방원이 말했다.

"필시, 고려 왕족이 어진 경연을 위해 입궁했을 것이다. 찾아라. 하나도 빠짐없이."

방원의 말 속에 끓는 쇳물이 보였다. 쇳물이 어디로 튈지 대교의 눈에 보이지 않았다.

"그 말씀은, 어진 경연이 고려인을 색출하기 위한 것이온지……."

"그렇지만은 않을 것이다. 허나 그래야 한다."

방원의 생각은 단순하고 명쾌했다. 고려유민의 끝을 짚어내는 방원의 말에는 어진 경연보다 고려와 조선 간 전쟁을 끝내려는 듯이 들렸다. 나라와 나라가 엉킨 주나라『시편』에서 방원은 가쁜 문체의 혼백을 거슬러 오르는 것 같았다.

흡…….

대교가 사지를 움츠렸다. 등을 구부려 방원의 말을 받았다. 활처럼 휘어진 대교의 등짝에서 지난가을에 울다 얼어 죽은 귀뚜라미 소리가 들렸다.

방원은 덧붙였다.

"대교는 이 시간 이후 문관 직위를 벗고 내금위장으로 복귀하라. 조선의 무(武)를 확신할 수 있을 것이다."

제.

대교의 대꾸는 오직 무(武), 그 하나만의 무게로 들렸다. 대교의 목에서 한 줄기 칼이 보였고, 그 칼은 본래 대교가 지닌 칼이지 싶었다.

방원의 눈에 차분한 살기가 보였다.

"피에 굶주린 자의 칼로 맞서라. 그것이 네가 살길이다."

무신에 관한 방원의 관점은 까다로웠다. 무신들의 정예는 칼과 창과 활의 예술적 기지에서 오는 것이라고, 방원은 말하곤 했다. 방원은 숙성된 쇠의 탄력에서 유연성이 묻어나는 무신들의 태도를 꾸짖길 좋아했고, 무신들마다 과장된 기질을 하나로 통일하고자 했다. 방원은 무신들의 호전적 기질을 좋아하지 않았으나, 충으로 응집된 무의 역량만큼은 높이 샀다.

무구(武具)의 속성을 이해하기란 말처럼 쉽지 않았다. 무(武)를 실현하는 사실적 명분이 중하다고, 방원은 생각을 머금어 말하곤 했다. 무신들은 훈련을 마친 뒤 거하게 취하면, 방원의 생각을 가지고 무성한 말을 쌓았다. 군왕이 칼과 창과 활이 지닌 쇠의 속성을 모르고 하는 소리라고, 뒷말을 남겼다. 칼과 창과 활은 무신이 지닌 보편적인 무구인데, 무구를 다루는 역량이 어찌 일률적일 수 있으며, 그것을 통일된 기지로 묶으려는 속셈은 알다가도 모를 일이라고, 무신들은 떠들어댔다.

방원은 칭찬에 인색했으나, 무에서 뛰어오르는 충의 각충만큼은 베갯잇처럼 아끼고 쓰다듬기를 원했다. 정예의 자질을 지닌 무신들을 좋아했으며, 칼과 창과 활 가운데 방원은 언제나 칼의 총기를 신뢰했다. 멀리에서 다시 뜸부기가 울었다. 울음 속에 어혈이 맺혀 있었다.

회화
繪畵

아침나절 하늘이 낮았다. 볕은 들지 않았다. 흐린 구름이 늘어진 꼬리를 끌고 서편으로 흘러갔다. 이른 아침 노인이 도화서를 다녀온 모양이었다.

노인이 헛기침 끝에 말했다.

"주관화사가 선정됐다. 네 이름은 동참화사 가운데 들어 있었다. 처음부터 신중하였으니 동참화사도 운이 좋았다."

시재 결과는 짧고 간략했다. 경연자 가운데 아홉 명의 화가가 주관화사로 선정되었고, 나머지는 그에 맞게 동참화사와 수종화원으로 나누어졌다. 시재 결과에 불만을 품은 자들은 짐을 싸 서둘러 궁을 나갔다. 결과에 불만이 없어도 궁을 나간 주관화사는 있었다. 상중엔 어진 제작에 참여할 수 없었다. 공신도 하나로 어용화사를 판명하는 것이 조선의 기발함이 될 수 없다는 생각

이 들었다. 사직의 능동은 단조로움 속에 신속하고 획일적이라
는 생각도 들었다. 그나마 객관적이라는 생각이 없진 않았다.

　명무는 장년의 주관화사에게 배속됐다. 중년의 동참화사와
함께였다. 주관화사는 까다롭고 단단해 보였다. 동참화사는 투
박한 질그릇 같았으나 기품이 있어 보였다. 수종화사로 젊은 여
류화가 둘이 배속됐다. 본래 대여섯에서 열 명은 되어야 하는데,
경연이다 보니 그런 것이라고 화원이 뒷말을 잘랐다. 주관화사
가 어용화사 선정에 문제가 있다고 대놓고 말했다. 한 곳에 세
명의 여류화가는 더 문제라고 얼굴을 붉혔다. 여자는 어진을 그
리면 안 되는 법이 어느 법전에 있느냐고 수종화원 둘이 대들었
다. 어진을 입으로 그릴 거냐며 주관화사가 수종들을 나무랐다.
중년의 동참화사가 수종들을 달랬다. 까다로운 주관화사가 어수
선한 수종들을 끝까지 데려갈 수 있을지 의문이 들었다. 주관화
사가 말없이 도감으로 향했다. 예감이 좋지 않았다.

　정오가 지날 무렵 도감에서 화원이 나왔다. 주관화사가 어진
을 포기하고 궁을 나갔다고 했다. 동참화사는 난감한 표정을 지
었다. 노인이 다른 주관화사 아래로 가자고 했다. 화원이 노인의
말을 묵살했다. 동참화사 중에 주관화사 업무를 대행할 수 있다
고 덧붙였다. 동참화사는 일이 어렵게 돌아간다고 했다. 경연엔
말이 많이 보태어지는 것이어서 탈도 많은 것이라고 노인이 말
했다. 경연은 단체보다 개별적인 자질을 우선시하므로 문제될
건 없다고 화원이 잘라 말했다. 동참화사가 알았다고 대꾸했다.

주관화사는 기어이 어진을 포기하고 궁을 나간 모양이었다.

미시로 접어들자 경연의 시작을 알렸다. 편전으로 나갈 때 멀리에서 청계천 물소리가 들려왔다. 동참화사는 말이 없었고, 수종들은 수다스러웠다. 명무는 표정 없이 걸음을 옮겼다. 노인이 느리게 걸었다.

편전은 나랏집 기품을 보였다. 젊은 서까래에 채색된 단청부터가 한눈에 높아 보였다. 단청은 붉고 화려했다. 색상이 분명하면서 뚜렷했다. 단청은 목재의 보존과 건물의 장엄을 높이기 위해 그려 넣었다. 도화서 화원들이 설계하고 화공들이 그렸다. 색상은 적(赤), 청(靑), 황(黃), 백(白), 흑(黑), 다섯 가지 색료를 사용해 오방색이라 불렀다. 방위에 따라 색상의 의미와 상징이 달랐다. 단청은 단순한 치장이 아닌, 나라의 권위를 상징하는 건축물에 옷을 입히는 작업이었다.

도화서 화원들은 왕궁의 권위 위에 선화(善畵), 선회(善繪)를 집대성하고 이를 관장했다. 그림의 밑그림에 해당하는 윤곽을 화(畵)라고 칭했고, 그려진 윤곽을 따라 색을 입히는 것을 회(繪)라고 불렀다. 이 둘을 합쳐 회화(繪畵)라 했다.

단청의 시원은 다양했다. 삼각, 사각, 원을 기본으로 삼았다. 각종 식물문과 동물문이 상징적으로 그려졌다. 용의 얼굴[龍顔]도 그려졌다. 식물문에는 연화가 주로 그려졌는데, 연꽃, 연잎, 꽃봉오리, 연밥을 문양화하여 생김이 소박하고 각양이었다. 꽃과 잎이 위를 향해 피어 앙련(仰蓮)이라 이름 했다. 다소곳이 고개 숙여서 수련(垂蓮)이라 불렀다. 소용돌이처럼 굽어 피어 파련(波蓮)이라 했는데, 이름에 파격이 맺혀 있었다. 안쪽으로 말려 피어 웅련(雄蓮)이라 불러 생김에 따라 이름을 달리했다. 연향이 맡아지는 이름들이었다.

명무가 눈을 들어 편전의 단청을 면밀히 바라봤다. 단청에 새겨진 화려한 문양을 알아보고서야 왕궁에 입궁한 사실을 사실로 받아들였다.

신시 무렵, 중년의 동참화사가 명무에게 밑그림과 초본을 당부했다. 동참화사의 통보는 급작스럽지 않았다. 노인은 이미 알고 있었던 듯 표정에 변화가 없었다. 수종들이 조용히 웃었다. 동참화사가 명무를 바라봤다. 명무가 고개를 끄덕였다.

주관화사들이 편전 안으로 들어가 정해진 자리에 섰다. 자리마다 붓과 화선지가 가지런히 놓여 있었다. 먹물도 알맞게 준비돼 있었다. 화선지 안에 가시 같은 빛이 떠다녔다. 명무가 숨을 들이켰다가 조용히 뱉고는 좌우로 눈을 돌렸다. 여덟 명의 주관화사는 파도처럼 높아 보였다. 명무와 노인은 일곱 번째 서 있었다. 동참화사와 수종들이 뒤로 물러났다.

초본(草本)을 위한 밑그림을 그리는 작업이었다. 대개 밑그림과 초본은 동시에 진행됐으나, 정교한 어진은 대강의 밑그림을 그린 후 정밀한 초본에 들어가는 경우도 있었다. 밑그림을 위해 왕은 잠시 편전에 머문다고, 화원이 말했다. 용안을 대하는 시간은 짧지도 길지도 않다고, 화원은 덧붙였다. 적나라하게 보아서는 안 되며, 순간에 왕의 위용을 가늠해야 할 것이라고, 화원이 힘주어 말했다.

주어진 시간 동안 용안을 살피고, 거동을 중시하며, 몸매를 가늠해야 했다. 눈으로만 보아서는 아니 되고, 눈과 마음과 몸이 함께 보아야 했다. 짧은 시간 눈과 마음과 몸이 가지런히 움직여 줄지 알 수 없었다.

내금위 무사들이 편전 곳곳에 배치됐다. 상층에는 궁사들이 도열했다. 이만저만한 궁사가 아니라 명중률 높은 저격사들이라고, 옆에 선 주관화사가 귀띔했다. 경계는 드러난 틈을 압박해왔다. 경연자들이 긴장하는 모양이었다. 내금위 무사들이 경계에 과중한 무게를 싣는 것 같았다. 뒤쪽에서 수런거리는 소리가 들렸다.

노인이 조용한 눈빛으로 말했다.

"산만하구나. 긴장하거라."

노인의 목에서 가느다란 퉁소 소리가 들렸다. 명무가 노인을 바라보며 고개를 끄덕였다.

명무의 표정은 지워져 있었다. 마른 침을 삼키며 명무는 전방을 주시했다. 눈을 감으면서 고개를 가로저었다. 옆 화방의 호사스런 화구가 떠올랐다. 그것이 전부가 아님을 아는 일은 어렵지 않았다. 그것은 이 생각과 저 생각이 부딪혀 하나의 생각으로 응집된 결과라고, 명무는 다시 고개를 끄덕였다. 경연은 어디까지나 경연인 것. 경연 자체에 뜻을 세우는 일이 중요한 것이 아니라, 어진을 그리는 일에 혼을 싣는 그것을 의롭게 가져가야 했다. 가고자 하면 이르지 못할 곳이 없었다. 명무가 입술을 깨물었다.

편전 바깥에서 왕의 납심을 알리는 내관의 목소리가 들려왔다. 어진을 관장하는 화원이 육중한 소리로 말했다.

"모두 일어서 예를 갖추라."

문이 열리는 순간 운신하는 왕을 바라보지 못하고 일제히 고개 숙였다. 주관화사들이 목을 묻고 사지를 오므렸다. 아무 소리도 들리지 않았다. 이 고요가 왕의 위상에서 번져오는 것이며, 이것이 고려를 무너뜨린 조선의 고요인 것이라고, 명무는 생각했다.

화원이 강직한 목소리로 소리쳤다.

"고개를 들고 전하의 용안을 대하라."

방원은 검정 익선관(翼蟬冠)을 쓰고 있었다. 청색 용포를 늘어뜨려 조용히 거닐었다. 앉을 때 소리가 없었다. 화원이 덧붙였다.

"오래 바라볼 수 없다. 숨을 들이켰다가 내쉴 때 고개를 묻어야 한다. 화(畵)를 제작하는 첫 단계이니, 유념하라. 경연을 시작한다."

기척 없이 징이 울렸다. 소리는 활을 든 술사와 칼을 찬 무사 사이를 지나갔다. 화원과 화원 사이를 스치고 지났다. 경연자들의 오므린 사지를 맴돌아 나갔다. 소리는 방원과 신료들 사이를 지나 편전 벽 속으로 스며들면서 모두의 소리가 되고 있었다.

이 시간 초본을 위한 밑그림만 허용됐다. 초본은 밑그림을 토대로 각기 정해진 화방에서 작업을 마쳐야 했다. 밑그림에 집중하여 화(畵)를 이끌어내는 작업이었다. 화가 마련되면 화원들이 검증하고 회(繪)의 과정인 상초와 정본설채로 넘어가야 했다. 갈 길이 까마득히 멀어 보였다.

고개를 들고 숨을 들이키는 순간 장대한 방원의 사지가 명무의 눈에 들어왔다. 키를 가늠하기 어려웠다. 용포 안의 사지를 가늠하지 못해 전신이 균등하게 조율되지 않았다. 오래 바라볼 수 없으므로 얼른 고개를 묻었다. 화선지 윗면부터 아랫면까지 대략의 사지를 가늠해 그 길이를 새겼다.

숨을 내쉼과 동시에 방원을 올려다봤다. 관의 색상과 형상을 화선지에 옮겼다. 고개를 들고 눈매와 이마를 동시에 눈에 새겼다. 숨을 내쉬면서 화선지에 붓을 댔다. 눈을 들어 코와 인중, 입술의 위치와 비율을 가늠했다. 숨을 내쉬면서 그려 넣었는데, 적당히 그렸다. 초본을 위한 밑그림이므로, 대략의 골격을 그리는 일은 합당해 보였다. 적당함이 넘치면 나중에 초본을 그리면서 그림이 뒤틀리고 부풀여 처음의 골격을 유지할 수 없을 것이었다. 적당한 선에서 신중을 기하고, 그것을 눈과 마음과 몸에 새기는 것이 중요했다.

호흡을 가라앉히면서 용포의 길이와 어깨의 넓이를 용안과 대조해 머릿속에 새겨 넣었다. 숨소리를 고르게 해서 붓을 쥐고는 곧바로 용안의 윤곽과 어깨선, 용포 자락의 길이를 화선지에 옮겼다. 다시 눈을 들어 위엄에 어울리는 골격을 측도했다. 사지를 덮은 곤룡포의 전체 윤곽과 구성을 면밀히 눈에 새겼다. 어깨 부분의 황금색 견장과 가슴 복판의 둥근 용무늬를 화선지에 옮겼다. 숨을 멈추어 정밀을 요했다. 숨을 들이켜 머리에 새겼다. 양 어깨에 두 마리의 용이, 가슴 복판에 한 마리의 용이, 허리춤 옥대에 다시 두 마리 용이 서로 물고 물리도록 했다. 시작도 없고 마침도 없는 용들의 무늬에 윤회와 상생의 무한성을 북돋았다. 생과 사를 통찰하는 취지였다.

용안은 면밀히 화선지에 옮길 수 없으므로, 대략적인 형체만 그렸다. 특징이 될 만한 것은 기록했다. 관의 구조와 높낮이, 곤룡포의 색상, 어깨와 가슴의 용무늬를 기록해 넣었다. 어좌와 배경의 안배에도 신중을 기했다. 바닥재의 색상과 형상을 면밀히 새기고 기록하였다. 손과 발, 머릿결과 관의 높낮이를 그려 넣고 그 나머지를 기록했다.

세 식경이 훌쩍 지나갔다. 방원은 고요하면서도 과묵하게 버텨주었다. 줄곧 앉아 있으면서 버거워하지 않았다. 지루한 시간을 잘 견뎌주어 어진을 받아들이는 태도가 곧아 보였다. 부동의 자세가 경연자들을 편안케 했다.

좌우 주관화사들이 그려놓은 밑그림을 바라보며 명무는 손끝이 떨려오는 것을 알았다. 모두 능란해 보였는데, 어디에 내놓아도 손색이 없었다. 여덟 명의 주관화사는 화원들의 이목을 집중시키며 밑그림을 마무리해나갔다. 붓질의 왕성함을 가라앉혀 완고한 바탕에 이르는 모습은 경건해 보였다.

긴장한 탓인지 집중할수록 손끝이 떨렸다. 손이 떨리면 세상도 같이 떨렸다. 노인이 명무의 어깨를 다독였다. 노인을 올려다보며 명무가 물었다.

"스승님, 소녀가 해낼 수 있을는지요?"

"때를 늦추지 말거라."

"경연이 부담스럽기 그지없습니다."

"모두가 이곳이 처음일 것이다. 너는 본래 깊지 않느냐?"

멀리에서 북소리가 들렸다. 이 북소리가 날마다 왕궁에서 울리는 북소리인가 싶었다. 이 북소리가 왕의 종횡을 따라 사시사철 울리는 그 북소리인 것. 언젠가 대륙을 향해 뻗어나갈 소리이며, 세상을 흔드는 소리가 될 것이었다. 북소리는 천장에 부딪혀 편전 안에 흩어져 내렸다.

눈길 하나로 신하들을 끌어당기는 왕의 위엄은 가볍지 않았다. 숨결 하나로 화사들을 압도하는 왕의 호흡은 곧아 보였다. 방원은 강고하고 고집이 드세 보였는데, 깨알처럼 흩어지는 별보다 한곳으로 모여드는 물을 좋아할 것 같았다. 방원은 울먹이는 상소에 견주어 견고하고 일사불란한 종사를 왕업으로 가져갈 듯이 보였다. 모두의 눈에 비쳐든 방원은 유능하며 능동적으로 보였다.

악사가 선단의 징을 울려 마침을 알렸다. 방원은 지체 없이 몸을 일으켰다. 내금위 무사들이 방원을 따랐다. 방원은 경연자들에게 눈길 한 번 주지 않고 곧바로 편전을 빠져나갔다. 걸어가는 방원의 등판이 곧은 것을 알았다. 눈에 새겼다.

방원이 사라진 편전은 고요하고 낯설어 보였다. 이 낯섦이 문득 가슴속에 회오리로 돌았다. 명무가 가만히 눈을 감았다. 마음을 추슬러 매 순간 어진에 혼을 불어넣을 때 올 것이 오리라고 짐작했다.

밑그림을 마무리한 명무가 편전을 나왔다. 숙소로 돌아가는 동안 노인과 동참화사와 수종들은 말이 없었다. 중간에 동참화사와 수종들이 숙소로 돌아갔다.

꿈의 벼랑

화방으로 돌아올 무렵 사위는 가물거렸다. 궁 안으로 뻗어간 길을 바라보며 지난밤 강녕전 담장 앞에서 걸음을 돌린 것을 기억해냈다. 강녕전으로 향하는 길은 여러 갈래였다. 왕의 침소는 길이 문제가 아니라, 삼엄한 경계가 문제였다. 경회루 쪽으로 우회한 길은 무모했다. 사방이 트인 연못을 지나가는 길은 어리석어 보였다. 길은 거미줄처럼 얽히고설켜 있었다. 어느 길을 택하든 쉬울 것 같지 않았다.

청계천 물소리가 들렸다. 민가 장터는 상인들의 흥얼거리는 노래로 막을 내리고 있었다. 민가의 하루는 노래로 피로를 달래는 모양이었다. 철 지난 고려가요가 쓸쓸하게 들렸다.

왕궁 너머 산들이 겹치는 곳에서 새들이 날아다녔다. 새들은 제 이름을 부르면서 제 존재를 물었다. 울면서 제 생애를 기리기 않고, 다만 죽고 나면 울지 못할 것을 아는 듯 날마다 곡진하게 울었다. 새들은 북서쪽으로 날아갔다.

저녁 끼니로 육회와 갈비탕이 올라왔다. 기름기가 빠진 육질에서 단내가 났다. 식사를 끝낸 노인은 바삐 잠자리에 들었다. 피곤에 지친 얼굴이었다. 하루 종일 긴장한 모양이었다. 편전에서, 여덟 명의 주관화사와 겨룬 경연은 아무래도 힘겨웠던 듯싶었다. 옆 화방의 젊은 선비화사는 부드러우면서 평범한 밑그림을 보였다.

자시가 지날 무렵, 명무는 화방을 나왔다. 낮에 눈여겨 보아둔 길을 따라 강녕전으로 향했다. 걸음은 가볍고 조심스러웠다. 이 걸음이 무엇을 의미하는지, 야심한 행로가 무엇을 목적하는지, 그것은 생각하지 않아도 명백했다. 길을 나설 때 옷 속의 칼들이 조용히 날을 떨었다.

경회루를 지나가지 않고 사정전 근처로 향했다. 길은 어둠 속 난해를 뚫고 이어졌다. 여러 갈래의 길이었으나 길은 어디를 향하든 한 곳을 향해 뻗어갔다. 망설이지 않았다. 낮에 보아둔 사정전 뒷길은 선명했다. 뒷길을 돌아 사정전 앞뜰로 진입했다.

모두 돌아가고 없는 사정전 앞뜰은 창백하고 시렸다. 좌우를 감싼 만춘전과 천추전은 캄캄하고 고요했다. 뜰에 내린 달빛은 요요했다. 전각들의 위엄이 흰 화강석 댓돌 위에서 시작되고 있었다. 불침번은 보이지 않았다. 숙직도 없었다. 걸음걸이의 소리를 죽였다. 뜰 가운데 이를 즈음, 공기를 가르는 바람 소리가 들렸다. 화살이었다. 막 돋아나기 시작한 편백나무 잎사귀 사이를 지나 화살은 담벼락에 꽂혀들었다. 명무는 본능적으로 몸을 낮추었다.

"누구냐? 멈추거라."

탁하고 굵은 목소리였다. 뒤이어 요란한 발자국 소리가 들렸다. 순식간에 사정전 뜰에 병사들이 모여들었다. 다시 시위를 끌어당기는 소리가 들렸다. 시위는 젖어 있었다. 옷 속의 칼을 더듬었다. 숫자가 많았다. 활을 겨눈 눈은 잘 찢어져 번득였다.

"활을 거두어라."

이 목소리는 뒤편에서 들려왔다. 굵고 메마른 목소리였다. 목소리는 가라앉아 있었다. 동시에 젖은 시위를 벗어나는 화살 소리가 들렸다. 순간 명무는 저만큼 떨어져 나가 뒹굴었다. 화살은 명무의 몸에 닿지 않고 어둠 속에 박혀들었다. 화살이 박혀들 때 탁한 소리를 내지 않고 살 속으로 스며들 듯 가벼웠다.

"이 밤에 편전 뜰에서 무슨 소란인가?"

어둠 속에서 한 사내가 걸어 나왔다. 사내의 왼쪽 팔뚝에 화살이 박혀 있었다. 명무를 밀쳐내느라 화살을 피하지 못한 듯했다. 숨을 멈추고 사내를 바라봤다. 문관의 사내였다. 나이 들어 보이지 않았다. 눈빛이 고요하면서도 슬퍼 보였다. 팔뚝에서 검은 피가 떨어졌다. 병사들이 명무와 사내를 번갈아 바라봤다. 병사들은 어찌할 줄 모르는 것 같았다. 다시 사내가 메마른 목소리로 다그쳤다.

"전하의 침소 바로 뒷전이다. 무슨 일인가?"

사내의 목소리가 귀에 익은 듯이 들렸다. 오래전, 집 뜰에서 죽마를 타고 놀 때 들은 목소리 같았다. 투호 놀이 중이었거나 사내아이들의 자치기 놀이를 바라볼 때 들려오던 목소리인지도 몰랐다. 어쩌면 느릅나무 아래에서 그림을 그릴 때 들려온 목소리인 듯싶었다. 아비가 살아 있을 때의 목소리였다.

순군만호부 초급장교 별장(別將)이 사내의 말을 받았다. 별장의 대꾸는 거침없이 들렸다.

"예문관 대교께서 이 시간에 편전엔 어인 일로……."

별장의 얼굴은 어둠 속에서도 날카로운 인상을 보였다. 대교가 나직이 대꾸했다. 목소리가 분명하게 들렸다.

"사정전은 전하의 교지를 받는 곳이기도 하지만, 그 좌우 천추전과 만춘전은 성균관 학사들의 집무장이기도 하다."

"수상한 그림자가 있어 쫓았을 뿐입니다."

별장은 머뭇거리지 않았다. 곧은 자세와 목소리에서 무장의 기지가 묻어났다. 두 명의 병사가 명무를 붙잡아 일으켜 세웠다. 수상한 그림자가 여인이라는 것에 별장과 병사들은 놀라는 눈치였다. 별장이 한숨을 내쉬었다.

"어디에서 온 누구냐?"

명무는 별장의 호통에 아랑곳 않고 대교를 바라봤다. 대교의 머리 꼭대기 위에 달은 겨우 떠 있었다. 달은 간신히 세상일을 내려다보는 것 같았다. 달은 아무 생각 없이 대궐을 흘깃거리는 듯이 보였다. 달은 무심하고 처량한 자태로 흐르는 것이 아니라, 모든 것으로부터 초극한 듯이 보였다. 달은 인내하는 듯, 달은 외롭고 고집스러워 보였다.

명무가 짧게 대꾸했다. 중성적인 음색이었다.

"어진 경연에 참가한 화가입니다."

"이 시간에 이곳은 무슨 일이냐?"

"숙소를 잘못 찾아들었습니다."

명무의 목소리는 떨리지 않았다. 목소리에서 여인의 음색은 지워져 있었다. 대교가 명무를 찬찬히 바라봤다. 어디로 보나 어진 경연을 위해 입궁한 화가 이상 보이지 않았다. 대교의 팔뚝에 고여 있던 핏방울이 떨어지면서 파열했다. 핏방울이 다시 팔뚝에 고여들었다.

대교가 물었다. 음색이 순하고 조용했다.

"경연자들의 숙소는 경회루 뒤쪽에 있소."

"물소리를 듣고 찾아 헤매다 길을 잘못 들었습니다."

"청계천에서 들려오는 소리 말이오? 그곳은 궁 바깥이오."

명무는 대꾸하지 않고 대교를 바라봤다. 달빛에 드러난 대교의 얼굴은 피곤해 보였다. 어딘지 모르게 우수에 젖은 모습이, 밤사이 걸어갈 길이 멀고 먼 나그네처럼 보였다. 학자의 외모보다 무관의 풍모가 보이는 윤곽이었다. 알 수 없는 비애가 느껴졌다. 화살을 빼낼 때 대교의 얼굴은 표정이 없었다. 뚫린 팔뚝에선 핏방울이 멈추지 않았다.

명무는 대교의 눈빛을 읽으면서 시선이 떨려오는 것을 알았다. 속을 짐작할 수 없는 얼굴이었다. 눈빛을 보내면 알 수 없는 시선으로 되돌아왔다. 대교의 눈길은 조바심이 났다. 두근거렸으며, 손끝은 옷 속의 칼을 움켜쥐지 못하고 가늘게 떨렸다. 대교의 입술엔 침이 말라 있었다. 대교의 눈빛은 외람되고 부담스러웠다.

"침전에서 불과 한 문 밖입니다. 관례대로 포승해야 합니다. 몸수색도 해야 합니다."

별장의 목소리는 거칠고 문외하게 들렸다. 대교가 높지 않은 목소리로 응수했다.

"요즘 어진 경연이 한창이라지. 전하와 종묘사직을 위한 위중한 일이다. 전하의 잠결을……."

"야심한 시각입니다. 규명할 수 없는 행로는 시해의 징후로 보아야 합니다. 더군다나 외방에서 올라온 자입니다. 우선 잡아 가두는 것이 의금부 소관입니다."

옳은 별장의 말을 떠밀고 난입하는 생각을, 대교는 어찌할 수 없었다.

"별장의 말이 상스럽다. 순군만호부가 사정전에서 어진 경연을 위해 입궁한 민가의 여인을 포승했다는 말이 돌면 전하께서도 불편하시지 않겠는가?"

"거동이 수상한 자입니다. 왕실의 안전과 직결된 사안입니다."

"침전 뒷전이라지만, 엄연히 편전이다. 전하의 교지와 경연을 주관하는 곳이다. 성균관 유생들이 정진을 도모하는 곳이다. 본래 고요해서 물소리가 잘 들리는 곳이니 필요 이상 경계를 다그치지 마라. 쓸데없이 피를 부르지 마라. 편전 앞뜰에서 의금부가 움직이는 그것부터가 불미다."

대교의 말에, 별장은 이해할 수 없는 표정을 지었다. 마뜩찮은 눈길로 대교를 노려보며 별장은 대꾸했다.

"의금부는 궁 안 어느 곳이든 갈 수 없는 곳이 없습니다."

"편전과 그 일곽, 그리고 성균관만큼은 내금위 소관이다. 그것을 잊었는가?"

"자시를 넘긴 시간입니다. 엄연히 미혹입니다."

별장은 지지 않고 응수했다. 까다로운 장교였다. 대교가 목소리에 힘을 주었다.

"미혹, 그 말은 간단하지 않다. 그 말은 실로 왕실의 안위와 직결되어야만 입에 올릴 수 있는 것. 내금위를 불러야 할 만큼 위태로운 일이라야 가당하다. 이 시각 내금위를 부르면 의금부 삼품은 물론 어영청 삼품들도 함께 거동해야 한다. 삼품들이 움직이면, 내시부 상선은 곧바로 전하를 깨워 아뢰어야 한다. 이 밤에 전하의 운신이 어떠하실지, 별장은 생각할 수 없는가?"

별장은 입술을 깨물고 대꾸가 없었다. 복잡한 절차를 생각하는 것부터가 번거롭다는 얼굴이었다. 그제야 별장은 절충을 생각하는 것 같았다. 별장이 굳은 얼굴을 풀고 말했다.

"알겠습니다. 아마 궁궐의 전각들이 낯설어 그랬을 겝니다."

대교가 낮은 목소리로 덧붙였다. 다시 오래전 귀에 익은 목소리가 명무의 귀에 들려왔다.

"편전은 전하와 모든 신료들이 머무는 곳. 경우에 따라서는 민가의 백성도 드나들 수 있다. 날이 밝는 대로 직접 의금부에 가서 고하겠다. 물러들 가라."

대교의 눈빛은 읽혀지지 않았다. 무언지 모르게 당황한 기색을 감추는 대교의 모습에 명무는 속을 졸였다. 제 속을 향해 우는 새 한 마리가 멀리서 울었다. 소쩍새 같기도 하고 뻐꾹새 같기도 했다. 부엉이가 따라 울었다. 소리가 요요했다.

대교는 명무의 눈을 외면하지 않았다. 대교의 눈은 고요하면서도 청명했는데, 눈 속에 흰 순록 뿔이 보였다. 별장이 표정 없이 말했다.

"화살에 맞은 자리가 심상치 않습니다. 치료부터 받으셔야겠습니다."

"알아서 처리할 것이니 어서들 돌아가라."

별장이 병사들을 물렸다. 자박거리는 발소리가 사정전 뜰에 괴어 있다가 멀어져갔다. 병사들이 돌아가고서야 명무는 황급히 대교에게 달려갔다. 팔뚝에서 피가 멎지 않았다. 명무가 옷섶을 찢어 대교의 팔뚝에 감았다. 옷을 찢어낼 때 골반에 걸려 있던 세 자루 칼이 드러났다. 칼들을 바라보며 대교가 숨을 죽였다. 묶은 팔뚝에서 피가 무뚝뚝하게 배어났다.

"조용히 돌아가시오."

대교의 목소리는 굳어 있었다. 무슨 말을 해야 할지 떠오르지 않았다. 대교가 천추전 안으로 걸음을 옮길 때 뒷모습에서 오래된 비애가 묻어났다. 알 수 없는 허전을 등에 진 모습이었다. 뒷모습이 솔직한 사내였다. 천추전 안에서 불이 들어왔다. 창호에 비쳐든 불은 연한 보랏빛이었다.

고개를 들어 올리자 전각들이 어둠 속에 솟아 있었다. 밤하늘은 건조했다. 점점이 빛나는 별들이 무궁한 곳으로 흘러갔다. 편백나무에 앉은 부엉이가 속절없이 울었다. 숙소로 돌아가는 명무의 걸음은 무겁고 고단했다. 한 자락 긴 꿈을 꾼 것 같았다.

종이 별자리

밤사이 벼랑으로 떨어진 기분이 들었다.

간밤의 일은 헛것 같지 않고 분명했다. 대교의 핏방울은 별무리 같았다. 잠결에 별이 기울었고, 떨어져 내리던 핏방울에서 문관의 기지는 모호했다. 허전을 등진 뒷모습에서 문관의 풍모는 멀게 느껴졌다. 읽히지 않는 눈빛은 먼 곳의 결을 바라보듯 차갑고 건조했다. 아침나절 그것들 모두 한자락 꿈결 같았다.

조식 때 햇살은 맑게 떠올랐다. 창틈으로 밀려든 햇살이 어느 때보다 고왔다. 노인의 목소리가 창백하게 들렸다.

"조지소를 다녀와야겠구나. 초본을 시작하기 전에 가서 가져올 것이 있다."

크흠. 노인이 짧게 기침하고는 눈을 깜빡거렸다. 입가에 묻은 김치 조각이 눈에 거슬렸으나 개의치 않았다. 물그릇을 내밀며 명무가 대꾸했다.

"조지소라면……."

"저화(楮貨) 발행을 위해 종이를 만드는 곳이다."

노인의 목소리에서 필요 이상으로 힘이 느껴졌다. 노인의 입에서 나온 조지소는 반드시 가야 할 명분과 이유가 있는 것 같았다.

조선의 저화는 화폐 통일을 위해 발행되었다. 통치의 목적도 깔려 있었다. 방원은 화폐제도의 개혁을 기해 고려유민들을 회유하고자 했다. 유민들의 경제적 고립으로 저항의 기세를 꺾고, 정치적 안정과 경제적 디딤돌을 놓고자 했다. 보이는 재물과 보이지 않는 재물 간의 거리를 좁히는 데는 이유가 있었다. 보이는 재물은 세금을 매길 수 있으나 보이지 않는 재물은 세금을 물을 수 없었다. 국고의 잔량이 국가적 소모의 가능성이었고, 조선의 경제를 지탱하는 원석이었다. 원석이 넘칠 때 사대부의 망상은 들끓었고, 원석이 부족할 때 관료들의 부정은 극에 달했다. 시중들은 국고의 중량을 가벼이 보지 않았고, 국고의 소모를 무거운 목소리로 보고했다. 경제적 집착과 정치적 망상 사이에서 저화는 조정을 들끓게 했고, 사직을 혼란스럽게 했다. 국고 잔량은 날마다 승정원에 보고되었다.

기존에 통용되던 지전(紙錢)은 지방마다 종이의 질과 두께 차이가 심했다. 이를 극복하기 위해 저화는 발행되었고, 조정은 중앙관제라는 이득을 취했다. 이런 명분에도 민간의 저화 사용은 원활하지 못했다. 방원은 관료들의 녹(祿)을 저화로 지급할 것을 명했고, 농업에 종사하는 백성들에게 쌀을 팔아 저화로 대납토록 했다. 기존의 오승포(五升布) 사용을 금했고, 이를 어기면 가산을 엎었으며 율에 따라 결장(決杖)을 명했다. 관리를 위해 조지소에 사섬서(司贍署) 관료를 파견해 직접 감독케 했다.

명무가 노인의 눈을 바라봤다. 노인의 눈은 밝지도 어둡지도 않았다. 명무가 물었다. 목소리엔 감정이 지워져 있었다.

"스승님은 어진 경연에 재물이 필요하다 생각하셔요?"

"너는 내가 재물에 눈이 어두운 사람으로 보이느냐?"

"아닙니다. 스승님의 눈은 누구보다 재물에 밝아 보입니다."

노인이 입술을 축였다. 이 아이의 말을 곧이곧대로 주워들어야 할지, 단박에 뱉어내어야 할지 쉽게 판단이 서지 않았다. 재물에 눈이 밝다는 건, 그 재물에 대해 여러 생각과 생각이 응집되어 남들보다 계산적인 판단이 빠르고 밝아야 하는 것인데, 그러한 생각이 재물에 눈이 어두운 자의 속셈과 무엇이 다른지 알수 없었다. 이 아이는 노을과 여명의 차이를 가늠하는 것에서도 한 가지 해를 놓고 어렵게 말하는 아이인지라, 결국 재물에 눈이 밝다는 건 재물에 눈이 어두운 것과 다르지 않음을 말하는 건 아닌지, 알다가도 모를 일이었다.

노인이 쓴맛을 삼키며 말했다.

"재물은 그야말로 물과 같다. 쓸수록 채워야 하는 것. 중요한건 종이다. 초본에 필요한 종이를 조지소 제조(提調)에게 부탁해

놓았다. 준비해놨을 게다. 어서 가자꾸나."

명무가 낮게 대꾸하고 나설 채비를 했다.

노인의 눈을 바라보며 명무는 눌리고 펴진 종이의 횡단을 생각했다. 종이는 붓을 쥔 자의 사유와 뜻을 담는 그릇일 것인데, 그 알 수 없는 종이의 종횡은 명무의 머리에 쉽게 맺혀들지 않았다.

말을 마치기 바쁘게 노인이 서둘러 몸을 일으켰다. 두루마기를 걸치고 화방을 나섰다. 아침나절 햇살은 따사롭게 비쳐들었다. 도화서 화원에게 궁 밖 외출을 알렸다. 화원이 노인과 명무를 조용한 눈총으로 바라보고는 허락했다. 화원의 눈엔 총기가 지워져 있었다.

도화서를 나온 노인이 기침 없이 걸음을 떼었다. 노인의 발걸음이 들떠 보였다. 명무가 뒤를 따라 걸었다. 자하문을 나와 오래 걸었다. 태조 때 지어진 자하문은 창의문(彰義門)이라고도 불렀다. 한양 북편에 세운 사소문(四小門) 가운데 하나였다. 길은 한강 북쪽으로 통했다. 한강을 건널 때 바람은 서촌의 민가를 뚫고 날아들었다. 바람 부는 날 새들은 인왕산 쪽으로 날아가는 모양이었다.

북한산 기슭에 자리 잡은 조지소는 우람하면서도 고요했다. 기와에서 윤기가 묻어났다. 서까래를 떠받친 기둥마다 송진 냄새가 났다. 울타리 없이 계곡물이 휘도는 삼각주 한가운데 조지소는 건축되어 있었다. 지어진 지 얼마 안 돼 보였다. 주변엔 고른 반석들이 양지쪽을 향해 드러누워 종이 건조대를 받쳤다. 판자를 잇댄 건조대가 볕이 드는 곳을 바라봤다. 비스듬한 건조대마다 종이가 말라갔다. 볕이 좋았고, 종이 냄새가 비렸다.

조지소 안에 장정 여럿이 팔을 걷어 붙힌 채 삶아낸 닥나무를 으깨고 누르며 닥달했다. 단단한 참나무로 반나절은 두들겨 패야 닥나무 반죽이 된다고 했다. 팔을 휘두를 때마다 장정들의 팔뚝에서 철사 같은 핏줄이 돋았다.

장정이 반죽한 닥나무를 너른 물통에 던져 넣었다. 큼직한 지통 앞에 대기하고 있던 장정 둘이 긴 대나무로 반죽한 닥나무를 저었다. 으깨어진 닥나무는 본래 형체를 버리고 물과 하나가 되는 것 같았다.

종이는 닥나무 껍질 안쪽 백피에서 얻었다. 삶는 도중에 백피를 감싸고 있던 흑피는 대부분 떨어져 나갔다. 삶아낸 백피를 장정들은 근력을 아끼지 않고 닥달했다. 백피가 곤죽이 되도록 닥메로 으깨고 부수어 반죽하는 고해 작업을 거쳐야 하는데, 그 형체가 미세하게 나뉘어질수록 양질의 종이를 얻을 수 있었다. 고해를 끝낸 반죽은 닥풀을 섞은 지통에 넣어 풀바라지했다. 지장(紙匠)이 발틀을 담그고 대나무 발에 한 장씩 건져 올려 건조시키면 종이는 완성됐다. 양질의 종이란 두께와 질감으로 결정됐다. 얇고 부드러울수록 우수한 종이로 취급받았다. 이 과정에 숙련된 지장의 검열이 무엇보다 중요했다. 지장은 눈 하나로 종이의 양질을 감별했다.

노인이 번잡한 시선으로 장정들을 바라봤다. 장정들이 잠시 일을 멈추고 노인과 명무를 쳐다봤다. 장정들의 콧구멍에서 더운 김이 새어나왔다. 장정들의 콧구멍은 되새김하는 소들처럼 기름져 보였다.

푸른 관복을 입은 제조가 노인에게 다가와 고개 숙였다. 노인이 공손히 인사했다. 지긋한 나이의 제조는 닥나무 같은 인상을 보였다. 제조가 지장을 가리키며 말했다. 목소리가 체로 걸러낸 듯 맑았다.

"부탁하신 종이는 지장이 직접 대나무를 삶아 만들었습니다."

지장이 노인을 향해 고개 숙였다. 지장은 말이 없었다. 노인이 대꾸했다.

"고맙네. 비용은 넉넉히 지불함세."

"우선 안으로 드시지요."

제조가 노인을 이끌었다. 노인이 명무를 돌아봤다.

"너는 여기서 종이가 만들어지는 걸 지켜보거라."

명무가 알았다고 대꾸했다.

노인이 제조와 함께 내실로 들어갔다. 장정들이 노인과 제조를 향해 고개 숙였다. 제조의 뒷모습이 가냘프게 보였다. 두 명의 장정은 지통을 젓느라 땀범벅이었다. 물속에 풀어진 섬유질이 고왔다. 지장이 발틀을 지통 속에 담그자 닥나무 섬유가 대나무발에 고루 올라왔다. 건져낸 섬유는 물에 가까웠다. 아직 종이

라 할 수 없었다. 낱장마다 벼개를 끼우고 한 장씩 포개었다. 지
장의 발틀질이 계속될수록 섬유질은 쌓여갔다. 장정이 판자를
얹고는 물기를 빼기 위해 큼직한 돌로 눌렀다.

　지장의 인상은 무겁고 인색해 보였다. 얼굴에서 구겨진 종이
의 질감이 느껴졌다. 그리기 까다로운 입과 코와 눈동자였다. 동
공이 뚜렷이 검고 흰자위가 깨끗했다. 산중에서 오래 먹고 울다
내려온 짐승처럼 숨소리가 고르게 들렸다. 뒷모습이 날렵하면서
도 게을러 보이지 않았다. 지장의 목에서 산악 같은 풍성함이 들
려왔다.

　"자넨, 담징이 왜 일본으로 건너갔는지 아는가?"

　담징은 죽어서도 조국 고구려를 연민했다고, 영양왕 때 일본
으로 건너가 쇼토쿠 태자에게 고구려의 문화를 전파했다고, 노
인은 말했었다. 담징의 불심은 감정을 비운 자비 그 자체였다고,
그림과 자비는 본래 하나로 통하는 것이라고, 노인이 덧붙였었
다. 담징은 살아온 날들만큼이나 고구려의 별들을 아꼈다고, 살
아가는 동안 떠오를 별들만큼이나 그림을 소중히 여겼다던 노
인의 음성은 그때 젖어 있었다. 담징은 밀려오는 죽음조차 두려
워하지 않았다고, 노인은 서글픈 눈으로 말했었다.

　명무가 지장의 말을 받았다.

　"담징은 고구려의 별을 일본에 알리고 싶어 했습니다."

　"자네의 상상력이 좋네. 어찌 담징의 종이에 고구려의 별이

새겨져 있었다는 걸 아는가?"

"담징은 마를 맷돌에 갈아 만든 종이를 일본에 전파하면서 종이마다 고구려의 별자리를 그대로 옮겼습니다. 또한 일본 하늘에 떠 있는 별을 고구려로 가져오고 싶어 했습니다."

지장의 눈썹이 떨렸다. 발틀을 내려놓고는 물었다.

"종이엔 버릴 수 없는 것이 붙기 마련이지. 그건 어찌할 수 없는 것이 아니라 어떻게 받아들여질 수 있는가에 달려 있네. 종이에 붙은 하찮은 보풀을 자네는 별의 형상으로 보고 있지만, 어떤 사람은 산호나 곤충으로 보는 경우도 있네. 어쩌면 그보다 작은 벌레로도 볼 수 있고, 짐승의 발톱이나 발자국으로도 볼 수 있네. 비와 눈과 바람으로 보는 사람도 있지만, 별이 가장 정확한 형상이라고 할 수 있네. 별은 지상의 모든 것을 품고 돌기 때문이지. 헌데 자넨 누군데 종이에 담긴 별의 운행을 그리 소상히 아는 겐가?"

"저는 어진 경연을 위해 궁에 들어온 화가일 뿐입니다."

종이는 점과 점들의 융화로 만들어졌다. 점들은 사적인 의도에 의한 것이 아니라, 오랜 시간 종이를 만든 지장의 숙련된 기지와 정밀한 수공의 실현이었다. 장정들의 물질과 지장의 발틀질에 종이의 점들은 밤하늘 별자리 형상을 얻게 되는 것이었다.

지장이 덧붙였다. 다시 풍성한 산악의 메아리가 들렸다.

"자넨 종이를 상상의 시선으로 보는 겐가?"

"저는 종이 그 자체를 그림으로 봅니다."

"자네 말이 어렵네. 왕은 상상으로 그려서는 안 될 일이지만, 상상 밖에서도 그릴 수는 더더욱 없는 것 아닌가? 자넨 상상력이 뛰어난 것이 아니라, 세상을 압도하는 상상 그 이상의 것을 가진 것 같네."

"지장께서 종이를 만들 때 저절로 별이 새겨지는 것처럼, 왕은 까마득히 밀려오는 존재, 그 바깥에 존재하기 때문입니다."

계곡물 흐르는 소리가 들렸다. 졸졸거리지 않고 화강석 사이로 난 좁은 수로를 따라 물은 기운 있게 내려갔다. 한양에 들어서던 첫 새벽에 계곡은 얼음 아래에서 냉랭한 소리로 흘렀다. 어둑한 사위를 뚫고 우람하게 서 있던 조지소를 떠올리며 명무는 신음했다. 물은 산에서 시작되고, 종이는 물에서 시작되는 그 순한 원리가 명무의 머릿속에 맴돌았다.

지장이 낮게 말했다.

"담징은 승려이면서 학자였지만, 그 두 가지를 실현할 수 있었던 것은 오직 그림뿐이었네. 허나 그 모두는 종이가 없었다면 얻을 수 없었네."

담징은 원대한 고구려의 이상과 야망과 꿈을 종이 하나로 일본에 전했다. 담징은 종이의 삶을 살다 갔다. 물에서 시작되어 물로 돌아가는 종이의 심지를 안고 살았다. 불꽃같은 생의 능선을 넘어설 때, 담징은 망상으로 들끓는 고구려를 생각했다. 점지할 수 없는 생의 한 자락에 일본의 별을 담아 조국에 가져오고 싶어 했다. 무수한 후학과 제자를 길러내고도 담징은 살아 돌아오지 못했다. 담징은 일본 절간에서 죽었다. 담징의 주검은 종이에 싸서 화장했다. 타고 남은 재는 물에 뿌려졌다.

물과 종이는 서로 보완하면서 상극하는 것. 그것을 알고자 하였던 것은 아니었는지. 지장의 눈은 갈빗대 사이를 찌르며 마음 한곳으로 들어왔다. 간밤에 맞닥뜨린 예문관 대교의 눈빛과 지장의 눈빛은 합쳐지지 않았다. 읽어낼 수 없는 눈빛은 나눌 수도 없을 것인데, 그런 눈빛이 사내들의 눈빛이라는 생각이 들었다. 지장의 눈은 총기로 빛나지 않고도 순한 짐승의 눈을 닮아 있었다. 게으르지 않으면서 선한, 무거우면서 악하지 않은 눈빛은 달라 보였다. 지장의 눈을 바라보며 문득 종이가 사라진 세상을 생각했다. 종이가 사라진 세상에선 붓들도 모두 사라질 듯이 보였다. 붓들이 사라진 세상에선 그림조차 사라져가는 듯하다는 생각이 들었다.

지장이 조용히 일렀다.

"흰머리산 기슭에 종이로 옷을 지어 입고 사는 무리가 있네. 그들은 종이 하나로 다른 세상을 살아가는 무리지."

명무가 지장을 올려다봤다. 가슴이 두근거렸다.

내실로 들어갔던 노인이 나왔다. 젊은 제조가 표정 없이 나왔고, 장정 하나가 동그랗게 말린 종이 뭉치를 들고 따라 나왔다.

노인의 음색이 종이 같지 않고 쇳덩이 같았다. 전에 없이 표정이 창백했다.

"원하는 종이를 얻었으니 가자꾸나. 이제부터가 어진의 시작이야. 할 일이 많구나."

노인의 심기가 불편해 보였다. 제조와 나눈 담소가 유쾌하지 않은 모양이었다. 젊은 서까래 아래에서 지장이 다시 물질을 했다. 노인과 제조 사이에 끼어들고 싶지 않은 표정이었다.

노인이 물었다.

"종이의 원리는 단순하고 명료한 데 있다. 보았느냐?"

"종이는 물에서 시작되어 물로 돌아가는 보편적인 것이라는 생각을 했습니다."

"저화의 저(楮)가 무엇을 뜻하는지 아느냐?"

"닥나무를 뜻합니다."

"그럴 것이다. 중요한 건 닥나무로 만든 화폐가 아니라 종이의 본성이다. 그것을 바라봐야 해."

종이의 본성은 보이지 않았다. 지장의 속도 들여다볼 수 없었다. 추웠다. 마음 한곳을 밀고 들어온 지장의 눈빛이 빠져나가면서 갈빗대가 시렸다.

조지소를 나섰다. 장정이 종이 뭉치를 들고 따라붙었다. 계곡에서 물소리가 들렸다. 물소리가 맑았다. 장정이 멘 종이를 물끄러미 바라보며 명무가 물었다.

"저 종이는 이름이 있습니까?"

노인이 까다로운 표정으로 명무의 말을 받았다.

"너는 종이 하나에도 이름을 중히 여기느냐?"

172

"나무가 본래 속성을 버리고 종이로 새로 태어난 데는 그만한 이유가 있을 거라 생각했습니다. 존재하는 것은 저마다 이유가 있을 것이고, 존재마다 이름도 있을 것이라 생각했습니다."

"너의 생각은 듣기에 좋다. 무릇 존재의 기본은 이름을 얻을 때 그 가치가 빛난다. 종이는 만드는 장소, 제작자, 재질에 따라 이름이 붙는다. 종이의 실상은 역사와 전통이 말하지만, 결국 속성은 하나다. 장정이 진 종이는 고려에서 이어온 죽청지(竹靑紙)라고 부른다. 초본을 그릴 때 유용할 것이다."

죽청지는 대나무를 재료로 했다. 고려 때 종이는 단단하고 질긴 상화지(霜華紙), 부채를 만들 때 사용하던 선자지(扇子紙), 우피처럼 투박한 계문표지(啓文表紙), 눈송이 같은 백면지(白綿紙)를 대표로 하여 저마다 붙여진 이름에서 성질을 헤아렸다. 고려의 종이는 팔만대장경을 인쇄하는 데 적합했다. 고려는 판각에도 우수한 장인들이 많았는데, 목판을 찍어내는 인쇄에도 탁월한 솜씨를 보였다.

종이는 물이 좋은 곳이라야 만들기 수월했다. 우기가 일정하고 강수량이 많아야 했다. 볕이 고르게 잘 드는 곳이라야 했다. 장마 땐 종이를 만들지 않았다. 지장들은 우기를 기다려 고향에 다녀오거나 저자에 나가 시름을 달랬다. 고려의 유둔지는 전장에서 병사들의 천막으로 쓰였다. 방충과 보존에 뛰어난 황지와 감지로 성균관 유생들의 사경을 출간했고, 사찰에서 불경을 간행했다. 석추지, 견지, 아청지는 명나라에 조공물로 바쳤다. 고려지는 물 좋은 곳에서 만들어져 깨끗하고 질겼다. 종이마다 별들이 총총했다. 겉이 여인네 살결처럼 고왔다.

장정의 골격이 다부져 보였다. 장정의 일생은 무료하거나 힘겨워 보이지 않았다.

노인이 덧붙였다.

"종이는 붓을 띄우는 바다다. 가없는 붓의 행로를 한 몸으로 받드는 것이 종이다. 붓은 종이를 맨몸으로 건너가고, 종이는 붓의 기세를 한 몸에 받는다. 종이의 철저는 붓과 합쳐질 때 완성된다. 서로의 질감을 교호(交互)하면서 종이는 붓의 바다가 되고, 붓은 종이의 나루가 된다. 아느냐?"

명무가 고개를 끄덕였다.

"종이와 붓은 서로 다른 계통이 만나 하나의 세계를 이루는 것으로 이해됩니다."

그러함에도, 종이와 붓의 교호는 어렵고 난해하며 그려낼 수 없을 것 같았다. 이것은 이해의 사유라기보다 건너가야만 하는 먼 바다의 풍경을 바라보는 것 같았다. 하늘과 바다가 맞닿은 수평선을 응시하듯 종이의 속성은 멀고 아득하기만 했다.

"너의 말은 옳다. 종이와 붓이 지닌 속성을 이해할 때 교호도 온다. 종이는 붓이 누르는 억압을 견디는 데 존재 이유가 있고, 붓은 종이의 생리적 관성을 존중하는 데서 하나가 된다. 그것들은 서로의 질감을 나눠 가질 때 뚜렷해지고 분명해진다. 붓의 본능은 본래 관능적이며 능동적이다. 종이의 위대함은 붓의 날카로움을 두려워하지 않고 연민하지 않는 데서 온다. 오로지 물의 끈기와 별의 자유와 사람들의 땀에 연원한다. 종이에 별 부스러기가 가라앉아 있는 것도 이 때문이다."

종이의 실상은 노인의 말과 달랐다. 조지소 지장과 장정들의 삶은 바닥이었다. 맨땅의 바닥과 맨발의 발바닥이 부딪혀 빚어내는 조화로움 속에 종이는 만들어지고 있었다. 종이의 태동은 땅의 기운과 맨발의 역동과 나무의 결이 만나 하나의 깃대를 세우는 데서 이어졌다. 지장과 장정의 생애는 쇳물을 끓이는 대장장이의 생애와 달라보였다. 가축을 기르는 유목민들의 삶과도 달랐다. 별의 운행을 관찰하는 학사들의 면학과도 달랐다.

"스승님 말씀이 어렵습니다."

"어려운 그것을 쉽게 가져갈 때 종이의 단순함이 더 총총해진다."

"그렇게 알겠습니다."

서촌 민가에서 빠져나온 바람이 한강 언저리를 쓸고 지나갔다. 바람이 맵고 차가웠다. 노인의 도포자락 안에서 바람은 한참이나 놀다 갔다. 노인이 펄럭이는 도포를 붙들어 맸다. 바람이 마른기침을 했다.

노인의 목소리가 식상하게 들렸다.

"지장과 무슨 이야기를 나누었느냐?"

노인을 물끄러미 바라봤다. 표정이 좋지 않았다. 명무가 대꾸했다.

"담징에 대해 이야기했습니다."

"너는 아무나하고 말이 통하느냐?"

"조지소 지장이었을 뿐입니다."

"지장이든 대장장이든 흔한 게 종이이고 쇠인데, 그때마다 죄다 말을 섞을 작정이냐?"

명무가 눈을 동그랗게 떴다. 노인을 빤히 바라보다가 말을 뱉었다.

"스승님, 제가 그럴 리가요……."

노인의 목에서 메마른 바람소리가 들렸다.

"담징은 종이마다 별이 뜨고 글이 흐르며 바람이 지나는 풍지(風紙)의 본성을 이해하지 못했다. 종이가 갖는 회화적 속성을 오직 붓으로만 실현된다고 믿었다. 종이 자체가 자지고 있는 회화적 습성을 간파하지 못한 탓이다."

풍지. 종이가 지닌 회화적 요소의 극점이었다. 종이에 붓으로 글이나 그림을 그리지 않고 칼로 직접 글과 그림의 형상을 오려낸 것을 말했다. 오려낸 구멍으로 바람이 흔하게 드나들도록 고안한 풍지는 귀족과 사대부들 사이에 유행했다. 형상과 바람이 빚어내는 절묘한 조화에서 풍지는 생산되고 평가됐다. 국경을 넘어온 화풍은 망상으로 들끓는 사대부들의 사념을 달래기에 충분했다. 사대부들은 거침없이 풍지에 탐닉했다.

자하문 앞에 당도했을 때 해가 중천을 넘어섰다. 한강을 따라 북진하던 바람이 등짝을 후려치자 죽청지를 떠멘 장정의 걸음이 흔들렸다. 장정의 어깨는 고단해 보였다.

"조금 더 수고해주게. 거의 왔으니."

노인이 장정의 주머니에 쇄은으로 만든 은병 닷 닢을 쑤셔 넣었다. 은병은 고려 때부터 사용해온 화폐였다. 장정이 알았다고 대꾸했다. 노인이 재촉했다.

"수종과 동참화사가 목을 놓고 기다리겠구나. 바삐 가자."

비가 내릴 기세였다. 먼 하늘이 종이처럼 구겨져 있었다. 종이는 하늘 너머 우주를 담고, 우주는 별과 별 모두를 품고 도는 것이라고, 명무는 생각했다. 종이와 붓과 별은 그야말로 실존일 것인데, 그것은 헛것과 다르지 않다고, 생각했다.

서촌 민가의 하늘이 구름에 가려 어두웠다.

석상오동

비가 내렸다. 경회루 뒤편으로 뻗어나간 길은 가물거렸다. 비를 뚫고 새들이 날아오를 때, 겨울은 한강 동편에서 무춤거렸다.

전각 사이로 가야금 소리가 들렸다. 가야의 선율 속에 끓는 쇳물이 보였다. 선율 속에 칼이 있고, 칼 속에 전율이 들어 있다는 우륵의 말은 파격으로 들렸다. 우륵의 망명 길은 어떠하였을지, 방원의 눈에 보이지 않았다. 가야왕이 보낸 우륵의 호위무사는 남장을 한 여인이었다고, 여인은 운봉고원 어딘가 묻혔다고, 살아 있을 때 정도전이 전한 그 말의 신비를 방원은 부정할 수 없었다.

우륵은 선율 하나로 가야를 일으킬 수 없다는 것을 알았고, 방원은 칼 하나로 조선을 열어갈 수 없다는 것을 알았다. 사직은 칼로 누르거나 다스릴 수 없다는 그 말은 사실이었다. 조선을 압박하는 고려유민들의 저항만큼은 칼로 베어내고, 창으로 흩뜨려 놓으며, 활로 겨누고자 하였어도, 결국 그 모두 가질 수 없었다. 칼과 창과 활로 고려유민들을 조선 안으로 돌이키기엔 역부족이었다.

아악서 악사와 무부들이 퇴근을 서둘렀다. 방원은 저들과 함께 민가로 나가 세속의 시름을 한 점 선율로 달래고 싶었다. 간절한 저녁에 악사들이 가야의 선율 하나로 세상을 이만큼 당겨놓을지 몰랐다.

이따금 방원은, 새벽나절 몽환 가운데 깨어나 거리를 활보하고 싶었다. 모두가 잠든 이른 시간에 방원은 복된 꿈을 꾸고 싶었다. 꿈은 날마다 난해한 전쟁터였고, 살거나 죽어가는 것이 대부분이었다.

고요한 해거름이었다. 멀리에서 새들이 날아올랐다. 새들은 평소보다 큰 힘으로 날아갔다. 새들은 울지 않고 조용히 날았다. 적막 속에 가야금 소리가 빗줄기처럼 또렷했다.

저녁 무렵 경회루 연못가 마른 갈대 속에 여인은 앉아 있었다. 생각에 잠겨 있는 여인의 모습은 석상오동 같았다. 돌 위에 뿌리를 내린 오동의 인내와 상처는 천년을 간다고 하였는데, 여인의 모습은 천년 선율을 담은 석상오동 같기만 하다고, 방원은 생각했다.

연못가 오동은 돌짐승처럼 굳어 있었다. 미동 없이 오래 생각에 잠긴 여인에게 방원은 우륵의 호위무사를 생각했다. 아마 무사는 청명한 하늘을 머리에 이고 거타국 절터 언저리 거북바위에서 잠시 쉬었을지 몰랐다. 낙동강 줄기에서 신하들을 불러 문서와 어진을 물에 씻게 하였을 가야왕을 뒤로하고, 무사는 우륵을 향해 오래 걸었을지 몰랐다. 방원의 머릿속에 떠오른 가야 무사는 가혹하고 냉정해 보였다.

그렇다는 것은, 무사가 지녔을 충 하나로 짐작되고 남았다. 무사가 지닌 충은 결국 우륵의 것이었을 테지만, 방원은 여성성이 무화된 무사의 장력이 좋았다. 그것은 고려유민들에게서 풍겨오는 날것의 저항과 달랐다. 조선 천지에 돋은 생비름 같은 저항으론 조선을 무너뜨리거나 고려로 돌아갈 수 없었다. 가야 무사의 장력과 고려유민의 저항은 비교되지 않았다. 운봉고원 어딘가 묻혀 있을 무사를 생각하면 손이 떨렸다. 언젠가 무사의 유골을 추스를 날이 올 것이라고, 방원은 생각했다. 생각 끝에 얼마 전 죽은 의금부 장교와 병사들이 떠올랐다. 마음이 좋질 않았다. 종묘를 다녀왔어도 죽은 자들이 살아나지 않을 것이므로, 그 일은 두고두고 가져갈 일이지 싶었다.

방원이 상선이 불렀다.

"평상복이 있는가?"

상선이 오품 지밀상궁을 불렀다. 상궁이 소리 없이 갓과 평상복을 가져왔다. 상궁과 나인들이 방원 주위로 천을 둘러쳤다. 안에서 옷을 갈아입는 소리가 들렸다. 평상복으로 갈아입은 방원의 차림은 말끔한 선비로 보였다. 삭풍에 바람난 유객으로는 보이지 않았다.

"어떠한가? 어울리는가?"

방원이 물었다. 웃는 소리가 들렸다. 상선이 돌아보며 주의를 주었다.

"단아한 선비로도 보이고, 소박한 벼슬아치로도 보이옵니다."

상선은 웃지 않고 조용히 말했다. 방원이 고개를 끄덕였다.

"구품 말직은 되어 보이느냐?"

"육품 사헌부 감찰은 보일 듯하옵니다."

"너무 높고 세다. 구품 성균관 학록(學錄)으로 할 것이다."

상선이 고개를 갸웃거렸다. 입술이 달싹거렸으나 아무 말도 뱉지 않았다. 지밀상궁 안색이 하얗게 질리는 것을 보고 방원은 안도했다.

"저기 홀로 앉아 있는 여인에게 갈 것이다. 알려줄 것이 있거든 지금 알려주거라."

상선이 짧게 대꾸했다.

"헛기침만은 하지 마옵소서. 높고 무겁게 보일 것이옵니다."

방원이 고개를 끄덕였다. 상궁이 다가와 옷매무새를 만졌다. 평상복은 차분해 보였다. 상선과 상궁을 바라보며 방원이 입을 열었다.

"모두 저만큼 보이지 않는 곳으로 물러들 가라."

멀리에서 소쩍새가 울었다. 상선과 상궁이 나인들을 데리고 전각 뒤로 숨어들었다. 숨었어도 눈들은 모두 방원을 향했다. 방원이 주위를 둘러보고 여인에게 다가갔다. 따라붙는 내금위 무사 둘을 물러가게 했다.

연못에 안개가 피어올랐다. 여인의 모습은 봄날 아지랑이 속에 헛것 같기도 하고, 그림 같기도 했다. 꽃송이 같기도 하고, 나무 같기도 했다. 하릴없이 저러고 앉아 있지는 않을 것이라고, 방원은 생각했다. 저녁나절 연못가 여인은 방원의 마음을 극도로 자극했다.

가까이에서 여인을 바라봤다. 침을 삼키며 여인의 얼굴을 오래 바라봤다. 경회루 지붕에 앉아 있던 소쩍새가 날아오를 때 여인이 뒤를 돌아봤다. 방원은 여인의 눈을 놓치지 않았다. 여인의 눈 속엔 까만 구슬이 박혀 있었고, 방원의 눈 속에 흰 사슴뿔이 보였다.

방원과 여인은 서로를 말없이 바라봤다. 각자의 눈 속에 든 구슬과 사슴뿔이 무엇을 말하는지 알 수 없으나, 나눠 가질 수 없다는 것을 알았다. 방원이 헛기침하지 않고 조용히 입을 열었다.

"돌, 돌짐승인 줄 알고 유심히 바라봤소?"

방원의 목소리가 떨렸다. 방원을 바라보는 여인은 표정이 없었다. 여인은 대꾸도 없었다. 방원이 다시 말했다.

"어찌 홀로 이곳에 앉아 있소? 춥지 않소? 아직 엄동인데……."

여인이 방원을 올려봤다. 놀라는 것 같지는 않아 보였다. 여인의 눈에서 작은 빛이 떠다녔다. 여인의 목소리가 메마르게 들렸다.

"모두가 다 춥지는 않을 것입니다."

여인이 대꾸할 때 방원은 알 수 없는 세상의 떨림을 보았다. 목소리가 깊고 청아하진 않았어도, 저 소리는 여인의 배속 까마득한 구덩이를 딛고 올라오는 것이라고, 방원은 생각했다.

여인의 눈을 바라봤다. 동자에 박힌 무수한 빛을 헤아렸다. 여인의 눈과 가야 무사의 눈이 같은지 알 수 없었다. 그랬어도 방원은 여인의 눈빛이 좋았고, 중성적인 목소리가 마음에 들었다.

"나는 성균관에서 학록을 맡아보고 있소."

"아, 선비님이시군요."

여인은 짧게 대꾸했다. '아', 그 말 속에 들어 있는 소박한 탄성과 짧은 연민을 방원은 단번에 알아차렸다. 연민은 순간적인 것이었지만, 외마디 속에 잠재한 여인의 본성은 크고 놀라웠다. 방원은 그렇게 알았고, 실상 그러지 않아도 상관없었다. 생각하기에 따라 여인의 탄성은 색과 빛으로 나눌 수 있지 싶었다.

방원이 괄괄한 목소리로 둘러댔다.

"선비. 그것이 내 본래 업이며 삶의 방편이오. 나는 지금까지 그렇게 살아왔고, 앞으로도 그렇게 살 것이오."

여인이 그 속을 빤히 아는 듯이 바라봤다. 눈초리 하나에 방원은 몸이 굳어지는 것을 느꼈다. 여인의 눈은, 멀리 국경에서 다투는 여진의 진퇴를 바라보는 듯했고, 저녁나절 청계천 상인들의 가쁜 숨결을 바라보는 듯했다.

아, 여인의 눈빛은 단단하면서도 슬픈 것이어서, 방원은 눈빛 하나에 몸서리는 욕정을 느꼈다. 함부로 들이댈 수 없는 이 여인은, 가까이에서 보니 여인이라기보다 아이에 가까웠다. 열예닐곱을 지났을 아이의 신체는 잠재된 색의 계통만큼이나 조바심나게 했다.

"저는 단순하고 외람된 화가입니다. 어진을 그리기 위해 잠시 궁에 들어왔습니다. 머지않아 궁을 나갈 것입니다."

방원은 허벅지 안쪽에서 심줄이 당겨오는 것을 알았다. 오늘밤 이 아이와 함께 보낼 수 있을지. 지밀상궁 허락을 받아야 하는데, 아무래도 번거로울 것 같았다. 목과 눈으로 상대를 누르는 아이는 얼마 되지 않았다. 그런 아이를 품어서 내명부를 들쑤셔 놓으면, 그것 또한 부담이었다. 이도저도 아닌 생각에 방원은 갓이 흘러내리는 줄 몰랐다.

방원이 숨을 가다듬었다. 허리춤에 힘을 넣고 허벅지에 몰린 욕정을 발바닥으로 내려보냈다. 탱탱히 부풀어 오른 욕정은 방원의 몸에서 늘 청정하고 무궁한 것 같았다. 민망한 그것은 언제 어느 때고 불쑥 치솟아 한번쯤 잘라내고 싶을 정도였다. 그렇게 할 수 없다는 것도 알았다.

방원이 말했다. 목에서 부드러운 이끼가 돋는 것 같았다.

"그렇게 앉아 있으니, 가야의 무사가 보였소. 어디 한번 일어나보겠소?"

"가야 무사……."

아이는 아득히 바라보다가 천천히 몸을 일으켰다. 아이는 장
대하고 수려했다. 늘씬한 사지를 바라보면서 방원은 기린을 생
각했다. 도화서 화원들의 그림 가운데 나무 잎사귀를 뜯던 기린
은 키 큰 나무 같았었다.

"칼을 만져본 적이 있소?"

"붓과 칼은 하나의 속성으로 채워져 있습니다. 제겐 붓이 칼
이며, 칼이 붓이 됩니다."

붓과 칼이 하나라는 아이의 말은 놀라웠다. 붓은 먹을 적시는
것이고, 칼은 쇠를 두드려 만든 것인데, 그것이 어떻게 같아질
수 있는지 방원은 이해할 수 없었다.

쇠와 물의 조화.

이 아이는 쇠의 근성을 물의 실체로 말하고 있었다. 그래서 붓
이 칼이 되며, 칼이 붓이 될 수 있는 것이라고, 방원은 생각했다.

방원이 대꾸했다. 목소리가 탁했다.

"그 말 참으로 어렵소."

"말하지 않았습니까. 저는 외람된 화가라고……."

방원은 외람된 화가라는 아이의 말을 곱씹었다. 외람된 화가
의 집요함은 어디에서 오는지 알 수 없었다. 쇠와 붓의 근본이
같아져도, 이 아이의 근본은 어찌 외람된지 알 길이 없었다.

방원은 조선의 붓과 조선의 칼로 고려유민을 무마하고 싶어

했다. 그 일이 쉽지 않은 것도 알아봤다. 조선의 문장은 의고(擬古)와 대각(臺閣)과 공안(公安)의 문체로 갈라졌다. 무수한 언문이 탑을 쌓으면 문장 속에 별처럼 총총한 것도 있었고, 칼처럼 날카로운 것도 있었다. 늙은 고목처럼 중후한 것도 있었고, 젊은 서까래처럼 우람한 것도 있었다. 맹수처럼 사나운 것도 있었고, 땅강아지처럼 바닥을 기는 것도 있었다. 순도가 높은 것도 있었고, 질이 떨어지는 것도 있었다. 순한 짐승 같은 것도 있었고, 아이 같은 눈망울로 새벽나절 젖을 보채는 것도 있었다. 아침을 기다리는 과묵한 것도 있었다. 노을이 비껴든 난바다 같은 것도 있었다. 눈 내리는 겨울 복판에 선 늙은 소나무 같은 것도 있었다. 종일 처마에 듣는 빗줄기 같은 것도 있었다. 감성을 자극하는 것도 있었다. 마음에서 사라지는 것도 있었다. 각양의 문체들이 뿜어내는 각양의 무늬들을 바라보면, 무늬의 단면에서 문체가 지닌 소박한 빛이 새어나왔는데, 무늬의 뒤쪽은 붓으로 채워져 있는지 칼로 뻗어나가 있는지 알 수 없었다.

방원이 물었다.

"그 자리에서 돌아보지 않겠소?"

"……."

아이는 대꾸하지 않았다. 왜, 극단적으로 묻지도 않았다. 방원의 눈빛이 아이의 명치에 꽂혀들 때, 다시 소쩍새가 울었다.

"부탁이오."

아이가 방원을 바라봤다. 아이의 눈 속에 경회루가 잠겨 있었다. 아이의 눈은 단순하고 외람된 화가의 자질을 말하면서 방원의 장난을 꾸짖는 듯했다.

아이가 말했다.

"이렇게 돌면 되겠습니까?"

아이가 팔을 벌려 천천히 자리를 돌았다. 무사의 장력이 사라진 몸에서 아이의 순수가 나왔고, 그것은 애기무당의 춤사위 같기도 했다. 아이는 돌다가 방원을 중심으로 원을 그리며 돌았다.

어지러웠다. 어지러움 속에 눈이 내렸다. 함박눈이었다. 천지를 덮는 눈발은 저 먼 다른 세계에 피어난 꽃잎 같았다. 눈의 형체와 꽃의 생김은 달랐는데, 그 다름 속에 솟구치는 허기와 나른함은 몹시 닮아 있었다. 아이가 입을 벌려 눈을 받았다.

방원이 귀를 세우고 아이를 바라봤다. 꽃잎 속에서 가야의 선율이 들렸다. 눈을 헤치고 무사가 걸어 나왔다. 무사는 운봉고원 언저리에서 낭도들과 뒤엉켜 있었다. 신라의 칼과 가야의 칼이 부딪혔다. 신라의 칼에는 연민이 지워져 있었고, 가야의 칼 속에 우륵의 가야금이 보였다.

환몽 속에, 무사의 칼은 깃털처럼 가벼워 보였다. 무사의 살의는 민첩해 보였고, 그 살의는 역린(逆鱗)을 잠재운 충의 비늘만큼 단단해 보였다.

방원이 입술을 깨물고 무사를 바라봤다. 무사가 아이며 아이가 무사일 것인데, 무사의 살의는 가야의 충이며, 이것은 과거의 허상에 지나지 않는 것이라고, 방원은 생각했다. 방원이 손바닥

을 펴 눈을 받았다. 눈 내리는 시간에 아이의 춤사위는 오래도록
이어졌다. 방원이 제자리에서 돌았다. 골반에 걸려 있는 작은 칼
들이 드러났다가 사라졌다. 방원은 볼 수 없었다. 아이가 쓰러지
며 방원의 품에 안겼다. 모과향이 밀려왔다.

아이의 몸은 물고기 같았다. 요동치지 않은 물고기는 방원의
품에서 조용히 쉬었다. 아이의 눈은 젖어 있었다. 뺨에서 불그스
름한 빛이 돌았다. 아이의 몸속 깊이 내려가 방원은 쉬고 싶었
다. 젊고 왕성한 아이의 어깨 능선을 헤집고 오래도록 헤엄쳐 다
니고 싶었다. 아이가 눈을 감았다. 방원의 입술이 아이의 이마에
닿았다. 아이가 눈을 뜨고 방원을 바라봤다. 아이의 숨소리가 들
렸다. 귀가 뜨거워지는 것을 알았을 때, 아이의 입술을 눌렀다.
단내가 밀려왔다. 아이의 입에서 가야금 소리가 나왔다.

"이것 때문에 몸을 돌아보라 하셨습니까?"

"그, 그건 아니었소."

방원이 말을 더듬었다. 방원의 숨소리가 거칠게 들렸다. 아이
의 눈은 진실을 담고 있었다.

"이런 건 처음입니다."

물고기 같던 아이의 몸은 어느새 짙푸른 바다가 되어 있었다.
수평선을 헤엄쳐 가는 가없는 존재는 아이가 아니라 자신이라
고, 방원은 생각했다. 바다 끝에서 방원은 세상의 끝을 보고 있
었다. 침몰하는 기분이 들었다. 밑도 끝도 없이 가라앉는 이것은
꿈보다 몽롱하고 잠보다 달콤했다. 아이의 품에 펼쳐진 수평선

끝에서 방원은 아늑함을 느꼈다.

쇠기러기 떼가 저녁 하늘을 날아갔다. 새들이 장방의 대열을 갖추고 우두머리를 앞세워 서편으로 날아갔다. 새들은 고단해 보였다.

방원이 고인 침을 삼켰다. 목이 꿈틀거렸다. 방원이 물었다.

"화가라고 그랬소?"

아이는 다시 방원을 아득히 바라봤다. 낯이 익은데, 어디에서 보았는지 생각나지 않았다. 방원이 덧붙여 물었다.

"다시 볼 수 있겠소?"

명무가 고개를 가로저었다.

"경연이 끝나는 대로 궁을 나갈 것입니다."

방원의 눈은 젖어 있었다. 단순하고 외람된 화가의 본성을 방원은 읽을 수 없었다. 안타깝진 않았다. 찾아낼 수 있으리란 확신이 섰으므로, 그 일은 곧 다시 올 것이었다.

명무가 몸을 일으켰다. 어깨를 짚을 때 방원의 몸에서 조밀한 근육이 만져졌다. 방원이 말했다.

"찾아가겠소. 외람된 마음으로."

명무가 오래도록 방원을 바라봤다. 분명 낯이 익은 얼굴인데 어디에서 보았는지 생각나지 않았다. 다시 방원의 얼굴을 바라봤다. 명무의 머릿속에 겨우 그림 한 점이 떠올랐다. 편전에서 그린 군왕의 밑그림이었다.

숨을 멈추었다. 경회루 연못의 선비 얼굴과 편전의 군왕 얼굴은 윤곽이 같았다. 윤곽은 하나의 선으로 겹치고 있었다. 믿을 수 없는 일을 부정하기엔 너무 많은 시간을 보낸 것 같았다.

명무가 방원을 바라보며 한숨을 내쉬었다.

'어떻게 이런 일이……'

방원이 돌아서는 명무를 바라봤다. 속을 태우는 아이가 궁에 있다고, 생각했다. 걸어가는 명무의 뒷모습에서 방원은 오래된 석상오동을 떠올렸다. 가야의 선율과 가야 무사의 기지를 담은 천년 오동이 가까이 있다고, 방원은 읊조렸다.

명무가 돌아서자 내금위 무사가 달려왔다. 상선과 지밀상궁이 뒤를 이었고 나인들이 우르르 몰려들었다. 누구도 방원의 표정을 읽을 수 없었다. 표정이 좋은 것 같기도 하고, 그렇지 않은 것 같기도 했다. 심기를 건드려 좋을 게 없는 표정이었다.

방원이 조용히 말했다.

"배가 고프다. 편전으로 가겠다."

상선이 상궁에게 수라를 지시했다. 상궁이 나인 둘을 수랏간으로 보냈다. 내금위 무사 셋이 방원의 그림자 곁에 서서 걸었다. 보폭이 좁고 느렸다.

흐린 저녁이었다. 하늘 맞닿은 공제선을 따라 두루미 한 쌍이 날아갔다. 두루미는 환몽으로 날아올라 보이지 않는 기슭으로 사라졌다. 새들이 사라진 강녕전 처마 끝에서 대교가 방원과 명무를 바라봤다. 대교의 옆구리에 칼이 보였다. 손잡이에 돋을새김된 거북 등짝에서 잔 빛이 새어나왔다. 빛이 영롱했다.

새들의 비상은 흐린 밤에도 이어졌다. 구름 사이로 드러난 별 하나가 몸을 떨었다. 별의 섬광이 멀고 가늘어 보였다. 편백나무 위에서 부엉이가 꿈결처럼 울었다. 바람이 순한 저녁이었다.

붓의 행로

정오가 지나자 소나기가 내렸다. 청계천 물소리는 노하게 들렸다. 궁궐 전각마다 화살처럼 비가 내리꽂힐 때, 궁 밖 능선엔 잿빛이 돌았다. 능선은 저마다 어깨를 걸고 천박한 비탈을 드러냈다.

오후가 되자 비가 개었다. 화원들이 어린 나인을 앞세우고 화방 근처를 돌아다녔다. 난로는 식어 있었다. 마른 장작을 넣어 불을 피웠다. 눅눅하게 밴 습기를 제거해야 할 것 같았다. 노인이 게으른 눈으로 불을 쬐었다. 한숨 끝에 노인이 천장을 올려다봤다. 천장을 뚫고 나간 굴뚝으로 연기가 빠져나갔다.

명무가 편전에서 그려온 밑그림을 바닥에 깔았다. 위에 반투명 죽청지를 펼쳤다. 조지소에서 가져온 종이는 얇으면서 가벼웠다. 초본을 그릴 때 죽청지는 도감에서 내려준 유지(油紙)보다 이상적이었다. 폭이 좁아 이어 붙여야 하는 번거로움은 있었다. 초본 과정엔 화사의 몸가짐이 중요하므로, 단아하고 정확해야 했다.

아침나절 명무는 수종들과 함께 내명부 처소에서 목욕을 했다. 수종들의 몸은 매끄럽고 순해 보였다. 목욕 중에 그녀들은 까르르 웃고 떠들었다. 노인과 동참화사는 내시부 처소에서 목욕하고 일찌감치 올라왔다. 한자리에 모여 손톱과 발톱을 깎고 눈썹을 가지런히 모았다. 머리를 빗어 올려 뒤로 묶었다. 머리를 묶을 때 수종 둘이 닭처럼 투덕거렸다. 보다 못한 동참화사가 수종들을 밖으로 내쫓았다. 둘은 한참을 노려보더니 돌아섰다. 수종들은 돌아오지 않았다. 도감에서 늙은 화원이 다녀갔다. 충당해줄 수종화원이 없다고 했다. 수종화원 둘은 기어이 외방으로 내려간 모양이었다. 본향이 어딘지 알 수 없었다. 노인이 기왕에 잘된 일이라고 했다. 동참화사는 말이 없었다.

명무는 소례복을 갖추었다. 엄숙한 표정을 지었다. 숨을 들이마시고 내쉴 때 조용히 내쉬었다. 노인과 동참화사가 의복을 갖추고 명무를 지켜봤다.

초본은 어진의 바탕그림이 되는 것. 전신의 윤곽을 그려내는 작업은 섬세하면서도 숙고의 일이었다. 윤곽을 이어나가는 일은 눈과 가슴과 머리에 새겨둔 것들을 불러와 그것을 토대로 진행해 나가야 했다. 대강의 밑그림과 세세한 기록을 토대로 한 화(畵)의 작업이었다.

가장 정밀한 곳은 왕의 얼굴이었다. 용안의 진정은 왕의 정신세계를 반영하므로 안배하여 살아 있는 윤곽을 그리는 게 관건이었다. 획을 남발하지 않으면서 세련되고 심화된 필법으로 일관하되, 사실됨을 버리고 추상에 입각한 필념(筆念)이라야 했다.

죽청지 아래 비쳐든 왕의 얼굴은 굳어 있었다. 경회루 연못에서 만난 선비의 얼굴은 밝고 환해 보였는데, 어느새 왕의 윤곽과 선비의 얼굴은 하나로 겹쳐 있었다.

어지러웠다. 선비의 주변을 돌 때 맨몸으로 받던 세상 허기가 몰려왔다. 초조하거나 가혹하지 않은 그것은 선비의 눈에서 시작되고 있었다. 선비의 품이 머릿속에 또렷이 남아 있었다. 선비의 몸을 볼 수 있다면…… 그럴 수 있을지, 명무가 한숨 쉬었다.

죽청지를 내려봤다. 굳은 얼굴의 왕이 명무를 바라봤다. 고개를 가로저었다. 손에 붓을 쥐고 숨이 깊이 들이마셨다. 죽청지 위에 먹을 가했다. 시작은 흐르는 물처럼 순하고 부드러웠다.

얼굴 윤곽이 첫째였다. 등고선을 타고 내려오듯 턱과 관을 하나의 선으로 이었다. 턱과 관 사이를 이등분하여 정중앙을 이마로 정했다. 이마에서 턱선까지 길이를 관의 둥근 테두리 부분과 같이함으로써 비율적으로 가장 안정된 윤곽을 잡았다. 무엇보다 비율이 중요하므로, 용안의 넓이를 면밀히 나누었다. 눈과 아미의 위치를 정했다. 코와 인중, 입술로 이어지는 자리를 구분했다. 그것들은 생김이 달랐으나 하나이기도 했다. 각기 따로 그려내었고, 하나가 되도록 묘사했다. 윤곽의 용안은 편안하면서도 강고해 보였다.

익선관은 화려하지 않은 모체(帽體)를 두 개의 단으로 나누어 앞쪽을 낮게 하고 뒤쪽을 높게 턱을 주었다. 그 경계를 음영으로 윤곽을 주었다. 뒤에 두 개의 작은 각(角)을 달아 관의 향기를 불어넣었다. 각은 매미의 날개를 상징했다. 한여름 우렁찬 매미의 울음소리가 그 위엄이었다. 축융의 열기를 다스리는 제왕만이 세상을 지배하는 취지였다. 7년의 오랜 유충생활 끝에 새로이 태어나는 매미의 전생신화는 익선관을 쓴 왕에 한해 정해졌다. 왕의 존엄을 증명하는 진정이자 근원이었다. 태조의 영정에서 본 통천관의 나비 상징과는 사뭇 달랐다. 익선관을 마무리할 즈음 날이 저물었다.

다음 날 새벽에 잠을 깼다. 일찍 비가 내렸다. 어진을 포기하고 돌아간 수종화원 하나가 처마 아래 무릎 꿇고 울고 있었다. 동참화사가 눈빛도 주지 않았다. 노인이 혀를 차고는 지나쳐버렸다. 동참화사가 문을 걸어 닫았다. 명무가 붓을 쥐었다가 놓았다. 문을 열고 나가 수종을 바라봤다. 몸이 젖어 있었다. 연한 살결이 옷깃을 따라 드러나 보기 민망했다. 명무가 낮게 말했다.

"일어나세요. 이러다 몸 버려요."

수종이 명무를 올려다보며 입을 열었다.

"화사님."

"잘못한 줄 알았으면 됐어요. 그만 일어나세요."

수종이 간신히 몸을 일으켰다. 눈이 퉁퉁 부은 걸 보니 어지간히 운 모양이었다. 명무가 수종을 데리고 내명부 처소로 향했다. 동참화사와 노인이 소리 없이 웃었다.

수종을 더운 물에 뉘였다. 수종의 몸은 매끄럽고 부드러웠다. 수종의 몸은 날렵한 칼처럼 무수한 살과 살들의 인내로 단련된 듯이 보였다. 단아한 근육들은 한데 뭉쳐 있지 않고 전신에 고루 퍼져 있었다. 수종의 젖가슴은 보편적이었다. 닿으면 출렁거리지 않고 고요히 한곳을 응시했다. 허리는 좌우 한 주먹씩 살을 비워낸 듯 잘록했다. 골반은 육중하게 보였는데, 능선에서 탄력이 느껴졌다. 수풀 속에서 으르릉대며 지린내가 밀려왔다. 젊고 왕성한 몸이었다.

수종은 고루 씻었다. 수종의 씻는 모습을 바라보며 명무는 조용히 전율했다. 아아, 저것이 여인의 몸이구나. 여인의 몸은 남정네와 확연히 다른 근육과 능선과 냄새의 조합이로구나. 바라보면 만지고 싶고, 만지면 쓰다듬고 싶고, 쓰다듬으면 깨물고 싶고, 깨물면 핥고 빨다 당기고 싶은 저것이…… 하염없이 흩뜨려놓고 싶은 저것이, 한곳에 있으면 같이 눕고 싶은 저것이 여인의 몸이구나. 수종은 앳되고 어여뻤다.

수종의 목욕이 끝나자 명무가 다시 소례복을 갖추었다. 수종이 말없이 소례복을 따라 입었다. 머리를 묶을 때 수종의 머리칼에서 고운 빛이 새어나왔다. 수종이 뒤에 섰다. 고요하고 정갈한 아이는, 부를 때 화사님ー, 하고 달려왔다. 그때마다 명무의 입가에 미소가 번졌다.

곤룡포를 그려나갔다. 목과 어깨, 가슴과 배를 지나 다리까지 이어지는 용포는 왕의 장대함을 표방했다. 섬세한 질감이 우선이었다. 양어깨에 두 마리의 용을, 가슴에 한 마리의 용을 그려넣었다. 왕의 권위를 상징하는 다섯 발톱의 용무늬를 원형으로 새겼다. 허리춤의 옥대 안에 두 마리 용을 자유롭게 헤엄치도록 했다. 용포의 주름과 접힘을 자연스레 새겨 넣었다. 해거름이 밀려들고 저녁이 되었다. 다음 날 해거름이 몰려올 때 용포의 윤곽이 마련되었다.

다음 날 오전, 발등에 가죽신을 얹어 용포 아래 신중히 그려넣었다. 초본 어진이 음영을 지우고 화(畵)의 자태를 드러냈다. 다만 먹의 윤곽으로 그려진 초본은 정밀한 구상화라기보다 소박한 추상화에 지나지 않았다.

다음날 어좌를 도안해 넣었다. 어좌는 낮은 자세로 바라보는 자의 눈에 알맞아야 했다. 위엄과 장중은 그다음이었다. 신료들이 허리 굽혀 읍할 때, 어좌의 위용은 제 모습을 드러낼 수 있어야 했다. 편히 앉을 수 있도록 안락감을 불어넣는 것도 빠뜨리지 않았다. 다음 날 바닥에 깔린 채전(彩氈)을 장식하는 것으로 초본작업을 마쳤다.

닷새 동안 잠시잠깐 굳은 몸을 풀고 끼니를 챙겨야 했다. 세안과 대소변, 잠을 청해야 하는 번거로운 일상 속에 시간을 최소

로 소비했다. 날마다 해거름이 몰려와 어제가 오늘 같았고 오늘
이 어제 같았다. 때 가는 줄 몰라 시시때때 날아 오는 끼니가 몇
번이나 바뀌었는지 알 수 없었다. 아침은 언제 지나갔으며, 정오
를 알리는 오포 소리가 언제 울렸는지. 저녁 어스름은 언제 밀려
왔다가 빛은 언제 사그라들었는지. 매 순간 시간은 느슨히 풀어
져 흘러가는 것이라기보다 천천히 되돌아오는 것 같았다. 그래
도 시간은 흘렀다. 마음은 조급하지 않았다. 무수한 시간들이 왕
의 것이었는지, 스승의 것이었는지, 자신의 것이었는지 알 수 없
었다. 수종은 내내 말을 잃은 그림자 같았다.

초본을 끝내자 멀리에서 어둠이 밀려왔다. 어둠은 빛을 빨아
들이듯 두텁고 견고하게 밀려들었다. 빛은 일제히 어둠의 아가
리에 몸을 털어 넣고 꺼지듯 소멸했다. 빛이 사라진 곳에서 연어
떼처럼 어둠이 출몰했다.

저녁때 노인이 무거운 눈으로 오래 초본을 바라봤다. 동참화
사가 앞에서, 위에서, 옆에서 보았다. 수종이 말없이 뒤에 서서
모두를 바라봤다. 수종은 감정을 비워낸 얼굴이었다. 동참화사
가 고개를 끄덕이며 잠시 웃었다. 애썼다는 말을 남기고 돌아갔
다. 동참화사가 돌아가자 노인이 다시 익선관에서 용안을 거쳐
가슴 아래로 늘어뜨린 곤룡포까지 눈여겨봤다. 죽청지에 그려진
윤곽에 불과한 화였으나 그것대로 온전해 보였다. 우수한 바탕
만이 우수한 어진을 완성할 수 있는 것. 어진의 본보기를 따지면

명무의 초본은 무난해 보였다. 수종이 허리 숙여 절하고 숙소로 돌아갔다.

노인이 초본을 바라보며 낮게 말했다.

"믿기지 않는다. 네가 그린 초본이 예사 아님을 스스로 알 것이다."

명무가 양 뺨을 물들이며 수줍게 눈썹을 모았다. 입가에 알 수 없는 엷은 미소가 떠올랐다가 지워졌다. 명무가 낮게 대꾸했다.

"알 수 없습니다. 어디부터가 시작이고, 끝이 어디인지…… 다만 어진만큼은 완성하고 싶습니다. 어진이 제 삶의 목적이 아님을 알고, 부질없음을 알고, 헛됨을 알고 있으나, 저의 본성이 가서 닿는 곳에 서고 싶습니다. 이것을 풀어 삶이 냉정해진다면, 그것으로 족할 것입니다. 붓으로 인해 삶이 보람되고, 다만 죽을 때 가뜬해질 수 있다면 그렇게 죽을 것입니다."

"너는 왕을 그리면서 왕을 생각하지 않고 죽음을 생각하느냐?"

"죽음이 있어서 삶이 있는 것이기 때문에 죽음을 생각한 후에라야 삶을 생각하고, 왕을 생각할 것입니다."

"아직도 그 안쓰러운 것을 생각하느냐?"

"잊은 적이 없었습니다. 안으로 삼키려들면 파랗게 되살아나는데, 그것을 잊으라 하면 뼛속 깊이 스며듭니다. 그것을 버리라 하면 가슴에 사무치는 것이어서, 이러지도 저러지도 못합니다. 저는 저를 이해할 수 없습니다."

어려운 아이의 당돌한 말을 들으면서 노인은 미간에 힘을 주었다. 멀리에서 부엉이가 꿈결처럼 울었다.

"너에게 왕은 버려야 할 사념뿐이로구나. 경연이 시작되면 사념을 멀리하고 긴장하라고 일렀다. 그것은 철칙이다. 왕을 객체화시키지 못하면 아무리 뛰어난 어진인들 쓸모가 없다. 너는 자신에게 준엄하지 않느냐? 이제 겨우 윤곽이 그려졌을 뿐이다."

삶이 절박해지는 것을 느꼈다. 삶은 죽음의 유예로서 의미가 아니라, 진실로 삶 자체에 깃든 생기와 전율이 있기 때문에 아름다운 것이라고, 죽음은 고요히 와서 몸속 깊이 스미는 것이라고, 명무는 생각했다.

"왕의 초상을 그려 제 삶이 고요해진다면, 그렇게 할 것입니다."

"네게 긴요한 것은 내게도 요긴할 것이다. 왕을 만나기 위해서는 최종 어진뿐이다. 기회는 다시 오지 않는다. 네 스스로 다짐하고 맹세하였다면, 그렇게 하거라."

노인이 낮게 이르곤 화방을 나갔다. 달빛이 전각 끝에서 출렁거렸다. 궁 밖 능선엔 은빛이 돌았다. 산과 산 사이 묻힌 작은 산들이 물결처럼 밀려왔다. 산맥 저 안쪽에서 불어온 바람이 집을 짓지 못한 새 울음을 싣고 왔다.

저녁나절 새 울음은 꼭두서니빛이었다. 땅과 하늘은 곧은 수직이었다. 그 사이에 많은 것들이 울고 있었다. 민가의 아이들이 울어댔고, 개들이 따라 짖어댔다. 늙은 소들이 게으른 울음을 흘려서 어린 송아지를 불러들였다. 바람과 새들도 밤을 좇아 울었다. 닭들이 목을 길게 뽑아 한참을 울었다. 울 때마다 소리의 결정이 무너져 내리면 땅과 하늘은 멀고 너른 곳까지 소리를 보냈다. 사람은 저마다의 세계에서 깊어지고, 짐승들은 저마다의 지상에서 울음을 흘리는 모양이었다.

창밖으로 시선을 돌리자 왕궁은 물에 잠긴 듯 캄캄했다. 궁궐의 전각들이 일제히 읍하여 왕의 침전을 수호했다. 먼 잔산들이 어깨를 내리고 산맥 안으로 능선을 감추었다. 한강은 달을 띄워 느리게 흘러갔다. 달은 금성을 좇아서 갔다. 달과 금성은 우연한 자리에서 겹치지 않고 시간차를 두어 행로가 달랐다. 밤이 깊어가는 소리가 엄하게 들려왔다. 밤을 무르익게 하는 뺏가루들이 멀리 있지 않았다. 이따금 번을 도는 병사들의 수런거리는 소리가 심심한 밤 자락 안에다 기척을 했다. 밤은 더디고 무료해 보였다.

궁 안에 다녀올 곳이 있었던지 일찌감치 숙소로 돌아온 노인이 조심스레 말을 꺼냈다.

"의금부의 움직임이 심상치가 않다. 늦은 시간에는 다니지 말거라."

노인의 말에 사정전 뜰에서 마주친 예문관 대교가 떠올랐다. 눈빛과 언어가 무겁던 대교의 모습은 쉽게 지워지지 않았다.

"사정전 앞뜰에서 의금부 장교에게 붙잡혔었더냐?"

"……."

노인은 위험한 거래를 하고 온 듯이 보였다. 침을 삼키며 노인을 올려다봤다. 노인은 모든 것을 아는 듯이 침착해 보였다.

"너를 살려준 자가 누구인 줄 아느냐?"

"모릅니다. 다만……."

읽혀지지 않던 눈빛이 가물거렸다. 천추전 안으로 사라지던 대교의 뒷모습이 무겁게 남아 있었다. 무언지 모르게 다급해 보이던 대교의 얼굴이 머릿속을 가로질러갔다.

"그자는 고려 왕족과 유민들, 그들과 동맹한 신료들을 가려내는 데 헌신한 신하다. 네 아비에 관한 밀고도 그의 입에서 나왔다. 모두가 충을 충이라 말할 때, 그자만이 충을 불충이라 말하는 자다. 그자는 너와 나, 고려유민들을 압박하는 숙명이 될 것이다."

"……."

세 자루 칼을 내보인 것이 후회스러웠다. 명무의 눈빛을 읽으려들던 대교의 눈빛은 어려웠다. 팔뚝에서 떨어지던 무뚝뚝한 핏방울이 떠올랐고, 한 주먹 어둠이 흔들리며 달려왔다. 명무가 신음했다.

노인이 침상에 몸을 뉘었다.

"곤하구나. 그만 자거라."

창밖 하늘에 은하가 밀려들었다. 은하는 서편을 향해 출렁거렸다. 별무리를 올려다보며 죽은 아비를 생각했다. 아비를 생각하면 왕이 떠올랐다. 아비의 죽음은 왕과 무관하지 않으나, 왕의 삶과 아비의 죽음은 명백히 달라 보였다.

최종 어진.
왕을 그리기 위해서는 왕의 몸을 알아야 한다.
허나 왕의 몸은…….
왕의 몸을 알기 위해서는 왕을 만나야 하는데, 왕을 만나기 위해서는 최종 어진뿐이라는 노인의 말은 헛것 같았다. 노인의 말이 머릿속을 돌고 돌았다. 명무가 한숨 쉬었다.

한숨 너머 도화서 전각들이 희뿌연 안개에 가려 잘 보이지 않았다. 전각들은 처마마다 한 자락 몽환을 매달고 꿈처럼 흔들렸다. 전각들은 밤새 어디론가 흘러갔다가 새벽 무렵 무거운 기와를 이고 돌아왔다. 돌아오면서 짙은 적막을 끌고 왔다. 적막 속에 등이 붉은 물고기가 헤엄쳐 다녔다.

새벽 무렵 명무는 겨우 잠이 들었다.

생의 전율

눈 멎은 다음 날, 방원의 눈동자 안쪽에 눈보라가 몰아쳤다. 사정전 바닥에 대교는 허리를 묻고 기다렸다. 방원은 한 식경 가까이 말이 없었다.

대교의 표정 없는 얼굴 위로 『시경』에서 굶주리던 어린 소녀들이 떠올랐다. 가슴이 먹먹했다. 방원은 눈 내리는 길 위의 고려 소녀들을 생각했고, 대교를 생각했다. 고려유민들의 저항을 생각할 때, 문밖으로 다시 눈이 내렸다. 눈발 속에 떠오른 조선의 냉혹과 고려의 죽음은 달랐다. 그 다름은 조선의 산하처럼 분명하고 또렷했다.

대교는 잘 드러나지 않았다. 고요하면서도 과묵한 문신이었다. 본래 이숙번 휘하에 가려져 있던 무사였다. 무사와 사품 문관의 겸직을 놓고 누구도 쑤군대지 못했다. 그 배경을 방원은 누구보다 잘 알았다.

다섯 관료들의 반역을 제압한 숙장은 이숙번이 아닌 대교였다. 대교의 유능은 고려유민의 저항을 끊어내는 기회였다. 대교의 판단은 정확했다. 다섯 관료는 고려유민과 내통했다. 명현서는 관료들 사이에 섞여 있었다. 명현서가 죽던 날 침울한 대교의 표정은 아득했어도, 고려유민에 대한 연민만큼은 분명했다. 그런 대교의 진정을 아는 일은 어렵지 않았다. 방원은 조선을 위해서가 아니라 대교를 위해 명현서를 죽여야 한다는 것을 알았다. 그것이 대교가 지닌 문무의 아득함이었다. 그것이 고려유민에 대한 대교의 연민이었다. 칼로 베거나 총통으로 무너뜨릴 수 없는 대교의 어려움은 조선의 어려움과 같았다.

대교는 출신부터 방원의 호기심을 끌었다. 고려유민을 색출하거나 고려 왕족에게 포섭된 자들을 가려내는 데 대교의 안목은 탁월하다 못해 가혹하고 잔인했다. 다섯 관료 가운데 명현서만이 죽을 수밖에 없는 이유가 대교에게 있었는지 자신에게 있었는지 방원의 기억은 가물거렸다. 명현서가 죽던 날 대교는 도화서 느릅나무 아래에서 조용히 지켜보았다고 했다. 대교의 의중은 확고하므로, 명현서와 네 관료에 대한 적개심을 방원은 단 한 번 묻지 않았다. 대교가 매듭지은 관료들의 반역은 철저하면서도 분명했기 때문이었다.

대교가 고려 문신 이숭인의 숨겨진 손자라는 사실을 방원은 알았다. 조선 건국을 반대한 이숭인이 유배지에서 정도전의 심복 황거정에 의해 장살(杖殺)되었다는 것도 알았다. 할아비의 죽음은 대교에게 문신의 기회를 박탈하고 무신의 진출을 막아서는 가혹한 명분이었다. 할아비의 업보 하나로 대교는 고려유민을 포획할 수밖에 없었고, 그 일을 쥐어주기엔 너무나 쉬웠다. 대교의 신분은 할아비의 연좌를 짊어진 문관에 지나지 않았다. 언제 사라져도 무관했다. 그런 그에게 문무의 기회를 준 것은 전적으로 방원이었다. 방원은 대교를 옥죄는 연좌를 사면함으로써 사직 가까이 끌어들이고 싶었다. 불미한 그 일은 방원과 대교가 맺은 은약(隱約)이었고 철칙이었다. 고려유민과 접촉한 명현서와 네 명의 관료를 색출한 자가 바로 대교였다. 그것이 방원이 아는 대교의 전부였다. 대교는 방원에게 한 줄기 약점이기도 했다.

대교를 향해 방원이 입을 열었다.

"너의 할아비 이숭인에 대해 들었다."

흡─. 대교는 숨이 멎는 듯했다.

"그 일은……."

눈썹이 떨려왔다. 대교는 숨을 죽이고 사지를 오므렸다. 몸을 낮출 때 멀리서 뜸부기가 울었다.

"이숭인은 선왕과 함께 고려를 징벌하였어도 끝내 개국을 반대했다. 결국 정도전이 보낸 자객에게 주살되었다. 이숭인의 반역은 연좌의 사슬이 두려운 것이 아니라 고려를 잇고자 한 그 단호함이 두려웠다. 명현서도 너의 할아비와 같은 뜻이었을 것이다."

사정전에 들어서면서 대교의 머릿속에 떠오른 대개의 공상이 그것이었다. 알기조차 두렵고 말하기조차 어려운 사건이었다. 사지를 조였다. 뼈끼리 부딪히는 소리가 들렸다.

"할아비의 부덕을 용서하소서. 오래전 몸을 버렸나이다."

대교가 머리를 조아렸다.

"너의 어려움을 안다. 그때는 모두가 혼란했다. 정몽주가 죽었고, 정도전도 죽어갔다. 방석과 방번이 내 칼을 받았다. 이것이 내 자리의 어려움이다."

이것이 조선이 짊어진 고뇌라고 말하지 않았으나, 머릿속에 떠가는 방원의 힘겨움을 대교는 알았다. 대교가 숨을 멈추고 방원을 올려봤다. 방원의 어깨가 떨렸고, 눈 속에 붉은 사슴뿔이 보였다. 사슴뿔 사이에 반딧불이 몇 마리가 헤엄쳐 다녔다.

"하오나 신은……."

"너는 네 할아비의 죽음을 돌이키지 마라. 고려도 돌아보지 마라."

과거에 남긴 이숭인의 흔적이 그제야 보이기 시작했다. 방원이 큰숨을 몰아쉬며 대교의 어깨를 바라봤다. 과거와 현실 사이 무한의 간극은 대교의 역량 하나로 끊어낼 수 없는 불가능의 세계로 뻗어나가 있었다. 그곳은 아마 대교의 몫일 것이라고, 방원은 생각했다.

대교가 말꼬리를 흐렸다.

"오로지 조선을 바라보라는 그 말은……."

"가혹한 줄 안다."

제.

대교가 돌아섰다. 뒷모습이 차갑고 메말라 보였다. 문지방을 넘어서자 다시 눈이 내렸다. 머리 위로 내리는 눈발은 흰 꽃잎처럼 보였다. 어쩌면 대교는 자신만의 세상에서 칼과 붓을 쥐며 살지 몰랐다. 그날이 언제일지 알 수 없으나 대교는 칼의 용기와 붓의 지성을 아끼며 살아갈지 모를 일이었다.

대교는 『시경』에서 굶주리던 소녀들을 생각했고, 방원의 눈 속에 몰아치던 눈보라를 생각했다. 고려 소녀와 방원은 극점을 장벽으로 천지간 갈라서 있었다. 대교가 속으로 읊조렸다.

'나는 패망의 고려를 등진 것이 아니다. 고려의 혼백을 지키려 조선의 바다를 건너가고 있다. 이유는 분명하고 앞길은 열려 있다. 내 신체의 소명을 이룰지 알 수 없으나, 내 길의 인내는 고려에 있다. 고려의 항전은 불굴할 것이지만, 나의 칼이 고려의 모든 것을 기억하거나 되살려내진 못할 것이다.'

눈 속을 뚫고 걸어오는 내금위 무사들이 보였다. 무사들이 짧게 고개를 꺾고 대교를 바라봤다. 갑옷을 벗은 무사들의 몸에서 쇳내가 나지 않고 솔 향이거나 측백 향이 났다. 무사들이 검정 장옷을 머리끝에서 무릎까지 내려뜨리고 올 때 대교는 알았다. 내금위의 위엄은 갑옷을 벗고 평복으로 돌아갈 때 더 우람하고 정직한 것이라고.

내금위의 날카로움은 갑옷에 있지 않고 병장기에도 있지 않았다. 첫째가 눈빛이었고, 그다음이 갑옷과 칼과 활이었다. 내금위의 정직은 오직 살기에 있되, 그 살기는 보편의 무기와 섞이지 않았다.

대교가 말했다. 대교 앞에 선 내금위는 서른셋이었다.

"전하의 초상을 그리기 위해 화가들이 입궁했다. 화가들 중에 고려유민이 섞여 있다는 첩보다. 필시 전하의 목숨을 노리고 입궁했을 것이다. 하늘과 땅속까지 경계하는 것이 우리의 임무다."

젭.

무사들의 대꾸는 극단적으로 들렸다. 무사들이 고개를 꺾었다. 눈 내리는 날 무사들의 집회는 순조롭고 무난했다. 무사들은 단순하고 명쾌한 것을 좋아했는데, 그 속에 무겁고 가혹한 것이 들어 있다는 것도 알았다.

무사들을 까다롭게 다스리지 않아야 한다고, 무사들이 지닌 개별적인 총기와 역량을 인정해야 한다고, 대교는 생각했다.

대교가 덧붙였다. 대교의 목에서 눈덩이 떨어지는 소리가 들렸다.

"평복으로 무리 가운데 섞여야 한다. 갑옷은 금물이다. 전하의 명이 계셨다."

젭.

무사들의 대꾸가 마음에 들었다. 철칙을 말하지 않아도 알아서 새겨들으니 마음이 놓였다.

강녕전 전각 끄트머리에 매달린 풍경이 흔들렸다. 소리가 부드러운 천 같았다. 눈보라 가운데 소리는 차고 맑게 밀려왔다. 무사들이 대교의 말을 기다렸다. 눈이 잘 찢어진 무사가 대교를 불렀다.

"내금위장님……."

대교는 내금위장이라는 칭호보다 대교의 신분으로 불리는 것이 좋았다. 칼과 활과 창이 뒤엉킨 무구의 파격보다 붓과 벼루와 『시경』이 몰아치는 문관이 자유로웠다. 내금위에게 사치였으나, 대교의 신분은 할아비 이숭인의 혈맥을 묵인하지 않아서 대교의 뼈와 혼에 적격이었다. 내금위장은 내금위를 지휘하는 별개의 신분으로서 다른 칭호일 뿐이었다. 대교는 문관의 신분과 별개의 골격으로 불리어지는 신분과 칭호를 버리고 싶어 했다. 그 신분에 든 가혹함이 뼈를 흔들었고, 고려유민에 대한 적대적 칭호로는 고려로 돌아갈 수 없음을 알았다. 그 신분에 든 쇳내와 핏빛을 무마하고 싶었으나 그럴 수 없다는 것도 알았다.

대교가 무사에게 말했다.

"대교라고 불러라. 난 그것이 좋다."

대교의 신분은 모두로부터 문관으로 축약되어 있기를 바랐다. 그것이 평소 지녀야 할 신분이라고, 대교는 생각했다. 무사의 눈을 바라보며 대교는 내금위장에 깃든 신분의 가혹함을 버리고 신체의 자유를 삶의 보편으로 삼고 싶었다.

무사가 대꾸했다.

"주군께서 내린 신분입니다. 호명을 둘러싼 철칙과 대업을 망 각하셨습니까?"

"까다롭게 굴지 마라."

대교가 무사의 말을 묵살했다. 호명에 든 명쾌한 답을 원한 것이 아니었으므로, 신분에 관한 가혹함까지 말하고 싶지 않았다. 무사가 머뭇거리지 않고 알았다고 대꾸했다. 대교의 마음을 읽어주니 다행이었다.

대교가 고개를 들고 한강 서편 하늘을 올려다봤다. 오래전 세상에서 사라진 빛이 눈보라 속에 떠갔다. 고려의 성곽을 따라 떠갔을 빛은 내금위 무사들의 얼굴에도 번져갔다.

대교가 말했다. 내금위 무사들이 침착한 얼굴로 대교의 말을 받았다.

"무리 가운데 있어라. 상황에 맞게 행동하라. 자중하고 긴장하라. 긴급한 때에 행동을 늦추지 마라. 수습을 잊지 마라. 매시마다 정해진 장소에서 교신하라. 내금위는 명예는 한가지에서 온다. 내금위는 오직 명에 살고 명에 죽는다.

젭.

무사들의 목소리가 청명하고 무거웠어도, 극단의 대꾸가 내금위의 명예를 말하진 않았다. 부드러우면서 강인한 쇠의 근본이 무사들의 목에서 느껴졌다.

내금위의 명예는 오직 죽음 그 한 가지였다. 그 이상 바람은 사치이며 금물이었다. 내금위는 사고사로 죽는 경우가 가장 많

왔는데, 대개가 훈련 중이거나 실전 속에 그 죽음들은 왔다. 내
금위는 내금위로 죽을 수 없었다. 죽은 뒤 문관의 관직을 얻거나
무관의 벼슬을 얻었는데, 죽고 나면 소용없다는 것을 알면서도
각자의 희망대로 벼슬을 받았다. 내금위는 죽은 뒤 종오품 이상
의 관명은 받을 수 없었다. 설령 군왕을 대신해 죽었어도 사품에
오를 수 없었다.

내금위는 모두 고아이거나 버려진 아이들로 길러냈다. 죽으
면 화장하거나 먼 강기슭에 버려지는 경우가 허다했다. 그랬어
도 위패만큼은 종묘 깊은 곳에 남겨두었다.

"모두 돌아가라."

대교의 한마디에 무사들이 고개를 꺾었다. 바삐 각자의 자리
로 돌아섰다. 무사들은 흔적을 남기지 않았다.

날이 어둑어둑 먹물로 채워지고 있었다. 바람 부는 벼루의 연
안처럼 어둠이 출렁거렸다. 방원을 생각했고, 명현서를 떠올렸
다. 방원과 명현서는 팽팽한 시름으로 갈라서 있었다. 그사이 눈
이 내렸다. 명현서와 함께 오래전 투옥된 네 명의 관료들이 떠올
랐다. 엄동에 네 명의 관료는 무사한지 알 수 없었다. 찾아본 지
까마득했다.

오래된 언약

여섯 해 전.

서나루의 집은 붉고 고요했다. 해거름이었다. 장독대 한곳에 겨우내 움츠리고 있던 봄동이 잎을 틔워 올렸고, 초봄이었다. 소들이 내지른 쇠여물 배설에서 잘 익은 거름 냄새가 났다. 거름 속에서 아지랑이가 피어오를 때, 저녁빛은 성글어들었다.

그날 대교는 명현서, 이응교, 사서로, 김수인, 서나루와 언약 했다. 명현서와 네 관료는 어려운 눈으로 대교를 바라봤다. 명현 서의 눈은 붉게 빛났고, 네 관료들의 눈빛은 조용했다. 방원의 신임을 얻기 위해서는 사소한 충돌도 안 될 것이라고 의중을 모았다. 반역의 명분을 안고 갈 때만 방원 가까이 다가갈 수 있다 는 명현서의 논리는 크고 거룩하게 들렸다. 반역을 반역으로 덮 으려는 명현서의 의도는 분명하고 확고했다. 명현서의 눈빛은 한 번에 모두를 걸었고, 네 관료의 눈빛은 먼 미래를 기약했다.

명현서의 목에서 가혹한 화가의 근성이 보였다.

"이 가운데 주군이 가장 신뢰하는 자 하나면 충분 할 것입니다. 반역만이 고려를 찾을 길이며, 대의를 살릴 길입니다."

명현서는 고려의 길과 대의의 길이 같다고 했다. 길과 길을 하나로 묶으려 했고, 길을 위해 명현서는 홀로 목숨을 걸고자 했다. 명현서는 기어이 반역의 명분을 홀로 덮어쓰기를 바랐다.

"고려인이 고려를 되찾으려는 것이 어찌 반역이라 할 수 있습니까?"

구품 춘추관(春秋館) 기사관(記事官) 사서로는 입술을 깨물었다. 사서로는 개국 직전 아비를 잃었다. 아비는 고려 때 오품 시강학사(侍講學士)를 지냈다. 문체에 밝고 문장이 수려한 문관이었다. 고려의 절개를 지키려다 극우의 자객에 의해 살해당했다.

명현서를 바라보는 이응교는 말이 없었다. 명현서가 이응교에게 말했다. 명현서의 목에서 파란 이끼가 돋았다.

"반역만이 고려가 살길이오. 그리하도록 해주시게."

이응교가 고개를 가로저었다. 진심인 것 같지는 않았다. 명현서의 말을 긍정할 수도 부정할 수도 없는 현실이 이응교는 안타까웠다. 명현서가 이응교의 팔을 잡았다. 이응교는 대꾸하지 않고 명현서의 눈을 바라봤다. 명현서의 눈은 젖어 있었다. 죽기를 바라는 명현서의 눈은 살기를 희망하는 것보다 뜨겁고 가혹하다고, 이응교는 생각했다.

이웅교는 철저히 고려인이었다. 팔만대장경을 신뢰했고, 불심이 깊었다. 해인사에서 팔관회를 주관하려 했으나, 고려대장경을 신봉한 이유 하나로 개국을 반대하는 자로 낙인찍혔다. 이웅교는 잡혀가 독한 고문을 견디었다. 눈이 뒤집히고 혀가 잘린 채 풀려났으나 오래 누워 지냈다. 회복하고 나서야 팔품 잡직 면공랑(勉功郞)으로 복직되었다. 이웅교는 홀어미와 겨우 살았다.

김수인은 명현서의 뜻을 알았다. 알았어도 합의할 수 없었다. 목숨을 내놓고 목숨을 구하는 것이 의미 있는 일인지를 따져보았다. 김수인은 침착해 보였다.

"시간, 시간이 필요한 일입니다. 무작정 행동했다간 그르칠 수 있습니다."

명현서 역시, 사전에 치밀한 계획 없이는 결코 성공할 수 없다는 것을 모를 리 없었다. 명현서가 김수인의 말을 받았다.

"시간이 모든 것을 해결해주지 않습니다. 유민들의 신음 소리가 들리지 않습니까? 차라리 죽여 달라고 애원하는 소리가 들리지 않습니까?"

바람이 불어갔다. 바람 속에 〈가시리〉가 들려왔다. 여문 노랫가락에서 차고 단단한 대추 씨가 보였다.

김수인 대꾸했다.

"이미 많은 고려인이 죽어갔고, 앞으로도 죽어갈 것입니다. 허나……."

김수인은 말을 맺지 못했다. 더 이상 미룰 수 없다는 것을 알았다. 명현서의 확신 앞에 김수인은 한없이 작아지는 자신을 보았다. 죽고 사는 것은 문제가 아니었다. 미래에 펼쳐질 고려의 역사가 중요했다. 고려는 후대에 어떻게 평가될지 알 수 없었다. 김수인이 큰숨을 내쉬었다. 명현서가 김수인의 어깨를 다독였다. 김수인이 명현서의 손을 쥐고 오래 바라봤다. 명현서의 눈에 구름이 보였다. 김수인의 눈은 맑고 청명했다.

김수인은 고려 때 칠품 익휘교위(翊麾校尉)였다. 개국 후 무산계(武散階) 돈용도위(敦勇徒尉) 품계가 정비되기 직전까지 칼을 쥔 무관이었다. 김수인의 칼은 빠르고 정확했다. 이숙번 휘하에서 조선을 열어가고자 했으나 오래 버티지 못했다. 김수인은 발을 절었다. 왼쪽 무릎이 날 때부터 탈골되어 남과 다르게 걸었다. 남과 다르게 걷는 것이 죄는 아니었다. 잘못된 것도 아니었다. 다만 다를 뿐이었다. 그럼에도 이숙번 휘하 장수들은 다르게 걷는다는 이유만으로 김수인을 멸시하고 박해했다. 조롱하고 비웃었으며, 밥그릇을 엎기 일쑤였다. 장수들 가까이 서면 침을 뱉거나 피해 달아났다.

김수인의 신체는 무관으로서 아무런 장애가 되지 않았음에도 차별받고 억압받았다. 김수인은 조선인으로 살기를 주저했고, 고려인으로 살기를 희망했다. 정도전이 죽던 날 김수인은 어깻죽지에 칼을 받고 한강 하구에 버려졌다. 쓰러진 김수인을 명현서가 업고 왔다. 마침 고려 왕족과 포구를 다녀오던 길이었다. 김수인은 죽다 살았다. 그날 이후 김수인은 명현서를 대신해 죽어가기를 호롱불 앞에서 맹세했다. 김수인의 언약은 깊고 단단했다.

김수인의 손을 쥔 명현서의 손에 땀이 배어났다. 명현서가 서나루를 바라봤다. 서나루의 눈빛은 명현서의 속을 읽는 데 게으르지 않은 것 같았다. 함축의 눈빛은 저런 것이라고, 명현서는 생각했다.

명현서가 말했다.

"서나루, 자넨 내 마음을 알 것이야. 이럴 수밖에 없다는 것을. 이미 기운 고려를 살려내고, 고려인을 지키기 위해서는 이렇게밖에 할 수 없다는 것을……."

서나루가 조용히 명현서의 말을 받았다.

"혼백과 영혼은 다를 것입니다. 혼백은 물 같은 것이고, 영혼은 그림자 같은 것입니다. 그림자를 버리면 물이 될 것인데, 물로 고려를 건져 올릴 수 없고, 물로 조선을 멸할 수도 없을 것입니다."

서나루의 말은 오묘하게 들렸다. 혼백은 죽은 자의 것이고, 영혼의 산 자의 것이라고, 서나루는 말하고 있었다. 죽은 자의 혼백과 산 자의 영혼을 통찰하는 서나루의 논리를 명현서는 이해할 수 없었다.

멀리에서 저녁이 밀려왔다. 비가 오려는 것 같았다. 명현서는 오래전 비 내리던 저녁 파상풍으로 죽어간 아내를 생각했다. 죽을 때 몸속에서 울려 퍼지던 각양의 소리와 머리 위를 떠다니던 각양의 색채가 떠올랐다. 아내는 얼굴이 파랗게 질린 채 죽었다.

어린 명무의 손과 눈빛을 생각하면 손이 떨렸다. 아직은 고사리 같은 아이의 생을 홀로 남겨두기엔 안타까웠다. 죽음은 불시에 와서 생생하게 사라지는 것이라고, 열두 살 생일을 앞둔 어린 딸에게 말할 수 없었다. 명현서의 어린 딸은 서나루를 백부라고 불렀다.

서나루는 고려 때 전악서 육품 전악(典樂)이었다. 종묘에서 제례를 주관했으며 궁중연향 때 악사와 무부들의 연주를 지휘했다. 서나루는 전악서 제조 허수와 음악적 질료와 품격이 달랐다. 허수는 관료임에도 음악에 조예가 깊었다. 거문고에 능해 악사들과 자주 어울렸다. 서나루는 허수가 두드리는 구리쟁반 소리를 좋아했으나 그의 가락에 든 조선의 근성엔 쉽게 동화되지 않았다.

서나루는 어린 명무에게 소리가 지닌 별천지를 들려주고 싶었다. 가문에 전해오는 석상오동 가야금을 전수하고 싶었다. 서나루가 지닌 가야금을 모두는 난해금(暖海琴)이라 불렀다. 어지러운 파도가 일렁이는 바닷소리가 들린다고 해서, 때로 천둥금(天璋琴)이라 불렀다. 가야금 속에서 새소리가 들렸고, 바람 소리가 들렸다. 더러 천둥이 내리쳤고, 벼락이 떨어지기도 했다. 서나루의 가야금은 삼라한 우주를 머금고 있었다. 서나루는 어린 명무에게 소리를 일깨워주고 싶어 했으나, 명무의 생각은 그림이 전부였다.

서나루는 고려의 아악과 전악을 아꼈고, 명나라 음과 율과 소리와 한통속이 된 조선의 음악을 질타했다. 서나루는 조선의 음악을 고려의 정음(正音)을 망실한 변음(變音)이라고 잘라 말했다. 그 이유만으로 서나루의 음악은 물거품이 되었다. 서나루는 고려유민과 동등한 대우를 받았다. 결국 서나루는 궁중에서 밀려났다.

명현서는 고려인에 대한 서나루의 향수와 절개를 알았다. 명현서는 서나루를 통해 고려인의 길항과 그 끝나는 지점을 예감했다. 그 끝은 한 점 소리였다.

그날 명현서는 기어이 홀로 반역의 명분을 머리에 이고 갈 것이라고 못을 박았다. 비가 내렸고, 저녁나절이었다. 죽기를 작정한 명현서의 몸은 허허벌판 같았다. 바람 한 점 없는 텅 빈 들판에서 이응교, 사서로, 김수인, 서나루는 서럽게 울었다.

대교는 명현서의 뜻에 따랐다. 명현서의 결의는 흡족하지 않았으나, 그 이상 분명한 방도가 떠오르지 않았다. 이것은 끝이 아니라 시작이며, 고려를 위한 대의가 될 것이라고, 대교는 생각했다.

새들이 날아올랐다. 서나루의 집 감나무 아래 묻힌 바위가 비에 젖었다. 담벼락을 따라 자란 담쟁이덩굴에서 기어 나온 능구렁이가 젖은 마당을 가로질러 마루 밑을 찾아들었다. 서나루의 집은 아늑했으나 왠지 모르게 추웠다. 모두의 눈은 젖어 있었다.

명현서의 눈 속에 뿔이 붉은 기린이 보였다.

멀리에서 저녁이 밀려왔다. 저녁 어스름을 뚫고 영혼들이 긴 혼백들 사이에 각자의 육신을 찾아갔다. 혼백과 영혼은 다를 것이었다. 혼백은 물 같은 것이고, 영혼은 그림자 같은 것이라던 서나루의 말은 절묘하게 들렸다.

결국 명현서 홀로 덮어쓰기로 합의했다. 필시 죽임을 당해야 한다는 것도 계획에 넣었다. 우선 대교와 거친 싸움 끝에 명현서는 체포되어야 했다. 명현서를 포박하여 의금부로 이끄는 것도 대교의 몫이었다. 이응교, 사서로, 김수인, 서나루가 단순 가담자로 낙인찍혀야 했다. 네 관료는 죽지 않고 투옥되어야만 했다. 살아 어느 시간에 이르러 대교와 연합해야 했다. 이번 거사는 시해, 그 하나에 목을 걸고 숨통을 걸었다.

계획대로 될지 알 수 없으나, 대교를 바라보는 명현서의 눈은 또렷했다. 모든 것을 버린 자의 눈이 아니라 먼 곳을 바라보며 새날을 기약하는 눈이었다. 조선을 무너뜨리고 고려의 새로운 적통을 열어가자는 모두의 말은, 거세고 침착하게 들렸다. 고려 유민과 동맹은 오직 용기와 끈기에 있었다. 적어도 대교는 그렇게 믿었고, 그렇게 행했다.

명현서는 죽고 없었다. 도화서에서, 명현서는 목숨을 던지며 반역을 다했다. 명현서는 고려인이었다. 고려의 저항은 죽은 자들을 위한 것이기도 했다. 멀리에서 부엉이가 울었다. 부엉이 울음 속에 오래전 거제 앞바다에 수장된 고려 왕족과 유민들의 절

규가 섞여 있었다. 부엉이는 피울음을 우는 듯이 들렸다.

눈은 오직 산 자만을 위해 내릴 것인데, 오래전 죽은 명현서의 얼굴이 눈발 위로 가물거렸다. 명현서가 지닌 생의 전율은, 대교의 모든 것을 다 걸어도 도달할 수 없었을 것 같았다. 생의 떨림은 이렇게 오는 것이라고, 대교는 생각했다.

늦은 밤 사정전 앞뜰에서 만난 여인은 근심이었다. 골반에 걸려 있던 칼은 지워지지 않았다. 머릿속에서 칼은 크고 우람하게 다가왔다. 어디에 쓰일 칼인지 알 수 없는 상황에, 여인을 잡아들이는 건 무모하고 어리석어 보였다.

최종 귀착지에서 여인을 보게 될 것이었다. 조바심이 일었다.

"만약 그 여인이 군왕을 시해한다면……."

불현듯 대교는 살이 떨렸다. 여인의 목적은 왕의 시해? 누군가? 명현서의 딸? 그 이상 있지 않을 것이었다. 여인의 골반에 걸려 있던 칼이 말해주고 있었다. 자신은 조선으로부터 능지된 명현서의 여식이라고.

바람이 불었고, 코끝이 시렸다. 그것은 불미이며, 지금까지 가져온 대업을 무너뜨리는 일이었다. 무슨 일이 있어도 그 일만큼은 막아야 할 것인데, 어떻게 접근해야 할지 막막하고 막막했다.

명현서는 대의를 위한 희생양일 뿐인데, 그의 딸로 인해 대의가 수포로 돌아간다면…… 있을 수 없는 일이었다. 조바심이 났고, 기침이 나왔다. 기침 소리 속에 경회루 연못가에서 마주친 방원과 여인이 떠올랐다. 도무지 그럴 것 같지 않은 맑은 얼굴의 아이가, 어찌 칼을 알게 되었고, 몸에 지니게 되었을지 알 수 없었다. 대교의 표정은 지워져 있었다.

눈이 내렸다. 춥고 피곤한 저녁이었다. 저녁은 광화문 바깥에서 안으로 무료하게 밀려왔다. 저녁빛 속으로 점점이 무화되는 여인을 끌어당겨 편전 뒤뜰에 세우고 싶었다. 심중의 여인은 대꾸 없이 눈 속을 걸어갔다.

저녁 바람 속에 명현서의 기침 소리가 들렸다.

……죽음은, 삶의 무거움을 벗어던지는 새로운 각오가 아니라, 날마다 무거운 곳으로 불어가는 가벼운 삶을 견디는 것이라야…….

전각 모서리에 매달린 풍경이 흔들렸다. 눈발 속으로 소리가 번져나갔다. 소리의 결장 끝에 명현서의 혼백이 조용히 걸어왔다. 귀가 먹먹하고 코끝이 시린 저녁이었다.

아무래도 남산 아래 투옥된 관료들을 찾아봐야 할 것 같았다.

성균관 존경각
尊敬閣

간밤에 별이 무궁하고 아름다웠다. 아침나절 햇살은 뚜렷이 떠올랐다. 화방 문간으로 햇볕 한 조각 비스듬히 비쳐들었다. 아침에 수종이 화방을 청소하느라 분주했다.

정오 무렵 상의원(尙衣院) 뒤쪽에 널린 빨래가 멀리에서 펄럭였다. 왕가의 빨래는 볕이 나와도 잘 마르지 않았다. 명무는 동참화사와 함께 붓을 씻고 색을 골라 한곳에 두었다. 저녁이 올 때쯤 눈이 침침했다. 어린 나인들이 끼니마다 밥과 국과 찬을 가져다준 것 외에 사람이라곤 그림자 하나 얼씬거리지 않았다.

석식 때 올라온 육개장은 얼큰하고 기름졌다. 육질은 팍팍하지 않고 부드러웠다. 수종과 동참화사는 입맛이 없어 보였다. 피곤했는지 동참화사가 한술 뜨다 말았다. 수종은 국에 밥을 말아놓고 국물만 떠먹었다. 동참화사가 수종을 무심히 바라봤다.

노인이 수저를 뜨다 말고 명무에게 물었다.

"너도 입맛이 없느냐?"

명무가 수저를 들다 말고 대꾸했다. 목이 쉬어 있었다.

"눈이 침침하고 눈앞의 사물들이 가물거립니다."

"조지소에 다녀온 게 마음에 걸리느냐?"

"아닙니다. 조금 피곤할 뿐입니다."

담징에 관한 노인의 말은 의외였다. 종이에서 별이 뜨고 글이 흐르며 바람이 지난다는 풍지의 본성은 낯설고 놀라웠다. 그것을 꿰뚫지 못한 담징의 한계는 쉽게 이해되지 않았다. 종이의 회화적 속성을 풍지 하나로 일축하면서, 노인은 종이를 말하는 것이 아니라 바람의 파격을 말하는 것이라고, 생각했다. 종이를 통해 스승은 회화의 새로움을 일깨우는 모양이었다. 붓이 아닌, 칼과 종이가 합일되는 회화적 조화를 생각하면 손이 떨렸다.

노인이 크흠─ 목을 돋우었다. 기침 끝에 가래를 끌어올려 문지방 너머로 뱉었다.

"몸이 추운 것이냐, 마음이 추운 것이냐?"

"몸도 마음도 춥지 않습니다."

"그럼 일어서거라. 바람이라도 쏘일 겸 성균관에 다녀오자꾸나."

바람을 쐬자는 노인의 말은 공허하게 들렸다. 다 된 저녁에 궁밖 외출은 한 번 없던 터였다. 필시 이유가 있을 거라 생각했다. 명무가 조용히 눈을 치켜떴다. 수종이 대신 대꾸했다.

"해거름입니다, 어르신."

"안다. 유생과 학사들이 퇴근하는 시간이라야 적당하다. 국에다 밥까지 말아놓고 철딱서니 없이 국물만 떠먹는 너는 동참화사와 여기 있거라."

"싫습니다, 어르신."

수종이 지지 않고 말대꾸했다. 명무가 수저를 놓고 옷을 차려입었다. 조지소를 다녀올 때도 이유는 말하지 않고 혼자 서둘더니 기어이 끌려가다시피 했다. 노인의 행보는 늘 모를 까닭에서 시작되었고, 곡절을 깔고 돌아왔다. 노인의 심중은 쉽지 않은 것이며, 그것은 말하지 않아도 늘 머리맡에 떠올랐다.

수종이 덩달아 옷을 꺼내 들었다. 조지소에 데려가지 않은 게 아직도 서운한 모양이었다. 동참화사가 수저를 내려놓으며 혀를 찼다. 혼자 남아 저녁을 먹자니 마땅하지 않은 모양이었다. 동참화사는 피곤해 보였다. 수종이 동참화사 귀에 대고 소곤거리더니 날래게 따라붙었다. 동참화사의 표정이 아이처럼 밝아보였다.

화방을 벗어나자 수종이 다가와 재재거렸다.

"어른 화사님에게 무어라 했는지 아세요?"

명무가 말없이 웃었다. 수종은 중년의 동참화사를 어른 화사라고 불렀다. 동참화사는 수종의 호칭이 싫지 않은 모양이었다. 수종이 다시 재재거렸다. 수종의 입에서 단내가 났다.

"돌아올 때 저자에 들러 무지개떡 사다 드린다고 했어요."

"무지개떡, 그게 그렇게 맛이 있나보죠? 떡에다 색물을 들인

건데……."

수종이 참새처럼 웃었다. 저녁이 오는 시간에 수종은 기분이 좋아 보였다. 명무가 소리 없이 웃었다. 노인이 돌아보며 핀잔을 주었다.

"다 된 저녁에 마실이라도 가는 줄 아느냐? 어수선하구나. 가는 곳이 성균관이다. 유생들이 볼 수 있으니 정숙해야 한다."

수종이 알았다고 대답해놓고 다시 킥킥댔다. 명무가 수종의 손을 잡았다 놓았다. 그제야 수종이 웃음을 멈추었다. 명무가 물었다.

"스승님, 성균관은 무슨 일로……."

"색을 입히기 전에 봐둘 게 있어. 가보면 알게 될 것이다."

궁을 나서자 새 울음이 들렸다. 새 울음은 세속으로 밀려드는 모양이었다. 왕궁은 세속인지, 세속을 떠나 있는지 알 수 없었다. 세속은 왕을 위한 것인지, 신하를 위한 것인지, 백성을 위한 것인지, 저녁나절 저자는 번잡해 보였다.

성균관은 늦은 시간에도 불을 밝히고 있었다. 동재(東齋)를 가로지를 때, 유생들의 책 읽는 소리가 들렸다. 양현고(養賢庫) 전각 뒤편에서 조용히 잡담하는 소리가 새어나왔다. 시무를 맡아보는 하급 관료들 같았다. 그랬어도 책 읽는 유생들이 더 많았다. 성균관의 중후하고 고요했다. 전각마다 묵향이 새어나왔다. 성균관은 학통의 기갈과 사상가의 기근을 끊어내려 했고, 조선의 학문에 새로운 물줄기를 내고 있었다.

노인이 존경각 앞에서 옷매무새를 만졌다. 명무와 수종을 돌아보며 말했다.

"들어가자꾸나. 입으로 보려 하지 말고 눈으로 봐야 할 것이다."

수종을 바라봤다. 수종이 옷자락을 쓸어내리고 소리 없이 웃었다. 명무가 검지를 입술에 댔다. 수종이 덩달아 검지를 입술에 대고는 고개를 끄덕였다. 수종의 눈썹에서 소리 없는 웃음이 보였다.

존경각 안으로 들어섰다. 걸음을 내디딜 때 마루에서 소나무 방향(芳香)이 올라왔다. 솔향은 책장에서도 흘러나왔다. 잘라서 파낸 나무들은 서로 깍지를 끼듯 아귀가 잘 물려 튼실했다. 마루는 삐걱거리지 않았다. 나무는 결이 부드럽고 순했다. 본래 까칠하던 나무의 속성이 목공의 손에 다듬어지고 깎여나가 매끈하게 마름질돼 있었다.

내방자 명부에 서명할 때 승문원 판교는 표식과 노인을 번갈아 바라봤다. 노안 때문인지 가까이 있는 사물이 잘 보이지 않는 모양이었다. 노인의 표식인 '翼'자를 한참이나 뜯어봤다. 노인이 '翼'자의 날개를 풍성하게 해서 새가 날아가는 것을 본떴다.

노인을 흘낏 올려다본 판교가 열쇠를 내밀었다.

"보고자 하는 기록화는 안쪽 장고(藏庫)에 있소. 돌아갈 때 두 번째 책장 모서리에 열쇠를 끼워 두시오."

판교의 목소리가 가늘어 내관 출신인 것을 알았다. 겉으로 보기에는 여느 관직의 사내 같아 보였으나 입을 열자 그같은 생각은 싹 지워졌다. 외교 문서와 존경각의 서적을 총괄하는 그가, 고려의 마지막 왕을 보필해온 내관인 것을 알아봤다. 패망한 고려를 떠나지 않고 조선의 사직으로 건너와 성균관 한 켠에서 황혼을 기다리는 것도 알았다. 눈이 어두운 판교를 향해 노인이 고개를 끄덕였다. 일어서는 판교에게 손톱만 한 금거북을 쥐어주었다. 판교가 눈을 가늘게 뜨고 노인을 바라본 다음 곧바로 존경각을 나갔다.

노인이 탁자 위에 놓인 호롱에 불을 붙였다. 호롱이 제빛을 낼 수 있도록 심지를 돋우었다. 분홍의 심지가 금빛으로 바뀌면서 불은 도탑게 피어올랐다. 유생과 학사들은 숙소로 돌아간 모양이었다. 고요한 곳이었다. 고려 왕족이 드나드는 것을 조정에서 알게 되면 가만있을 리 없었다. 서두르는 게 좋을 듯싶었다. 동편 창틈으로 흘러든 저녁빛이 솔 향과 섞이어 들었다. 빛과 향이 은은했다.

명무가 책과 책 사이를 돌았다. 수종이 서안을 손으로 쓸었다. 깨끗한 책상 위로 필사를 위한 공책과 붓이 가지런히 놓여 있었다. 종이와 벼루를 두는 연상은 따로 놓여 있었다. 책장은 흔한 서적에서 귀한 서적 순으로 항목을 매겨 열람하기 편했다.

노인이 낮게 말했다. 저녁 시간에 무겁게 들렸다.

"책들은 신경 쓰지 말거라. 책을 열람하러 온 게 아니라 기록화의 색상과 구도를 보기 위해서다. 색을 입히기 전에 기록화에 그려진 인물의 색상과 구조를 눈에 익히는 건 사소하지 않다. 어진의 내실을 다지게 하고 색상을 돌아보게 할 것이다. 낡은 그림들을 곧 조지소로 보내 세초(洗草)한다니 지금이 아니면 볼 기회도 없을 것이다."

노인이 잰걸음으로 존경각 안쪽으로 들어갔다. 기록화는 중요 서찰이나 기밀문서와 함께 장고에 따로 보관했다. 존경각 안쪽의 장고는 큼직한 자물쇠로 채워져 함부로 열 수 없었다. 장고 앞에서 노인이 입안에 든 침을 삼켰다. 수종이 노인의 목을 바라보며 입에 침을 괴었다. 명무는 죽청지에 그려진 방원의 시선을 생각했다. 방원은 색의 모호함을 버리고 오로지 선의 윤곽으로 세상을 바라봤다.

명무가 마른 입술에 침을 묻혔다. 수종이 명무의 입술을 바라봤다. 수종의 눈은 명무의 눈과 코와 입술을 바라보지 않고 무지개떡을 기다리는 동참화사를 바라보는 것 같았다. 명무의 얼굴은 침착해 보였다.

노인이 낮게 말했다.

"수종화원은 들어오지 말고 여기 있거라."

수종이 알았다고 했다. 노인이 숨을 크게 들이켰다. 자물쇠를 풀고 장고 안으로 들어섰다. 오랫동안 발을 딛지 않은 듯 뿌연 먼지가 피어올랐다. 어둑한 시선으로 주위를 두리번거렸다. 태조의 왕업을 기록한 실록이 책장에 꽂혀 있었다. 기록화는 안쪽

벽에 기울어져 있었다. 창문을 타고 달빛이 어른거렸다. 호롱을 들이대자 기록화에 그려진 태조와 그 일가들이 잔잔히 눈뜨고 살아나는 것 같았다. 명무가 놀라운 눈으로 그림을 바라봤다.

"스승님, 그림들이 낯설게 느껴집니다."

"흔치 않은 그림들이니, 하나씩 눈여겨보거라."

대개 왕실의 관상용 풍경화나 풍속화였으나 초상화도 몇 점 눈에 띄었다. 한쪽엔 추존 왕들과 태조의 어진이 세워져 있었다. 종묘 정전에 봉안된 것을 모사해 놓은 것 같았다. 어진은 장황을 미룬 채 침묵했다. 풍속화의 여인은 알몸을 드러낸 채 수줍게 눈뜨고 있었다. 선왕의 일가들이 우울히 앉아 있었다. 지체를 덮은 의복은 유행을 반영한 듯했다. 색채가 현란하면서도 조용했다. 어느 시기에 그려졌는지 알 수 없었다.

노인이 어진 앞에서 조용히 숨을 내쉬었다. 마루에 괴어 있던 먼지가 피어오르면서 코가 매웠다. 그림들이 수북한 먼지를 뒤집어쓰고 묻혀 있었다. 벽 귀퉁이에는 어진을 옮길 때 사용하는 이안용 수레가 녹슬어갔다. 그것들 모두 고요 속에 말없이 늙어 가고 있었다.

"스승님, 고려의 왕들입니다."

"그렇구나. 이때도 왕들의 얼굴은 그려졌겠지."

고려왕들의 초상은 표구되어 있지 않았다. 그것들은 먼 과거를 돌아보며 신음했는데, 그림 속 고려왕들의 얼굴은 돌처럼 굳어 있었다. 노인이 고려왕들의 어진 앞에서 절했다. 명무가 눈을 감았다가 떴다.

노인의 목소리가 가느다랗게 떨렸다.

"과거의 기록은 시대마다 새로운 대극(大極)을 열게 된다. 그 것은 크고 아득한 것이 아니라, 멀고 돌이킬 수 없는 것이다. 이 성적이고 합리적인 순수의 힘으로 후세 사람들에게 새로움을 보여주는 그것이 기록의 본성이다."

기록화는 사실의 진술을 바탕으로 그려졌다. 사관들은 확인 된 사건과 미확인 사건 모두를 포괄하거나 수용할 수 없었다. 검 서관들은 고대의 기록에서 사실이나 사실무근의 사건보다 문자 로 진술된 정황을 중시했다. 그것은 확인되거나 확인할 수 있는 것이라야 하는데, 생각만큼 쉽지 않았다. 사실의 사건과 사실무 근의 사건은 구분하기 까다로웠다. 성균관 학사들은 사실됨의 근거를 찾는 데 애를 먹었으나 결론은 언제나 정직했다. 중론을 기피하고 진실을 파악하면서 사실과 허상의 구분을 분명히 하 고자 했다.

명무가 대꾸했다. 목에서 기름진 생각이 보였다.

"기록은 누구나 들여다볼 수 있는 투명한 그릇일 것입니다. 그것은 지나쳐온 세상과 다가올 세계에 맞서고자 함이 아니라, 역설적으로 인간의 본성이라는 생각도 듭니다."

"너의 말은 명백하다. 틈이 없는 그것이 기록이고, 틈이 있어 도 볼 수 없는 그것이 역사이다."

선조들은 기록의 중요성을 간파한 모양이었다. 기록의 불멸성을 인정한 선조들의 수공은 치밀해 보였다. 그들의 지성은 유효해 보였고, 당대를 떠돌던 해와 달과 물과 바람은 기록 속에 남아 있었다. 지난 시간대의 파격이 흩어지지 않은 뼛가루처럼 보였다.

명무가 말했다. 목에서 기름기는 지워지고 뜨거운 물기가 올라왔다.

"저의 눈과 귀와 입도 그 안에서 균등할 것입니다. 저는 보편되게 살고 평등하게 죽고자 합니다."

장고의 기록들을 바라보며 명무는 갑작스러운 감격을 느꼈다. 세상 끝에서 끝으로 불어가는 거친 바람을 보는 것 같았고, 세상 모퉁이에서 오래전 사라진 것들의 존재를 부여잡는 것 같았다. 그것들 모두 늙어 사라지는 것이 아니라 시간 속으로 느리게 박물(博物) 되어가는 듯이 보였다.

들창 너머 북한산이 보였다. 하늘과 맞닿은 산마루엔 새들이 게으른 날갯짓으로 활공했다. 느린 가야금 소리가 들려왔다. 새들이 선율 속에 울음을 찔러 넣었다. 새들은 고단한 하루를 울음으로 대신하는 모양이었다.

장고를 둘러보며 노인은 죽어간 고려 왕족들을 생각했다. 죽은 유민들을 떠올리며 삶과 죽음은 별반 차이가 없음을 생각했다. 새들은 밤사이 하늘을 배회할 것이고, 노인은 밤 기슭 안으로 거슬러 오를 곳이 멀고 가팔라 보였다.

벽 한쪽에 무더기로 세워져 있는 그림들을 가리키며 명무가 물었다. 색감이 화려하면서도 무거운 그림들이었다.

"스승님, 이 그림들은 무엇인지요?"

"세초하기 위해 모아둔 기록화일 것이다."

기록화는 그때마다 해석이 달라 효율성이 떨어졌다. 오래된 것들은 보관하기도 어려웠다. 좀벌레가 달라붙거나 곰팡이가 슬어 해독하기 까다로웠다. 낡은 기록화들은 조지소로 보내 물로 씻어냈다. 씻은 종이는 물에 불려 대나무틀에 건져 올려 말렸다가 다시 사용했다. 다시 만들어진 종이는 성균관 유생들이 글을 심거나 도화서 화원들이 그림을 담았다. 일부는 장터에 팔려나가 민가에 보급되었다. 민가의 종이는 문풍지로 쓰였고, 옷으로도 쓰였다. 계집아이들은 인형을 만들어 품었고, 사내 녀석들은 제기를 만들어 발로 차고 놀았다. 여식의 초경 때 혈을 받아 보관하기도 했다. 저자에서 장부로 쓰였고, 도적들은 혈서를 담았다. 종이는 세상 속에 돌고 도는 피 같았고 물 같았다. 있을 땐 물같이 소비됐다. 없을 땐 기근을 겪었다.

종이와 붓은 합쳐질 때 분명해지고, 종이와 물은 합쳐질 때 하나가 되는 것이라고. 명무는 생각했다. 명무가 물었다.

"이 그림들, 살펴봐도 되겠는지요?"

"씻어낼 그림들이니 대충 보거라."

버려질 기록화는 한쪽 벽에 비스듬히 기대어 있었다. 호롱을 들이댔다. 먼지를 뒤집어쓴 그림들이 숨을 죽인 채 명무를 바라봤다.

한 폭의 그림이 낡은 기록화 사이에 눈에 띄었다. 그림은 죽은 자의 삶을 돌이키고 있었다. 그림 속 죽음 명징한 사실의 화풍으로 그려져 있었다. 그림은 미지의 죽음을 고증하면서 아득한 슬픔을 몰아왔다. 슬픔은 과거로 밀려나가 있었다.

누구의 죽음을 기록한 것인지, 그림은 눈에 가물거렸다. 그 많은 죽음과 죽음 사이 그림 속 죽음은 사실 같지 않았다. 죽음을 인지한 피살자는 죽음이 주는 거센 바람 앞에 엄숙한 자세로 버티고 있었다. 두려움조차 버린 피살자의 눈에서 공포감은 배제되어 있었다. 그림의 백미는 눈을 감지 않고 부릅뜬 데 있었다. 인간미가 거세된 풍요로운 죽음이었다. 기록화는 도화서를 묘사했다. 방원 앞에서 칼을 받는 신하의 형상.

흡— 고개를 젖히는 순간 명무는 전신을 찌르는 전율을 알았다. 다시 그림을 바라보며 어깨를 떨었다. 열린 입을 손으로 가리며 숨을 죽였다. 소맷자락이 떨려왔다. 입술을 깨물었다.

장고 너머에서 가야금 소리가 들려왔다. 선율은 가벼이 떠서 장고 안을 무겁게 저어갔다. 가슴이 떨려왔고 사지가 오므라들었다.

그림 속 신하를 명무는 한눈에 알아봤다. 칼은 순조로웠다. 죽음은 어김없었다. 셋의 내금위 무사가 견고한 살의의 자세로 피살자 앞에 서 있었다. 피살자를 내려다보는 방원의 시선은 우울해 보였다. 신료들은 일제히 숙연했다. 알 수 없는 슬픔이 화면 위에 흘렀다.

징―, 쇳소리가 귀에 들렸다. 칼을 받는 아비의 모습이 어른거렸다. 칼은 오류가 없었다. 칼은, 죽음이 완고한 곳으로 건너가고 있었다. 칼은, 죽음을 찬미하지 않았다. 경건하면서도 고요한 죽음이었다. 기록은 숨 막히는 순간을 극적으로 그려내면서 숨을 죽였다.

노인이 명무의 눈을 바라봤다. 그제야 명무가 본 그림의 실체를 알은 모양이었다. 노인의 입에서 탁한 한숨이 나왔고, 명무의 입에선 낮은 신음이 새어나왔다. 명무의 얼굴은 어둡고 슬퍼 보였다.

"스승님, 그림 속 신하가 소녀의 아비인지요? 그런지요?"

노인이 머뭇거렸다. 노인의 얼굴 위로 곤혹스러운 표정이 떠올랐다. 머릿속에선 무수한 선들이 그어졌다. 문득한 느낌에 뒤를 돌아봤다. 수종이 표정 없이 이쪽을 바라봤다. 수종의 얼굴은 표정이 지워져 있었다.

노인이 말했다. 음색이 무겁고 우울하게 들렸다.

"그때는 모두가 어렵고 오활했다. 너의 아비는 끝까지 비굴하지 않았다. 모두는 입을 다물 수밖에 없었다."

당면한 죽음을 내다본 명현서의 눈은 위를 향해 열려 있었다. 죽음을 향해 가는 명현서의 표정은 차가워 보였다. 명현서의 눈에서 푸르스름한 빛이 돌았다.

노인의 얼굴이 창백했다. 한숨은 길고 무거웠다. 노인은 낮게 덧붙였다.

"모든 죽음은 당위를 알 수 없는 것이라야 한다. 그것이 죽음을 뜨겁게 하고 미덥게 한다. 네 아비가 애써 억누르며 걸어간 무거운 길을 가벼이 여기지 마라. 알겠느냐?"

노인의 말은 이해되지 않았다. 명무가 입술을 깨물었다. 목젖까지 치밀어 오른 울분을 삭이기 위해 입술을 깨무는 것이 아니라, 아비의 죽음을 밀고 당기던 산 자들의 열린 입을 막기 위해 입술을 깨무는 것이라고, 생각했다. 생각은 더 깊은 생각 속으로 밀고 들어가 까마득한 골짜기를 더듬었다. 아비는 그곳에서 만져지지 않았다. 아비는 생각 속에 있지 않고 생각 밖에 있는 모양이었다. 아비는 불현듯 죽은 것이 아니라 치밀하게 계획되고 준비된 연후에 죽은 것이라고, 생각했다.

멀리에서 뜸부기가 울었다. 명무가 벽에 걸린 잔등을 집어 들었다. 말 모가지에서 빼낸 기름덩이가 와글거리며 끓어올랐다. 잔등이 흔들렸다. 노인이 흔들리는 등잔을 바라보았다. 위태로웠다.

"아비의 죽음은 조선의 당위이다. 등을 내려놓거라. 불을 불로 다스릴 수 있을 것 같으냐?"

불꽃을 바라보며 명무는 어깨가 무겁던 예문관 대교를 생각했다. 대교는 불꽃같은 사람이라고, 생각했다. 불과 꽃은 다르지 않다고. 오류가 없는 그것은 오래 타오르다 한순간 소멸하는 불꽃일 뿐이라고. 붉은 잉걸의 무늬를 바라보며 명무는 조선의 뜨거운 단면을 생각했다. 조선의 불꽃 앞에 죽어간 아비의 차가운

236

죽음을 생각했다. 아비는 여전히 생각 밖에 서 있는 모양이었다. 명무가 손등으로 눈두덩을 찍었다.

"그만 나가자꾸나."

노인이 열쇠를 책장에 꽂을 때 죽은 소나무 방향이 동에서 서로 불어갔다. 존경각 안으로 바람이 불어와 시렸다.

달이 동재 전각 끄트머리를 지날 무렵 성균관을 나왔다. 수종은 피곤해 보였다. 별궁 앞에서 어찬을 준비하는 사옹원 찬장과 마주쳤다. 말단들의 음식을 담당하는 취사부 어린 나인과 늘그막한 장정들이 수런거리며 뒤따라갔다. 늦은 밤에 걸음이 수선스러웠다.

달빛을 받은 전각들이 속절없이 떠내려갔다. 밤은 멀리까지 스산하게 번져갔다. 밤은 시름을 걷고 조용한 숨결을 풀어놓고 있었다. 적막한 밤이었다. 노인이 낮게 말했다.

"너는 지금도 아비의 죽음을 생각하느냐? 그것이 산 왕을 그리면서 죽음을 생각하는 이유이더냐?"

"……."

명무는 대꾸하지 않았다. 생각 속에 보탤 말이 떠오르지 않았는진 몰라도, 이 순간 말은 생각과 다르지 싶었다.

노인이 다시 물었다. 목에서 오래전 사라진 별 속에 파묻힌 노인의 성씨가 보였고, 떠밀려오는 아비의 죽음이 보였다. 그 모두 새로운 태동의 별자리 같았다.

"너는 왕을 어떤 존재로 보느냐?"

"왕은 모두로부터 뻗어오는 실존의 왕이라야 하는데, 제가 본 왕은 모두의 헛것 같았습니다."

노인이 한숨을 내쉬었다.

"네 삶의 항해가 평탄하지 않으리란 것을 안다. 그것 때문에 네 생애가 아름답지 못할 거라는 생각은 버려라."

"스승님은 왕의 눈빛을 보지 못했습니까? 무언지 모르게 슬픔에 차 있었습니다. 우울하고 간절해 보였습니다. 속을 들여다볼 수 없는 검은 구멍의 눈빛은 아비의 죽음까지도 함축한 듯이 보였습니다."

"본래 왕은 그런 게야. 몰랐더냐? 네 본연의 선악으로 왕의 경계를 혼돈하지 마라. 그것을 넘어서려 하지 마라. 너의 선은 어디까지이며, 너의 악은 어디까지인지는 너 스스로 알 것이다. 너는 가야 할 곳 또한 분명하질 않더냐? 이것과 저것이 엄연한데 너는 어디를 바라보고 무엇을 생각하고 있는 것이냐? 내일부터 상초에 전력해야 하고 곧바로 색을 입혀야 한다. 왕을 단독으로 만날 수 있는 기회, 오직 최종 어진뿐이다."

굵고 엄한 목소리가 다감하게 들렸다. 노인이 눈을 들어 먼 곳을 바라봤다. 표정이 부드럽고 순했다. 명무가 대꾸했다.

"그렇게 알 것입니다. 심려치 마셔요."

"너의 어려움의 출처를 나는 알 수 없다. 다만 네게 긴요한 것은 내게도 요긴하다."

광화문을 들어서자 순랏길을 비추는 등불이 흔들렸다. 빛은 오래전 죽은 병사들의 혼불처럼 대궐 담벼락에 기대어 다녔다. 멀리에서 부엉이가 꿈결처럼 울었다.

화방 앞에서 명무가 나직이 읊조렸다.

"저녁 하늘 길쓸별처럼 외로워도 견딜 수 있어. 힘을 내……."

목소리가 가을날 늙은 기둥을 갉아대던 귀뚜라미 울음 같았다. 수종이 처마 아래 서서 명무를 바라봤다. 수종의 눈에 물이 고여 있었다.

홀로된 아이

처소로 돌아가는 길은 어두웠다.

수종의 걸음에서 외로운 근성이 보였다. 내명부 대문은 열려
있었다. 하늘을 찌르는 전각을 지날 때, 멀리 한 점 불빛이 보였
다. 불빛은 붉고 화려한 단청이 그려진 처마 아래 창문에서 밀려
왔다. 전각 앞에서 상궁과 향아(姮娥)들이 수종을 기다렸다. 향
아들 가운데 어진 경연에서 함께 쫓겨난 수종화원이 보였다. 이
아이의 이름은 다래였다.

다래가 고개 숙였고, 상궁이 수종을 맞았다.

"마마, 모두 기다리느라 애가 탔사옵니다."

"기다리지 말라고 하지 않았습니까."

수종의 얼굴은 굳어 있었다. 밤늦도록 자신을 기다리는 상궁
과 향아들이 반갑지 않았다. 밤마다 부담이었고, 피로를 더하게

했다.

"하루 종일 차디찬 화방에서 시중만 들고 있다는데, 어찌 기다리지 않겠사옵니까."

"내가 좋아서 하는 일이라고 그러지 않았습니까."

수종의 처소는 단정했다. 한쪽 벽에 병풍이 쳐져 있었고, 붓과 화선지와 물감이 탁자에 놓여 있었다. 상궁이 물었다.

"몸이 감당하겠사옵니까?"

"상궁, 내 몸은 내가 알아서 할 수 있다고 하지 않았습니까?"

"어찌 그런 말씀을……."

"그러니 더 이상 기다리지 마세요. 다시 그랬다간 화를 낼 것입니다."

소례복을 벗자 다래가 옷을 받았다. 기다렸다는 듯이 향아들이 수종에게 옷을 입혔다. 길게 늘어뜨린 옷이 수종의 몸에 익은 듯 차분하게 보였다.

수종이 한숨 쉬었다. 수종의 목에서 궁과 섞일 수 없는 저만의 근성이 느껴졌다.

"비록 수양의 몸으로 궁에서 지내고 있지만, 나는 분수를 아는 사람입니다."

"옹주마마, 그것은 분수를 망각하는 것이옵니다. 마마는 오래전부터 궁에서 살아오셨습니다."

상궁의 말이 어깻죽지를 누르며 뼛속 깊이 파고들었다. 그 말이 틀리지 않다는 것을 알았으나, 긍정할 수 없다는 것도 알았다. 상궁의 머리에서 기름진 빛이 떠올랐고, 향아들의 머리에서 소박한 빛이 돌았다.

상궁의 눈빛을 바라보며 수종은 때가 되었다고 생각했다. 이제라도 세상 밖으로 나가고 싶었다. 세상을 모르고 하는 소리라고, 상궁이 수차례 말했어도, 수종은 단 한 번 지지 않았다.

다래가 수종의 머리에 꽃잎이 새겨진 구리편자를 꽂았다. 구슬 박힌 장신구를 귀에 달 때, 귀밑머리 아래로 바람이 불어갔다. 긴 진주 목걸이를 목 너머로 넘기자 구슬 속에서 파도 소리가 들렸다.

수종이 상궁의 눈을 바라보며 말했다.

"이 모두가 내겐 사치일 뿐입니다. 나는 활쏘기를 좋아하고, 그림을 그리고 싶은 사람입니다."

수종의 말은 깊고 단단하게 들렸다. 상궁이 눈을 지그시 내리고 대꾸했다. 상궁의 목에서 물소리가 들렸다.

"마마, 그러기엔 이미 많은 것이 생애에 있어 왔고, 앞으로도 그럴 것이옵니다."

상궁의 무거운 말 속에, 오랜 유충 기간을 거친 생이 짧은 곤충이 보였다. 검은 곤충은 느린 걸음으로 상궁의 옷자락 이쪽에서 저쪽으로 건너가고 있었다. 상궁의 말은 수종의 머릿속에서 한 줄기 바람이 되어 불어갔다.

다래가 수종을 바라봤고, 수종이 상궁을 바라봤다. 다른 시간대의 별들이 상궁의 눈 안쪽에 보였다. 창 너머 별들이 수종의 생을 점지하는 듯이 보였다. 별들은 고요히 빛났다.

"언젠가 이 모든 것을 버리고 떠날 날이 올 것입니다. 그러니 상궁, 내게 많은 것을 걸지 말고 기대하지도 말아주세요."

"어쩐 일로 그런 말씀을……."

상궁의 눈이 젖어 보였다. 상궁의 눈을 건너오는 외로운 근성은, 말하지 않아도 수종의 머릿속에 또렷한 바람으로 떠돌았다.

궁에 들어온 지 아홉 해가 지났어도 견뎌야 할 것이 많았다. 수종의 삶은 궁에 있는지 궁 바깥에 있는지 알 수 없었다. 생각하면 가뭇없진 않았어도 궁은 늘 삶과 죽음이 뒤엉켜 있었다.

상궁은 조용히 늙어가고 있었다. 상궁을 바라보면 어디에 묻혔는지 알 수 없는 생모의 젖비린내가 수종의 코끝으로 밀려왔다. 수종과 함께 궁에 들어온 다래는 끝내 궁녀로 살다 죽어지길 원했다. 그것이 자신의 운명이라고, 다래는 울먹이곤 했다.

멀리에서 다시 부엉이가 울었다. 내명부 전각 뒤편의 부엉이는 짧은 생을 통찰하고 긴 죽음을 예감하는 듯이 들렸다. 담장을 넘어온 바람이 전각 사이를 가로지를 때, 문밖에서 내관의 소리가 들렸다. 늦은 밤에 방원의 행차는 꿈결처럼 들렸다. 상궁과 향아들이 일제히 문을 나가 허리 숙였다.

계단을 딛고 올라서는 방원의 어깨 너머로 무사들이 보였다. 두 명의 무사는 차분한 돌 뜰 같았다. 방원이 처마에 들 때까지 상궁과 다래와 향아들은 말없이 기다렸다. 수종이 허리 숙이고 말했다.

"전하, 어찌 기별 없이 오셨습니까?"

방원의 표정은 밝지 않았다. 목 가운데 역린을 감춘 용의 비늘이 보였는데, 금빛인지 은빛인지 알 수 없었다. 방원의 목은 물에 헹군 듯 맑게 들렸다.

"아비가 딸자식 보고 싶어 나서는데, 기별은 무슨…… 강혜야."

"예, 전하."

"또 전하, 아비라고 부르라고 말하지 않았느냐?"

"소녀가 수양된 아이라는 걸 궁 안의 모두가 아는 일인데, 그게 가당하겠습니까?"

오직 왕만이 용의 다섯 발톱과 역린을 지닐 수 있는 것이라고, 수종은 생각했다. 늦은 밤에 방원의 걸음을 생각하면, 걸음에 얹고 온 방원의 마음은 부담이었다.

수종이 눈을 들고 방원을 바라봤다. 방원은 밤사이 갈 길이 멀어 보였다. 방원이 혀를 찼다.

"그래도, 아비가 하라면 할 수 있는 게야."

"왕궁은 정통으로 곧아야 하며, 정해진 혈육으로 살아야 하는 것이라고 배웠습니다."

"너는 어찌 받으려고만 하느냐? 베풀 줄도 알아야 한다고는 가르치지 않더냐?"

오늘 밤만큼은 용의 비늘을 건드리지 말아야 한다고, 수종은 다시 마음을 잡았다. 역린, 그 하나로 일어서며 사라질 궁의 파문은 피바람이 아닌 거센 파도로 예비되어 있다는 것을 알았다. 방원은 어렵고 까다로웠으며, 피곤한 지존이었다.

수종이 목소리를 낮추었다. 목에서 아홉 해를 견뎌온 궁의 본색이 조심스레 새어나왔다.

"그것이 수양된 자의 염치이며 도리이고, 궁의 율법이라고 배웠습니다."

"너는 어찌 하나라도 지는 법이 없느냐?"

"황공하옵니다."

"허, 황공이라…… 그 말조차 듣기 거북하구나."

방원이 다시 혀를 찼다. 혀끝에 돋은 바늘이 수종의 마음을 무겁게 했다. 방원이 덧붙였다.

"너는 왜 이렇게 고지식하고 고집불통인지 모르겠구나."

수종이 희미하게 웃었다. 상궁과 다래가 수종의 입가에 피어오른 웃음을 바라보며 안도했다. 다래가 조용히 숨을 내쉬었고, 수종이 대꾸했다.

"그것이 예의이며 순조로운 이치일 것이옵니다."

"이러다 밤새겠다. 활이나 가져오너라. 오랜만에 겨루어보자꾸나."

"이 밤에……."

수종이 알았다고 대꾸했다. 방원이 앞서 처소를 나갔다. 상궁과 향아들이 허리 숙였다. 다래가 벽에서 활과 화살을 내렸다. 수종의 활은 차분하고 단단해 보였다. 화살촉 끝에 빛이 어른거렸다. 가장자리에 파란 심연을 머금은 활이었다.

홀로된 아이는 강혜(康惠)라고 불렀다. 이름과 달리 눈빛이 초
롱하고 입매가 고왔다. 치아가 단정하면서도 혀가 부드러웠다.
아이의 수다함은 혀가 아닌, 외로운 근성에서 왔다. 홀로된 아이
의 외로움을 다독이는 상궁이 곁에 있었고, 아이의 외로움을 더
깊게 하는 향아들도 곁에 있었다. 그들 모두가 아이에겐 오랜 벗
이었다.

열두 해 전, 아이는 생면부지의 방원 앞에 죽을 때까지 부녀
로 살 것을 맹세했다. 천지간 어미와 아비를 잃은 아이에게 방원
은 새로운 아비였다. 방원의 여식으로 평생을 살아갈지 알 수 없
으나, 궁이 아닌 민가에 머무는 동안 아비의 연을 놓지 않을 자
신은 있었다. 그때는 모두가 어렸고, 때가 묻지 않았었다. 성녕
의 옹아리도 들려오지 않았다. 양녕의 장난도 그저 놀이에 지나
지 않았다. 그 가운데 충녕의 총기는 한줄기 빛이었고, 희망이었
다. 충녕의 곧은 눈매가 아이의 마음에 맺혀들 때, 양녕의 가벼
움이 돌이 되어 날아들 것도 아이는 내다봤다.

충녕은 부담이었다. 양녕은 부담 그 이상이었다. 시 짓기를 좋
아하고, 글로 이야기 나누는 것을 좋아하는 충녕이, 훗날 조선
의 나랏글을 일으킬 것을 아이는 내다봤다. 충녕은 우리말과 우
리글의 신비를 아꼈다. 생의 신념이 거기에 있다는 것도 알았다.
충녕의 미래는 예감 속에 늘 청정했다. 양녕의 앞날은 예측할 수

없는 미지의 날들 속에 하염없이 나누어졌다. 희망할 수 없는 날들 속에 충녕은 더 선명했다. 저마다 뜻을 심고 가꿀 때 살아갈 수 있으리란 희망은, 불현듯 왔다. 그 모두 홀로된 아이의 마음이었다.

결국 방원의 여식으로 살 여지는 있어도, 왕의 수양으로 살 마음은 없었다. 충녕의 아내로 살 자신은 있어도, 모두의 시기와 질투를 이겨낼 자신은 없었다. 강혜는 충녕에게서 멀리 떠날 때 살 수 있었다. 그 한 가지만은 분명했다. 얽히고설킨 궁의 법도는 수양의 자격으로 평생 옹주의 품격을 갖추기엔 무모하고 어리석어 보였다. 본래 정통과 혈육은 정해져 있는 것이며, 거역할 수 없고, 거슬러 오를 수 없었다. 소용돌이치는 궁 안에선 드러내지 않는 것만이 살아갈 방법이라고, 상궁은 말하지 않았으나 모두가 알고 있었다.

처마 아래 선 방원이 무사를 바라봤다. 눈동자 안으로 노란 순록 뿔이 보였다. 목에서 물고기 울음이 들렸다.

"활을 주게."

무사가 급히 활을 대령했다. 무사가 건넨 활은 고익궁(古翼弓)이었다. 시위를 당기면 시간을 건너뛰어 아득한 과거로 화살이 날아든다고 붙여진 이름이었다. 시간을 건너뛸 만큼 빠른 화살은 세상 어디에도 없으나, 활을 신뢰하는 자들은 언제나 빛보다 빠르고 시간을 뛰어넘는 활을 원했다.

챙.

화피단장 끄트머리와 줌통에 이르는 굴곡에서 맑은 쇳소리가 났다. 고익궁의 시위는 고래 심줄로 만들어져 시위를 튕겨낼 때 질긴 쇳소리가 들렸다. 시위를 떠난 화살은 보이지 않았다.

강혜의 활은 가볍고 튼튼했다. 다래가 건넨 활을 당기자 고갯잎에서 마른 소리가 들렸다. 휘어질 때 한오금과 먼오금 사이가 천 길로 갈라서는가 싶더니, 한없이 둥글어지는 화피단장 속에 한순간 한 폭의 달이 떠올랐다. 달은 속이 비어 있었다.

징.

전광석화의 살은 소리 없이 과녁을 향해 날았다. 멧돼지가 그려진 과녁에 꽂혀들 때 불꽃이 보였다. 강혜의 활은 내금위의 활과 같았다. 출전피에 장식된 코뿔소 뿔이 내금위의 살수(殺手)를 말해주었다.

강혜가 숨을 내쉬었고, 방원이 물었다.

"그래, 어진 경연은 잘돼가고 있느냐?"

강혜는 놀라움을 감추고 방원을 바라봤다. 모를 것이라 생각한 자신이 어리석어 보였다.

"그것을 어찌 아시옵니까?"

"궁 안에서 일어나는 일이다."

방원은 먼 곳의 일을 손금 보듯이 말했다. 방원의 눈은 건조해 보였다. 북한산을 넘어온 바람이 내명부 전각에 부서져 내릴 때, 강혜는 명무를 생각했다. 어진을 그려나가는 명무의 모습이 선명하게 떠올랐다.

"드러내고 싶지 않았사옵니다."

"옹주가 속한 어진을 여류화사가 이끌고 있다지?"

강혜가 숨을 멈추었다. 다래를 바라봤다. 핏기가 없는 얼굴로 다래가 살을 건넸다. 다래의 손끝이 떨렸다. 강혜가 조용히 대꾸했다.

"그러하옵니다. 남자 주관화사와 다를 바 없사옵니다."

"그래, 그림이 무난하고 좋으냐?"

"많은 것을 배우고 있사옵니다."

방원이 시위를 당기자 구리쟁반 소리가 들렸다. 근력이 좋은 화살은 예감보다 빠르게 과녁에 꽂혀들었다. 강혜의 화살이 시위를 떠날 때 시간은 본래 시간을 건너뛰어 당도하는 것 같았다. 찰나의 의미는 시위와 과녁 사이를 두고 이르는 말이지 싶었다.

방원이 활을 내려놓았다. 내관이 붉은 보자기를 내밀었다. 방원이 말했다. 표정이 어두웠다.

"받아라. 네 것이다."

보자기엔 붓 한 자루가 들어 있었다. 크지도 작지도 않은 붓은 보편적으로 보였는데, 검은 몸통에서 잔 빛이 새어나왔다. 모필이 정갈하고 고른 붓이었다.

붓을 쥐고 방원을 올려다볼 때 눈동자 안쪽으로 시위를 떠난 화살이 보였다. 방원의 눈 속에 떠오른 화살은 붓과 같았다.

강혜가 물었다. 목에서 외로운 근성이 들렸다.

"이건 붓이지 않사옵니까?"

"천 길 물속을 그리고 나면 그보다 만 길 더 깊은 사람의 마음을 그릴 수 있는 붓이다."

"……."

강혜는 대꾸하지 않았다. 천 길 물속은 그릴 수 있어도 만 길 사람의 마음은 따라 잡을 수 없을 것 같았다. 갓 잡아 올린 복어처럼 방원을 올려다봤다. 방원의 눈은 깨어 있었다. 강혜가 눈을 깜빡거렸다.

방원이 덧붙였다. 목에서 물속에 가라앉은 과거의 허상이 보였다.

"오래전 이것과 똑같은 붓을 내린 화원이 있었다."

방원의 머릿속에 떠오른 명현서는 또렷하면서도 분명했다. 명현서는 기어이 죽어서 고려로 돌아갔다. 그가 살아남았더라면…….

"비록 비명에 보내야 했다만, 그는 인재 중의 인재였다. 불꽃보다 강하고 물보다 부드러운 생의 여백을 내게 안겨준 화가였다."

방원은 명현서의 추억을 끊어내지 못했다. 몸속 깊숙이 명현서의 그림을 방원은 사무치게 끌어안고 있었다. 사선 너머로 길쓸별 하나가 눈을 끌었다. 별의 섬광은 하늘 한곳에 날카로운 선을 긋고는 북한산 너머로 사라졌다.

멀리에서 뜸부기가 울 때 강혜가 대꾸했다.

"그런 소중한 붓을 어찌 제게 주시려 하옵니까?"

"너도 그만큼 내게 소중한 아이다. 그림 하나에 모든 것을 걸지 마라. 너는 먼 곳을 바라보고, 높은 곳을 찾아 그려야 한다."

"전하……."

강혜는 그림 속에서 뛰쳐나온 아이 같았다. 외로운 아이는 사념을 비워내고 단단한 생각으로 채워진 것 같았다.

강혜가 덧붙였다.

"저는 삶을 하나로 구분 짓지 않을 것이옵니다. 조선 그 너머 세상을 돌아보고 싶습니다."

강혜의 목에서 『시경』에서 떠돌던 하루살이 같은 고려유민의 울음이 들렸다. 대교의 입에서 전해온 고려 소녀들의 굶주림이 우울하게 맺혀들었다. 소녀들은 지난가을에 죽었거나 엄동에 얼어 죽었을 것이었다.

방원의 목소리는 어느 때보다 풀이 죽어 있었다.

"곧 떠날 것처럼 들리는구나."

"……."

강혜가 말없이 방원을 바라봤다. 바람이 동에서 서로 불어가는지, 남에서 북으로 불어가는지 알 수 없었다. 시간이 사라진 화살 끝에 아득한 과거가 보였다. 화살이 날아든 곳은 방원의 과거일 것인데, 그곳엔 오직 명현서만이 보였다. 바람 속으로 밀려가는 화살의 소멸 앞에 강혜는 눈이 시렸다.

몸과 몸

천지가 숨죽인 밤.

처마 아래 명무가 눈을 감았다. 눈을 감으면 아비의 얼굴이 떠올랐다. 파상풍으로 죽어간 어미의 얼굴은 가물거렸다. 달빛을 받은 편백나무가 잔가지를 떨었다. 둥근 달이 전각 위로 흘러갔다. 인왕산에서 달려온 바람은 매서웠다.

달빛 속에 아비의 얼굴이 그려질 때, 어둠을 뚫고 내시부 환관이 걸어왔다. 나인은 보이지 않았다. 초록색 관복의 내관은 붉은 초롱에 혼자였다. 불빛이 고왔다. 명무가 비켜서 허리 숙였다. 내관이 비켜가지 않고 명무 앞에 섰다. 젊은 골격의 내관이 명무를 찬찬히 바라봤다.

"동참화사인가?"

목소리가 가라앉아 있었다. 명무가 고개를 끄덕였다.

"따라 오너라."

명무는 대꾸하지 않고 화방을 돌아봤다. 스승은 침상에 누워 잠들어 있었다.

"밤이 늦었는데, 무슨 일로……."

"아무 소리 하지 말고."

내관이 말끝에 역정을 냈다. 표정으로 봐선 간단한 일 같지 않았다. 늦은 밤에 내시부에서 나올 정도면 필시 중요한 일이지 싶었다. 의금부 장교가 아니어서 그나마 다행이었다. 내시부 환관의 눈빛은 의금부 장교의 눈빛보다 차고 냉랭해 보였다.

명무는 침상 아래 숨겨둔 작은 칼들을 생각했다. 몸에서 떨어져 나간 칼들은 노인과 함께 깊이 잠들어 있었다.

내관이 재촉했다.

"가자."

내관이 앞서 걸었다. 명무가 화방을 돌아보며 깊은 숨을 내쉬었다. 노인을 깨우기엔 늦은 것 같았다. 거부할 수 없었다. 내관을 따라 궁 안쪽으로 걸음을 내디뎠다.

편전 뒷길 담장을 따라 걸었다. 내관의 길은 밤새 이어질 것처럼 멀고 멀었다. 대궐 안으로 길은 무료하게 이어졌다. 내관이 기척 없이 전각 앞에 멈춰 섰다. 달빛에 드러난 지붕은 회색 기와가 깔려 있었다. 서까래는 늙어 보였다. 기둥 속에서 알을 벗고 나온 유충들이 작은 발톱을 세우고 기어다니는 모양이었다.

명무가 물었다.

"이곳인 어딘지……."

내관은 대꾸하지 않았다. 문을 열고 들어가서는 짧게 손짓했다. 내관의 관복에서 푸르스름한 빛이 돌았다. 가슴 복판에 진달래인지 패랭이인지 모를 꽃이 흔들렸다. 내관의 복식에 꽃을 장식한 이유를 알 것 같기도 하고, 모를 것 같기도 했다.

명무가 숨을 들이켰다가 조용히 내쉬었다. 문턱은 높지 않았다. 검은 휘장이 걸려 있는 곳으로 명무를 안내했다. 내관은 조용하면서도 여성스러웠다. 내관의 여성성은 본래 내관의 것인지 알 수 없었다.

명무가 주저하자 내관이 고개를 끄덕였다. 내관이 휘장을 들어 올렸다. 밝은 빛이 새어나왔다. 금빛이었다. 금빛은 은빛으로 변했다가 불그스름한 빛으로 바뀌었다. 명무가 불빛 가운데 섰다. 내관이 말했다.

"성균관 학록이시다. 어려워 마라."

내관의 목소리가 문득 바람처럼 들렸다. 돌아보자 내관은 사라지고 없었다. 내관의 귀몰(鬼沒)은 혼령 같지 않고 순한 바람 같았다. 천성이 조용하고 가뭇없는 여성의 인자를 지닌 남자라고, 명무는 생각했다. 내관이 사라진 자리에 샛노란 천이 펄럭거렸다. 노란 천 뒤로 사람의 형체가 보였는데, 사람인지 사람 형상을 한 허깨비인지 알 수 없었다. 내관은 아니지 싶었다.

성균관 학록.

선비의 얼굴이 또렷하게 떠올랐다. 죽청지에 그려진 왕의 얼굴도 선명하게 떠올랐다. 두 얼굴은 하나의 윤곽으로 겹치면서도 선비의 웃는 얼굴과 왕의 굳은 표정은 쉽게 합쳐지지 않았다. 이 얼굴과 저 얼굴은 본래 하나인지 몰라도, 환한 선비의 얼굴에는 웃음이 떠올라 있었고, 엄한 왕의 얼굴에는 슬픔이 서려 있었다. 웃음은 기쁨을 말하는 것이고, 슬픔은 가혹함을 말할 것인데, 기쁨과 가혹함 위로 이어지지 않은 뱃길이 보였다.

샛노란 천 뒤의 그림자를 바라보며 명무가 한숨 쉬었다. 야심한 밤에 꿈꾸듯 궁궐 담장을 지나 어딘지 모를 곳에 와서 금빛 가운데 누군가를 만날 줄은 생각할 수 없었다. 기다린 일이 아니었으므로, 무엇이 올지 두렵고 두려웠다. 어깨가 흔들렸다. 손끝이 가늘게 떨렸다. 손이 떨리면 가슴은 두근거리는 것이어서, 어서 이 자리를 물러나고 싶었다.

골반을 더듬었으나 칼은 만져지지 않았다. 초본을 그리는 동안 몸에서 잠시 떼어놓은 것이 후회스러웠다. 명무가 눈에 힘을 주었다. 한순간 샛노란 천이 펄럭였다. 그림자가 걸어 나왔다. 명무가 숨을 멈추었다.

그림자와 명무는 오래도록 말이 없었다. 살이 떨리면 눈썹도 떨려왔다. 명무가 눈에 힘을 주었다. 그림자의 형체가 선비인지 왕인지 분간이 되지 않았다. 다만 소리 없이 웃고 있으니 선비인 줄 알았다. 선비는 왕과 무관한 존재처럼 보였다. 선비의 모습에서 왕의 골격은 다른 존재처럼 보였다. 선비는 선비의 단아함을 지니고 있었고, 왕의 파격은 어디에도 보이지 않았다.

선비가 무뚝뚝하게 뱉었다.

"이렇게 할 수밖에 없었소."

"무슨 일이라도……."

"찾아간다 하지 않았소."

선비의 목에서 외람된 마음은 들리지 않았다. 마음을 비운 선비의 목은 소박한 글쟁이면서 단아한 선비라고 말하고 있었다.

명무가 대꾸했다. 목에서 마른 가시가 보였다.

"성균관 학록 신분이 이토록 은밀하고 고귀한 줄 몰랐습니다."

선비가 웃었다. 소리가 굵어도 맑게 들렸다. 소쩍새 소리에 섞이면서 선비의 웃음소리는 청계천 물소리처럼 들렸다.

왕의 몸을 알아야 왕을 그릴 수 있다는 생각은 문득 왔다. 외람된 생각은 단순한 머리에서 떠오를 것인데, 내관을 따라 이곳까지 오게 된 것도 결국 외람된 생각에서 시작되지 싶었다.

명무의 목소리가 떨렸다.

"글을 읽을 시간이 아닙니까?"

"입에서 글의 심지가 이끼로 변해갈 지경이오. 닳고 닳은 문체와 문장은 오히려 사직에 독이 되지 싶소."

선비의 말은 엄동에 자란 봄동처럼 차분하게 들렸다.

멀지 않은 곳에서 뜸부기가 울었다. 새 울음 속에 조선의 사계가 보였다. 새 울음 속에 봄의 정령이 들판 너머로 무심히 지나갔고, 왕성한 매미 소리 속에 여름이 멀리 번져갔다. 가을은 빠르게 와서 나뭇잎으로 기울어갔고, 겨울은 거친 눈보라 속에 거칠게 떠갔다. 조선은 맨몸으로 엄동을 견디는지, 산과 들과 강을 끼고 겨울을 건너는지 알 수 없었다.

명무가 조용히 물었다.

"그래서 저와 어쩌시려는 겁니까?"

선비의 눈에서 금빛 사슴뿔이 보였다. 선비가 생각을 머금다가 겨우 뱉었다.

"나도 그것이 궁금해 죽을 지경이오."

"다시 춤이라도 추어드릴까요?"

선비가 웃었다. 선비의 얼굴에서 왕의 모습은 보이지 않았다. 고려유민을 향한 살기 어린 왕의 눈초리가 아닌 성균관 유생의 눈과 입으로 선비는 웃고 있었다.

명무가 표정 없이 말했다.

"그게 아니라면…… 몸, 몸을 보여주실 수 있겠습니까?"

선비의 얼굴에서 당황하는 기색이 보였다. 감히, 선비는 그 말을 삼키며 물었다.

"몸을 보고 싶다고 했소? 내 몸을 말이오?"

"저번엔 제가 놀아주었으니, 이번엔 선비님 차례이지 않겠습니까?"

선비가 소리 내어 웃었다. 소리가 씻은 듯 맑게 들렸다. 저 웃음소리는 본래 왕의 몸에 든 것인데, 어찌 왕의 몸에서는 보이지 않고 선비의 몸에서만 나오는지 알 수 없었다.

가소로운 아이의 말에 선비가 짧게 대꾸했다.

"놈과 몸은 다르지 않겠소."

"생각하기 나름입니다."

"호기심이오?"

"그 이상의 것을 보기 위해서입니다."

호기심 그 이상. 선비는 욕정을 생각했다. 욕정을 지나 그 이상의 것을 생각했다. 왕의 자격으로, 눈앞에 선 어린 것의 몸을 생각하면서 자신의 몸을 떠올렸다. 부드러운 살결과 단단한 근육을 생각했다. 어린 것의 몸에서 죽은 고려왕들의 무덤이 보였다. 어린 몸에서 사막 같은 능선이 펼쳐질 때, 사직을 지탱하는 조선의 골격을 생각했다.

서둘지 말아야 할 것인데, 오늘 밤만큼은 오래 달리고 싶었다. 뒤태가 발달한 수말의 본능으로…… 밤이 지나도록 끝없이 달리고 싶었다. 선비의 입술은 금세 말라 있었다.

명무가 말을 이었다.

"성균관 학록의 몸은 어떠한지 보고 싶을 뿐입니다."

"시들어가는 선비일 뿐이오. 그 사지가 무에 그리 보고 싶소?"

"제겐 반드시 보아야 할 이유가 있습니다."

……왕의 몸을 알아야 왕을 그릴 수 있으리니…….

뱉을 수 없는 말이 명무의 머릿속을 맴돌았다. 생각하지 않아도 떠오르는 말 속에, 명무는 어진의 완성을 생각했고, 시해를 생각했다. 두 생각은 합쳐지지 않았으나, 고려유민들의 죽음에서 떠오른 핏빛만큼은 언제나 또렷했다. 그럴진대, 왕의 초상이 저를 위한 것인지, 왕을 위한 것인지, 명무는 알 수 없었다. 어진의 완성이 사직의 대업이라면, 어진 저편에서 손짓하는 왕의 시해는 멀고 아득하기만 했다.

"생각이 많으면 생각 속에 갇히는 것 아니겠소?"

선비의 음성이 샛노란 천에 휩싸여 꿈결처럼 들려왔다. 명무는 오직 어진의 힘으로 왕의 몸을 바라보고 싶었다. 어진의 전통으로 왕의 골격과 근력과 정맥을 더듬어 저 아득한 깊이로 잠겨 있는 왕의 사지를 경험하고 싶었다.

선비의 어깻죽지에서 만져지던 완고한 골격이 떠올랐다. 그것은 손이 아닌 오감으로 느껴야 하는 것이었다. 명무는 적과 동지를 생각했다. 적으로서 왕과 동지로서 선비는 내통하지 않고 단절되어 있었다.

왕과 선비는 명무에게 적인 동시에 동지였다. 왕은 적일 것이되, 선비는 어찌 동지가 되는지 알 수 없었다. 명무는 왕의 적은 선비의 동지이며, 선비의 적은 왕의 동지가 될 수 없다는 생각을 했다. 선비의 동지는 왕의 적일 뿐이며, 선비의 적도 왕의 적일 뿐이었다.

들창 밖으로 눈이 내렸다. 달빛이 사라진 전각들이 다른 세상의 나무들 같았다. 천지를 덮는 눈발은 다른 세계에서 건너온 꽃잎 같았다. 선비가 들창 바라보며 입을 벌렸다.

아, 선비의 입에서 나른한 몸의 탄성이 들려왔다. 코끝이 찡하고 눈물이 났다. 명무가 물끄러미 선비를 바라봤다. 밤사이 선비의 길은 가물거렸다. 멀고 까마득한 길이 보였다.

선비가 무뚝뚝한 얼굴로 말했다.

"허나, 같이 벗어야만 할 것이오."

"……."

명무는 대꾸하지 않았다. 선비와 눈이 마주쳤다. 하루가 지나듯 길고 멀게 느껴졌다. 선비가 눈에 힘을 주자 그제야 명무가 고개를 끄덕였다.

선비가 샛노란 천 뒤로 돌아갔다. 천을 사이에 두고 선비가 검정 끈을 풀고 흑립(黑笠)을 벗었다. 세조대(細絛帶)를 풀고 솜으로 누빈 도포를 벗었다. 손을 멈추고 천 너머에서 명무를 바라봤다. 명무가 장식 없는 두꺼운 장옷을 벗어 내렸다. 무거운 소리가 들렸다. 명무가 선비를 바라봤다. 선비가 은실로 박은 용무늬 저고리를 풀어서 벗었다. 맨살의 둔덕이 빛을 튕겨냈다. 선비가 고개를 끄덕였다. 명무가 솜으로 누빈 저고를 벗었다. 가슴을 감싼 검정 싸개가 드러났다. 명무가 선비를 바라봤다. 선비가 고개를 가로저었다. 명무가 주저했다. 선비가 기침했다. 명무가 검정 싸개를 걷어 올렸다. 가슴에서 잔 빛이 뛰어올랐다. 선비가 숨을 들이켰다. 뱉을 때 솜을 채운 바지를 내렸다. 바람이 불었고 살결이 시렸다. 선비의 아래는 검고 어두웠다. 무성한 숲에서

까치들이 날아다녔다. 선비의 표정은 굳어 있었다. 명무를 바라볼 때, 멀리에서 부엉이가 울었다. 명무가 바지 끈을 풀었다. 골반을 따라 흰 살결이 천 너머에서 흔들렸다. 바지 끈을 놓자 숲에서 날아다니던 까치들이 선비의 몸으로 돌아갔다. 명무의 골반에서 잔 빛이 솟았고, 선비가 숨을 멈추었다. 선비가 팔을 들어 자리를 돌았다. 명무가 팔을 벌려 느리게 돌았다.

눈이 내렸다. 들창 너머 구름 속 달빛이 둘을 흘겨봤다. 어지러운 춤사위가 이어졌고, 숨이 차올랐다. 선비가 맴을 멈추고 명무를 바라봤다. 샛노란 천 너머 희디흰 학춤은 외롭고 슬퍼 보였다. 명무가 선비를 바라봤다. 선비의 몸은 젊은 소나무 같았다.

"만지고 쓰다듬게 해주셔요."

춤을 멈추고 명무가 말했다. 밤새 이어질 것처럼 보이던 희디흰 학의 춤사위는 처연하면서도 느린 홍학의 춤으로 돌아가 있었다. 명무의 눈에 물기가 보였다. 선비가 대꾸했다.

"야하지 않겠소?"

선비의 입에서 나온 '야'한 의미를 명무는 알 수 없었다. 만지고 쓰다듬으면 저절로 야해지는 것인지, 만지고 쓰다듬으며 생각에 머금은 후에라야 야해지는 것인지, 그 야함은 선비의 몸을 말하는 것인지, 명무의 손길을 말하는 것인지 알 수 없었다.

"그런 말은 처음 들어봅니다. 허나 부담 갖지 마셔요. 오래 쓰다듬지는 않을 것입니다."

명무의 목소리가 떨렸다. 천 너머 선비가 고개를 끄덕였다.

"이렇게 반듯이 몸을 누이면 되겠소?"

선비가 바닥에 몸을 누이며 말했다. 선비의 몸에서 등이 붉은 연어들이 뛰어오르는 것 같았다. 연어들의 길항이 어디까지 이어질지 까마득히 멀어 보였다. 연어들이 물길을 거슬러 오를 때, 선비의 몸은 깊고 너른 강물이 되고 싶었다.

명무가 천을 당겼다. 샛노란 천이 나풀거리며 선비의 몸을 덮었다. 천으로 덮인 선비의 몸은 바람 부는 산악 같고 깎아지른 비탈 같았다. 명무가 천을 들추었다. 선비가 눈을 감았다.

선비의 몸을 따라 깊고 너른 강물이 흘러갔다. 왕의 몸은, 강과 강이 합쳐진 바다가 될지 몰랐다. 강과 바다, 그 중간은 생각나지 않았다. 강이든 바다이든 결국 하나로 이어진 물결이며 그 물결은 오직 오늘 밤에만 유효해 보였다.

명무가 손을 뻗었다. 선비의 몸은 매끄럽거나 부드럽진 않았다. 사내의 몸은 여인의 몸과 다르게 소리와 끈기로 채워진 듯이 보였다. 선비의 몸에서 근육이 만져졌고, 근육은 고루 퍼져 있었다. 선비의 가슴은 왕들의 무덤 같지 않고 오목한 쟁반을 엎어놓은 것 같았다. 쟁반을 두드리면 근력이 좋은 구리 소리가 나올 듯이 탄력이 느껴졌다. 선비의 숨소리가 고르게 들렸다. 귓가를 불어갈 때, 전신을 찌르는 바늘이 보였다. 뜨겁고 아득한 것이 어깻죽지를 따라 능선을 기어갔다. 명무가 숨을 끌어당겼다. 선비의 아래에서 소용돌이 같은 수풀이 보였다.

아아, 이것이 선비의 몸이고 왕의 몸이구나. 왕의 몸은 단단한 근육과 나무 같은 골격으로 짜여진 조합체로구나. 고목 같은 살결 마디에 수컷의 냄새가 들어 있고, 이것이 왕의 몸이구나. 만져보고, 쓰다듬었다. 입술을 대면 몸이 몸을 끌어당기는 이것이 왕의 몸이구나. 꿈결 같은 이것이 그토록 바라 마지않던 왕의 몸이구나. 명무가 긴 숨을 내쉬었다.

선비의 표정은 잘 보이지 않았다. 선비가 말없이 명무의 손길을 견디었다. 명무가 말했다.

"선비님의 몸은 산악 같습니다."

"산악이라……."

"몸과 몸은 나눌 수 있는 것이라고 들었습니다."

선비가 명무를 바라봤다. 동자에서 노란 사슴뿔이 보였다. 선비의 목젖이 꿈틀댔고, 순간 명무의 어깨를 끌어당겼다. 바닥에 몸을 누일 때 부엉이 소리가 들렸다. 명무의 입에서 신음소리가 나왔다.

선비가 겨우 말했다.

"보고 만지고 싶소. 괜찮겠소?"

선비의 목에서 오래 굶주린 숨소리가 들려왔다. 떨리는 목에서 외로운 근성이 느껴졌다. 선비를 바라봤다. 선비의 숨소리가 아득히 들렸다.

"오늘이 지나면 아무 소용 없을 것입니다. 오늘 밤만큼은 선비님의 것입니다."

너는 쉽고 가벼운 아이냐?

선비는 그 말을 삼켰다. 묻지 않아도, 무거운 몸으로 여기까지
온 것을 알았다. 경회루 연못가 천년 선율을 담은 석상오동에서
신체의 어려움을 보았고, 붓과 칼이 같아질 수 있는 아이의 근성
에서 다시 무거움을 보았다. 역린을 잠재운 외람된 화가의 눈에
서, 그것들은 보였다.

명무의 눈을 바라보며 숨을 몰아쉬었다. 선비의 숨소리는 거
칠고 다급했다.

······오늘밤만큼은 선비님의 것입니다.

그 말 속에 갓 잡아 올린 비린 날것이 보였다. 날것의 날숨 끝
에 아이의 바람은 가혹하게 들렸다. 그 말의 극점을 선비는 이해
할 수 없었다. 이것은 이해의 몫이 아니라, 어쩌면 몸의 바람이
라고, 선비는 생각했다. 생각 끝에 선비의 몸이 명무의 몸을 덮
었다. 오래도록 느리고 거칠게 선비는 명무를 탐했다.

몸이 몸을 알아보는 데 걸리는 시간은 한 번이면 족했다. 그
이상은 의미가 없는 것이라고, 명무는 생각했다. 선비의 몸에서
눈보라가 일었고, 명무가 눈보라를 헤치며 손을 뻗었다. 선비의
등에 기어이 손톱자국을 내고서야 명무는 고른 숨을 내쉬었다.
들창 너머 눈이 내렸고, 춥지 않았다. 몸은 고구마 순처럼 끓어
올라 오래도록 식지 않았다.

왕의 몸은 살과 뼈와 끈기로 채워져 있었다. 능선에서 바람이 불어갔고, 살결 위로 달이 기울고 차기를 반복했다. 왕의 몸을 눈과 귀와 입과 손과 머릿속에 새길 때, 살과 골격 능선은 완고한 인상을 주었다. 왕의 몸은 가혹하면서도 부드러웠는데, 몸과 몸이 부딪히면서 들려오는 소리는 몸의 끈기에 묻혀 들리지 않았다. 몸이 몸을 알아볼 때, 몸과 몸은 간극이 사라지면서 하나가 되는 것 같았다.

그 끝은 허상에 지나지 않음을 선비는 알았고, 명무도 알았다. 명무의 몸은 사막 같았고, 선비의 몸은 사막 가운데 자란 왕성한 나무 같았다. 다시 눈이 내렸다.

새벽 무렵 내관을 따라 느린 걸음으로 돌아갔다. 내관의 등롱은 오래도록 흔들렸다. 꿈속 같기도 하고 생시 같기도 했다. 노인은 잠들어 있었다. 침상에 들어가 몸을 누이면서 왕의 몸을 생각했다. 그 몸이 명무의 손과 머릿속에 샛노란 빛살로 각인되어 있었다. 피곤한 새벽이었다.

회繪,
그 시작과 끝

아침나절 햇살이 창을 타고 넘어왔다. 눈이 개어 있었다. 하늘
은 눈부셨다. 아침은 새들의 재재거림에서 시작되고 있었다.

조식을 마친 명무가 노인과 나란히 초본을 바라봤다. 초본 위
에 비단을 놓고 윤곽선을 따라 그려나가는 상초(上肖) 순서였다.
중년의 동참화사가 일찍 도감으로 나가 화견(畵絹)을 가져왔다.
동참화사의 얼굴은 굳어 있었다. 강혜의 얼굴에서 생기가 돌았
다. 지난밤 동참화사와 약속한 무지개떡은 까맣게 잊은 듯이 보
였다. 동참화사도 무지개떡은 생각에 없는 것 같았다.

동참화사가 화견을 초본 위에 펼쳤다. 도감에서 가져온 화견
은 투명도가 높고 발색이 좋았다. 길이가 열다섯 자, 폭이 열한
자 크기의 비단은 구하기 어려웠다. 명나라와 일본의 비단은 어
진에 사용할 화견으로 적당하지 않았다. 길이는 문제되지 않았

으나 폭이 문제였다. 정련하지 않은 두 폭의 비단을 가져다 화원들이 직접 올과 올을 엮어 결봉해야 했다. 그 방법을 뛰어넘는 방법은 없다고, 동참화사가 말했다.

결봉한 비단은 사방 반 치의 여유를 두고 쟁틀에 고정시켰다. 날줄과 씨줄이 틀어지거나 기울어지지 않아야 했다. 쟁틀에 아교를 포수(泡水)할 때 강혜의 눈빛은 고요했다. 아교가 건조되는 동안 비단이 접히거나 휘어지지 않아야 하므로, 사면을 팽팽히 당겼다. 쟁틀은 잘 건조된 나무를 골라 꺾이는 네 부분이 서로 깍지 끼도록 마무리했다. 나무는 적당한 두께로 가벼워야 했다.

쟁틀에 화견을 고정시킨 후 명무는 상초에 들어갔다. 비단에 비친 초본을 그대로 그려내는 작업이므로, 많은 시간이 들지 않았다. 상초는 이틀이 걸렸다. 동참화사는 숙소로 돌아갈 때 조용히 웃었다. 강혜의 이마엔 땀이 맺혀 있었다. 허리 숙여 절하고 숙소로 돌아갔다.

다음 날 동참화사는 나오지 않았다. 심한 몸살이라고 도감에서 나온 화원이 말했다. 비단을 잇고 쟁틀에다 고정시키면서 동참화사는 무리한 모양이었다. 정본설채(正本設彩)는 비단에 직접 색을 입히는 회(繪)의 작업이므로 동참화사 없이는 어려웠다. 노인이 성난 얼굴로 화원을 돌려보냈다. 화원을 뒤쫓아 도감에 갔다가 돌아와서는 서두르기부터 했다. 화원들에게 분풀이라도 하고 온 모양이었다.

명무가 강혜를 데리고 설채할 순서를 정했다. 본래 채색은 수종화원이 화견 뒷면에 배채(背彩)하는 것인데, 명무가 직접 채색하는 게 좋을 듯했다. 강혜가 옆에서 수족처럼 거들었다.

각 영역마다 개별의 색상에 맞는 재료를 준비했다. 색료는 고유한 오방색에서 폭넓게 안배했다. 강혜가 붓을 씻은 후 크기와 용도에 맞게 탁자에 나열했다. 석채(石彩), 분채(粉彩), 편채(片彩)를 그릇에 담고 금박과 니금을 곁에 두었다. 아교를 불가 적당한 자리에 두어 녹였다. 아교는 자주 쓰이지 않는 대신 색료의 고착을 위해 사용해야 했다. 성질이 차가워 다른 색료와 잘 섞이지 않았으나 접착 효과가 뛰어났다. 백반을 따로 그릇에 담았다. 화견에 좀과 곰팡이가 붙지 않도록 방부 효력을 지녔다. 노인이 백반을 입에 대보고는 진저리를 쳤다. 강혜가 백반을 멀찍이 두었다.

화를 누그러뜨린 후에서야 노인이 입을 열었다.

"색을 입혀야 할 것이다. 마음의 준비는 되었느냐?"

"예, 스승님."

명무가 짧게 대꾸하고 눈을 감았다. 강혜가 뒤에서 지켜봤다.

"마음을 비우거라. 그리할 수 있겠느냐?"

"마음속에 무엇이든 담지는 않을 것입니다."

노인이 크흠−, 기침 끝에 길게 말을 늘였다.

"앞으로 한 달이다. 시간은 넉넉하다. 붓을 엄히 다스려야 할 것이다. 화가 마련되었으니, 색을 꾸미되 사실됨을 넘어서지 마라. 여백의 색을 만들지 마라. 붓에다 과거를 끌어대지 마라. 회는 마음에서 오는 것. 붓 가는 대로 따르되, 보편적이고 균등하게 가하는 것이 첫째다."

노인의 말이 어려웠다. 어려운 말을 쉽게 돌려 생각할 수는 없었다. 노인의 말을 숙지하듯 분명하게 대꾸했다.

"보편된 색을 찾아 균등하게 붓을 가할 것입니다. 끝을 지향하되 가라앉혀서 갈 것입니다. 완성을 가져오되 멀리 있는 것을 끌어들이지 않을 것입니다."

강혜가 말없이 명무를 바라봤다. 명무와 눈이 마주치자 강혜가 소리 없이 웃었다.

노인이 말했다. 목소리에 힘이 배어 있었다.

"너의 말은 옳다. 허나 맹목하지 말고 과신하지 마라. 완벽을 기하지 마라. 왕의 휘에 입각하되, 위상을 넘어서지 마라. 존엄을 위태롭게 하지 말고 금기를 위배하지 마라. 왕의 골자를 두려워하지 마라. 회화는 세상 위에 흩어진 색을 모으는 것. 회화는 화와 회가 만나 하나가 될 때 완성된다. 너의 회에는 세상을 뒤흔드는 채가 들어 있으니, 너만의 색을 선택해서 무겁게 가거라. 색으로 색을 쌓지 말고, 마음으로 색을 받혀서 마음 가는 대로 진입하거라. 네 몸과 마음이 가는 곳에 색이 기다리고 있을 것이다. 가서 곧게 펼치거라."

색을 뿌려 세상에 없는 색을 찾아내는 것이 회화라고, 노인은 말하고 있었다. 두 갈래가 깊은 데서 만나면 서로 원만해져 상충하지 않고 오래가는 것이라고, 노인은 덧붙이고 있었다. 오래 생각에 머금다 뱉은 말처럼 깊게 들렸다. 붓을 가할 때 그것들이 생각날지 의문이었다.

"어진에 집중하면 제 뜻과 스승님의 뜻이 하나가 될 것입니다."

"그것만이 네가 이르고자 하는 곳에 닿을 수 있을 것이다."

대답 대신 명무가 붓을 쥐었다. 스승을 긍정하고, 왕을 긍정하고, 자신을 긍정하기 위해 붓을 쥐는 것은 아니라고 생각했다. 쥔 붓이 뜻한 바를 알아서 마음먹은 대로 가해지면, 그것만큼 넘치는 일도 없을 것이었다. 간밤 샛노란 천 아래에서 어진의 완성을 맹세했었다. 강혜가 조용한 눈으로 붓을 든 명무를 바라봤다. 강혜는 웃지 않았다.

색을 가하지 않은 상초에선 용안의 채색이 우선이었다. 용안의 윤곽을 따라 선염하여 묘사해 들어갔다. 술이 부드러운 중필로 안면을 배채하여 고루 밝게 했다. 아청색 곤룡포의 강렬한 색상에 대조되고 그것과 어울릴 수 있도록 살아 있는 색좌를 찾아 용안에 혈기를 북돋았다. 주름과 표정의 음영 외에는 강한 붓 자국을 삼갔다.

머리와 이마를 덮은 익선관은 아청색 곤룡포와 더불어 왕의 평상 집무복이므로, 관은 화려하지 않은 검정색으로 채색해 들어갔다. 두 개의 단으로 나눈 모체를 먹으로 윤곽을 감싸면서 입체적인 관에 주력해 그렸다. 높음과 낮음을 먹의 농도로 구분 지었다. 관의 앞쪽 턱과 뒤쪽 턱의 경계를 음영으로 대비되게 해서

색을 강조하지 않고도 위엄이 살아 있게 했다. 두 개의 각은 가느다란 먹선으로 윤곽을 다시 잡았다. 옅은 먹으로 그 안을 채웠다. 양각에 높지 않은 위엄을 나란히 그려 넣었다.

용포의 진정은 색상에 있었다. 전체적으로 아청색을 칠한 후 양어깨와 가슴에 황금색 둥근 용문을 그려 넣었다. 어진의 지엄을 원형의 다섯 발톱 용문으로 못 박았다. 용의 비늘에 니금을 박아 섬세한 금빛이 돌도록 했다. 청색과 금색의 화려한 색상 대조에서 추상같은 존엄은 드러났다.

허리에 찬 옥대는 용포의 단조로움을 배격하는 취지였다. 안정된 균형감을 불러오기 위해 용도를 분명히 했다. 옥대는 곤룡포나 왕비의 적의(翟依), 왕자의 자적용포(紫的龍袍) 위에 두르는 것이 대개였다. 우선 금색 비단의 질감으로 띠를 만들었다. 바탕을 금색으로 배채한 후, 홍색 비단의 질감 안에 두 마리의 용이 투각된 옥판이 되게 대구를 꾸몄다. 용의 형상을 전채하여 입체적인 옥대를 그려 넣었다.

청색 곤룡포와 어울리는 선홍색 등받이 어좌를 그려 넣자 비로소 어진의 본보기에 이르는 느낌이 전해왔다. 금줄의 정밀한 연화문과 함께 다양한 무늬와 색채의 채전을 화면 중간까지 높임으로써 청색 곤룡포, 선홍색 어좌와 어울리도록 중후함을 더했다. 화려하지 않으면서 우아한 권위의 표방이었다.

채색에만 스무날이 흘러갔다. 동참화사는 이레가 지난 후에서야 나왔다. 간혹 조언을 했으나 큰 의미는 없었다. 한쪽에 앉아서 노인과 넌지시 설채하는 모습을 지켜보는 것으로 소임을 다했다. 붓을 씻거나 잔일은 강혜가 도맡았다. 노인도 명무도 강혜도 동참화사를 탓하지 않았다.

다음 날 동참화사가 어디서 구했는지 금실로 직조한 한 쌍의 용문 풍대와 옥축을 가져와 유소의 격식을 차렸다. 이는 백성과 군왕의 하나됨을 상징했다. 더불어 대륙을 향한 웅비와 업적을 추앙하는 취지였다.

한 폭의 어진이, 주술을 배격한 추상의 질감 위에 채색하기란 무난하지 않았다. 어진 자체가 왕의 정신세계와 사실상의 어용을 기리기 위한 것이므로, 그만큼 엄격에 입각해 그려내야 했다. 사후 전설상의 왕조를 명백히 함으로써 후예들과 나란히 내세를 궁극으로 삼아야 했다. 추상적인 염원이었으나, 방원은 한 폭의 초상화 안에서 근엄한 얼굴로 세상을 굽어봤다.

왕은 마음 안에서 다스릴 수 없는 깊은 곳의 존재인 것. 왕은 마음 밖에서도 다스려지지 않는 무거운 존재인 것. 명무의 눈에 왕은 세상 모든 고뇌를 짊어진 자로 보였다.

해거름이 해태상 머리 위에 소리 없이 내려앉았다. 어스름 빛이 고왔다. 저녁은, 여름에 말라죽은 게아제비처럼 버석거리지 않고 잔잔히 고인 물 같았다. 남은 빛이 서편으로 몰려가면 나랏집들은 일제히 붉은 물속에 잠겨 들었다. 대궐 지붕마다 금빛이 돌았다. 먼 산들이 일제히 읍하여, 서로 어깨를 걸고 궁의 평화를 수호했다.

궁 밖 능선을 짚고 떠오른 달이 땅을 압박해 웅웅웅—, 울었다. 어둠이 한 뼘씩 빛을 덮자 밤은 성글어들었다. 빛은 본래 있어야 할 곳으로 돌아갔다. 어둠은 본래 있어야 할 곳이 아니어도 무심히 와서 경계를 허물고 멀리 나아갔다.

한 달째 되는 날 동참화사와 강혜가 어진을 들고 도감으로 갔다. 노인과 명무가 조용히 뒤를 따랐다. 도감에 배속된 화원들이 표정 없이 어진을 받았다. 사흘 후 심사가 시작됐다. 심사는 열흘 동안 진행됐다. 앞에서 보고, 옆에서 보고, 뒤집어 보았다. 벽에 걸어서 보거나 눕혀서도 보았다. 저녁때 끼니를 가져온 나인이 우열을 가리지 못해 심사관들이 고심하는 중이라고, 전했다.

몇 축의 어진은 용안의 분별이 흐릿했다. 몇 축은 심혈을 기울인 나머지 기백이 지나쳐 보였다. 어떤 어진은 익선관과 곤룡포, 어좌의 묘사에서 사실에 입각하지 않고 과장된 묘사로 인해 탈락되었다.

왕의 얼굴이 사실과 전혀 다른 것도 있었다. 누구를 그렸는지 알 수 없을 정도로 불분명한 어진은 순위에서 제외됐다. 왕을 받드는 기상이 지나쳐 순수의 용안을 볼 수 없는 것도 탈락의 이유가 됐다. 너무 어질고 인자한 나머지 볼수록 우스꽝스러운 어진도 탈락 순위에 들었다. 정밀한 용안을 재현하기 위해 수염 하나하나까지 극사실화에 입각한 어진도 탈락의 고배를 들이켰다. 실물보다 더 사실적인 초상은 실제 왕보다 더 왕다움이 그 이유였다. 이는 왕의 존함과 나란한 함자를 사용하거나 그와 관련된 자(字), 형(形), 색(色)을 사용할 수 없도록 한 휘(諱)에 관한 금기의 원칙, 그 엄격이 부른 결과였다.

여러 관점들이 하나의 기틀 위에 서서 관찰되었다. 정밀한 심사를 위해 열 명이 넘는 화원들이 열흘 동안 합숙했다. 심사관들은 보되, 마음과 눈과 몸의 통일된 구심점 아래에서 깊이 관찰했다. 심사 끝에 화원들이 명무와 선비화사의 어진을 최종 어진으로 선정했다.

두 축의 어진은 먼저 용안을 지탱하는 혈색이 온화하고, 간결한 선묘로 절제된 이목구비 묘사가 뛰어났다고, 심사를 맡은 화원은 말했다. 이는 배채에 의해 왕의 성정이 은근한 혈색으로 살아 있고, 색의 질감이 왕의 정신세계를 이끄는 추상화의 조건을 충족시켰다고도 했다. 또한 전신의 묘사에서 온건한 성리학적 관점을 위배하지 아니한 것이 평이하면서도 특출했는데, 둘 다 탁월했다고 화원은 덧붙였다.

엄격한 준용에 입각한 어진도 어느 구석에서는 틈이 있기 마련이었다. 두 축의 어진은 하나의 왕을 추앙했으나 각기 다른 시각에서 제작됐다. 회화의 완성도에서 우열을 가릴 수 없으나 분명 다른 무엇이 있었다. 두 어진은 서로 깊이가 달랐고, 왕의 정신세계를 이끌어내는 관점이 서로 달랐다. 왕의 위엄을 상징하는 용의 존재, 그 형이상학적 대칭과 비대칭의 의미를 어느 한쪽에서는 분명하게 지키지 못했다. 심사관들은 끝내 그것을 들추어 내지 않았다. 어느 면에서는 용납될 수 없는 실수였으나 일 개 화원의 개입으로 그것은 묵인되고 감추어졌다. 옆 화방을 드나들던 화원의 위세는 화원들의 눈을 딴 곳으로 돌리게 할 만큼 유력했다.

최종에 와서 방원과 종친당상들의 논상(論賞)에서만큼은 오류를 감추지 못했다. 방원은 어진을 정확히 꿰뚫어 보았다. 감춘다 해서 감추어지지 않는 것이므로, 이를 정밀하게 보지 못한 심사관들을 방원은 불러 세울까 망설였다. 어진의 엄격을 모르는 바 아니었으나, 방원은 두 어진을 거두어들임으로써 심사관을 불러 세우지 않았다. 심사관을 배려한 그것이 잘한 일인지 알고 싶지도 않았다. 더군다나 자신의 초상과 관련한 불경한 일을 조우하고 싶지 않았다. 화평한 때에 불경한 일을 건드려 이로울 게 없다는 것도 알았다. 더욱이 이번 처사는 사사롭지 않았다. 신료들의 국문을 피하고 싶어서도 아니었다. 신료들의 감정이 두려워서도 아니었다. 이 일은 다만 상생과 다음에 올 화평에 대한 한 줄기 대안일 뿐이라고, 방원은 생각했다. 그런 생각을 가지고 비방하는 신하는 없었다. 방원은 두 어진을 거두어들임으로써 우수한 어진을 얻는 동시에 스스로 자비한 왕임을 돌이켰다. 그 일은 나랏일에 감정을 품는 신료들과 언쟁을 벌이는 일보다 쉬웠기 때문에 가능했다. 논상의 본보기를 고초로 이어가지 않으려는 방원의 의지는 강고했다.

다음 날 방원은 간소한 자리를 열어 화원들 사이에서 떠도는 소란을 잠재웠다. 심사관들의 노고를 격려하고 그들의 시각을 존중해주면서 방원의 존엄은 가물거렸다. 화원들이 모두 돌아간 뒤 방원은 땅이 꺼져라 한숨을 내쉬었다. 아무래도 종친부 당상들이 문제였다. 두 축의 어진을 놓고 종친들의 설전은 쉽게 끝날 것 같지 않았다.

탈락된 어진 초본은 세초하고, 화견은 한곳에 모아 소각했다. 세초 때 화원들이 자하문 밖 조지소에서 초본을 물에 씻었다. 소각 때 늙은 시녀상궁과 어린 향아와 내시들을 도화서 소각장으로 불러 절하게 하고 곡진히 울게 했다. 세초와 소각 때 성균관 유생들이 불참하여 검서관과 학사들이 꾸지람을 들었다.

붉은 저녁

산들이 바람을 몰아 민가로 몰려갔다.

바람은 민가의 어린 자식과 그 어미아비의 살 속으로 파고들었다. 바람은 사람과 짐승들의 훈기를 수급해 한강으로 내몰았다. 민가에는 날마다 시린 바람이 떼로 몰려와 삼엄한 경계를 선다는 소문이 돌았다. 강변과 나루는 늘 비어 있었고, 다가가면 바람 속에서 화살이 날아들었다.

낮에 짐을 꾸렸다. 강혜가 우울한 얼굴로 화구를 정리했다. 강혜는 생리통을 앓는 아이처럼 가슴을 쓸었고, 이따금 한숨 쉬었다. 강혜의 한숨은 세상이 꺼질 듯이 보였다. 날숨 속에 생선가시 같은 안타까움이 맺혀 있었다. 오후에 강혜가 창밖을 바라보며 딸꾹질을 했다.

저녁때 수라간 한 켠에서 경연자들이 회식을 했다. 삶은 돼지

편육과 상추와 된장과 순대국이 올라왔다. 술도 나왔다. 화사들은 한곳에 앉아 오래 먹었고 거나하게 들이켰다. 밥을 먹으면서 많은 말들이 오갔다. 젊은 수종화원들은 조용히 먹고 일찍 일어섰다. 늙은 주관화사들은 두 축의 어진 선정을 두고 마땅하지 않은 표정들이었다. 존중의 말과 흠집의 말들이 오갔다. 삭임의 말이 섞이어들고, 우국의 말이 빠져나갔다. 말이 말을 덮고, 말이 말을 에워싸며 부풀고 터졌다. 말은 입 밖으로 나오면 주워 담을 수 없다는 걸 알면서도 서로 지지 않았다. 본래 말은 형체가 없고 색깔이 없고 그림자가 없는 것이라고 말했으나, 말에는 엄연히 형과 색과 명암이 동시에 따라붙었다.

화사들이 내뱉는 동시의 말들은 종잡을 수 없는 긴 꼬리를 물고 밤을 건너갔다. 옆 화방 선비화사는 보이지 않았다. 식사를 거른 모양이었다. 눈빛이 무심하거나 소리가 없던 선비화사는 단아하고 과묵해 보였다. 목소리라도 들을까 했으나 그마저 요량이 나지 않았다.

식사를 마친 후 명무가 먼저 일어서겠다고 노인에게 말했다. 노인이 고개를 끄덕였다. 중년의 동참화사는 불쾌하게 취해 있었다. 일찌감치 수저를 내려놓은 강혜는 무료한 얼굴이었다. 많이 먹지 않은 대신 통통 부은 얼굴이었다. 끼니가 못마땅한 것 같진 않았다. 무슨 일인지 얼굴엔 수심이 가득했다. 강혜를 일으켜 밖으로 나왔다.

수라간을 나와서도 강혜는 내내 말이 없었다. 젖은 눈빛의 안색은 메마르고 차가워 보였다. 목소리에서 물기가 떨어졌다.

"화사님, 화사님은 이제 어디로 가셔요?"

강혜의 목소리는 부드러우면서 섬세하게 들렸다. 이 아인 외로운 근성을 지닌 아이라고 생각했다. 경연이 끝나는 대로 각자의 본향으로 흩어지는 건 당연한데, 이 아인 그게 아닌 듯했다. 강혜의 예감은 돌다리를 건너가듯 신중해 보였다.

명무가 손끝으로 밤하늘을 가리켰다. 손끝에 별이 보였다.

"조선 너머 먼 곳으로 가고 싶어요. 여기서는 보이지 않는 더 멀고 먼 곳……."

강혜의 시선은 별을 향하는지 손끝을 향하는지 알 수 없었다. 강혜의 목은 젖어 있었다.

"그런 곳이 있기나 한가요? 그런 곳은 갈 수 없는 것 아닌가요? 가도 가도 끝이 없는 그런 세상은 세상 어디에도 없는 것 아닌가요?"

순간 지장의 말이 떠올랐다.

……흰머리산 기슭에 종이로 옷을 지어 입고 사는 무리가 있네. 그들은 종이 하나로 다른 세상을 살아가네…….

그 말은 쉽게 잊히지 않았다. 종이옷을 지어 입고 다른 감성으로 다른 세상을 살아가는 무리들. 정말 그런 사람들이 있기나한 건지. 눈을 감아도 종이옷을 입은 사람들은 보이지 않았다.

강혜의 눈이 어두웠다. 조선 그 너머엔 무엇이 있을지, 망상으로 들끓는 조선 너머엔 무엇이 기다리고 있을지, 알 수 없는 그것을 강혜는 머리로 헤아리는 모양이었다. 표정이 우울해 보였다. 초롱한 눈빛이 그림 속 여인네 같았다.

"화사님, 화사님은 왜 여자이면서 내 마음을 흔들어놓으셔요?"

명무가 물끄러미 강혜를 내려봤다. 침착한 강혜의 얼굴을 바라보며 명무는 직감했다. 수종은 내가 가질 수 없는 뜬구름 같은 자유를 가진 아이라고, 이 아인 저로 인해 사무치는 것이며, 내가 갈 수 없는 먼 곳까지 내다보는 아이라고. 어쩌면 수종은 내가 이룰 수 없는 일을 성취할 수 있는 아이이며, 원하면 무엇이든 가질 수 있는 아이라고. 떠밀려오는 세상을 나무처럼 견딜 수 있는 아이라고, 생각했다.

명무가 대꾸했다.

"마음을 이야기하는 데 여자 남자가 따로 있나요? 언니가 없어요?"

"없답니다. 동생도, 오래비도……."

말해놓고 강혜는 소리 없이 웃었다. 사적인 물음에 정직하게 답해놓고 이 아인 몹시 수줍은 모양이었다. 쑥스러운 그것은 보이지 않는 조선 너머의 땅을 찾아가는 것보다 구체적이고 사실적이라는 생각이 들었다. 수종과 나누고 싶지 않은 말인데도 마음대로 되지 않았다. 까닭이 있을 것이라고 짐작했다.

명무의 목에서 설익은 감향이 묻어왔다.

"사실과 그림은 달라요. 지금 우리의 존재도 실상은 그림의 일부일지도 몰라요."

명무의 말에 강혜가 한숨을 내쉬었다. 강혜의 목소리에 무뚝뚝한 감정의 배어 있었다.

"난 정직한 걸 원하지 않아요. 난, 나 자신에게 솔직하고 싶을 뿐이지······."

수종의 목소리는 여인의 음색을 버리고 중성적으로 들렸다. 내명부에서 수종을 씻길 때 벗은 몸이 떠올랐다. 수종의 뼈와 살들은 깊고 치명적이라는 생각이 들었다. 더운 물에 누이면서 수종은 설익은 과일 향을 냈다. 떫거나 비린 그것은 수종의 몸에 알맞게 분포되어 있었다. 살결 어딘가에서 종이의 감촉이 느껴졌다. 벗은 몸은 무수한 닥과 닥이 억눌린 종이처럼 희고 부드러워 보였다. 오목한 젖가슴에서 죽은 왕들의 봉분이 보였다. 무덤은 출렁거리지 않으면서 창밖을 응시했다. 잘록한 허리에서 연민이 묻어났다. 골반 능선은 관능적이었다. 젊고 왕성한 몸에서 탄력이 느껴졌다. 입체의 질감을 가진 수종의 몸은 고요하면서도 어여뻤다.

수종에 대한 생각은 기발하거나 특별하지 않았다. 떠오르는 것에 대한 솔직한 생각일 뿐이었다. 솔직과 정직은 다를 것인데, 그러면서도 이 아인 설익은 과실 같다는 생각을 했다. 생각 속 과일이 무슨 과일인지 생각나지 않았다.

수종이 숙소 앞에서 걸음을 멈추었다. 궁궐의 전각들이 무료한 삭신을 누이며 먼 밤 기슭으로 떠날 채비를 했다. 별들이 총총한 하늘 모서리에서 부엉이 울음이 들려왔다.

문득 명무의 목에서 잔별이 돋았다.

"어진을 그리면서 내내 죽음을 생각했어요. 그런 기분이 어떤지 알아요? 삶을 망각하는 일은, 밤이 오고 달이 뜨는 것과 달라요. 삶이 얼마나 어려운지는 알고 있나요?"

"화사님은 언제나 어렵기만 하군요. 철딱서니 없는 난 어찌해야 하지요?"

달빛을 받은 전각들이 속절없이 떠내려갔다. 밤은 멀리까지 스산하게 번져갔다가 무거운 정적을 끌고 왔다. 창백한 밤이었다. 명무가 말을 이었다.

"초본을 그릴 때 왕의 눈빛은 서글퍼 보였어요. 용안은 무언지 모르게 깊은 슬픔에 차 있었어요. 우울하고 간절해 보이는 눈빛이었어요. 속을 들여다볼 수 없는 검은 구멍의 눈빛은 죽음까지 함축한 듯이 보였어요."

"죽음은 모두에게 공평한 것이라는데, 왕이 됐든, 그 누가 됐든……."

"공평한 죽음이 누군가에겐 죽음 이상일 수 있다는 생각이 들었어요."

"화사님, 전 죽음에 대한 생각이 깊지 못해요. 죽음을 죽음 이상으로 받아들일 준비도 되어 있지 않고요."

강혜가 명무의 손을 잡아끌었다. 대범한 눈빛 앞에 명무는 손이 떨렸다. 이 아이에겐 주저할 수 없는 끌림이 전해온다고, 생각했다. 이 아이 앞에서만큼은 죽음마저 건너가는 삶의 집착과 외로운 근성이 느껴진다고, 생각했다. 이 아인 대체…….

강혜가 내명부 한곳으로 명무를 이끌었다. 호롱을 밝혀둔 강혜의 숙소는 잘 정돈되어 있었다. 화로에서 잔 잉걸이 열기를 품었고, 잉걸마다 불꽃이 돋았다. 불빛 닿는 벽 모서리에 초상화가 걸려 있었다. 눈빛이 검게 그을린 초상화의 여인은 웃지 않았다. 윤곽이 뚜렷하고 색이 간결한 그림 속 여인은 한 손에 붓을 쥐고 있었다. 붓이 눈이 익었다.

명무가 그림을 바라보며 말했다.

"솜씨가 좋아요. 눈만 다듬으면 좋은 그림이 될 것 같은데……."

"누군지 알아보시겠어요?"

"붓을 들고 있는 걸 보니 화가 같아요."

몸에서 뜨거운 물이 새어 나가는 것 같았다. 종잇장을 뚫듯 물은 고요하면서도 끈기 있게 몸 안의 온기를 밖으로 퍼 나르는 것 같았다.

"맞아요, 바로 화사님이에요."

강혜의 마음은 헤아려지지 않았다. 독한 눈매를 감추고 무엇을 생각하고 있는지, 그 알 수 없는 생각이 저녁을 붉게 물들이는 것 같았다. 명무가 물었다.

"본래 나를 감추고 다른 나를 묘사해놓은 것 같아요. 어쩌죠? 난 저 그림보다 못났는데, 너무 잘 그려준 것 같아요."

"화사님은 그림보다 훨씬 출중하셔요."

명무가 소리 없이 웃었다. 강혜가 화로를 들쑤셔 불기를 돋우었다. 화로에서 별들이 솟았다. 불은 화로에 저장된 것이고, 별은 하늘에 떠 있는 것인데, 불과 별은 피어오르면서 하나가 되는 것 같았다.

강혜가 말했다. 목에서 가느다란 불꽃이 보였다. 불꽃 너머로 강혜의 초상화가 보였다. 그림 속에서 강혜는 웃지 않았다. 단아한 모습이 수종의 모습과 달라 보였다.

"저는 갈 곳이 없어요. 그림 속에 갇힌 저의 모습에서, 내 삶은 여느 여인과 같다는 생각이 들어요. 화사님 가는 곳으로 저를 데려갈 수 없나요?"

들창 너머 달빛을 받은 내명부 전각들이 먼 곳으로 떠날 채비를 했다. 높다란 서까래를 따라 푸르스름한 색감이 돌 때, 전각 너머에서 이름 모를 새들이 바람을 가르며 선회했다. 새들 속으로 별빛이 떠갔다. 별빛 가운데 새 울음이 요요했다.

명무가 강혜의 말을 받았다.

"삶은 별이 태어나는 것과 다르지 않아요. 사람들 저마다 별과 같이 태어나고, 태어난 숫자만큼이나 빠르게 사라지는 거지요."

강혜가 어두운 눈길로 들창 너머 먼 하늘을 바라봤다. 우주는 강혜의 눈에 들어올 수 없는 무한의 자리임에도, 강혜는 그림 속에서 뛰쳐나가려 했다.

강혜의 젖은 목소리에 명무가 어깨를 떨었다.

"사람들마다 삶이 흔들리는 건 그 삶이 별에 가서 닿을 수 없기 때문이겠지요. 화사님, 저는 화사님 곁에 있고 싶어요. 화사님이 부르면, 저는 그것만으로 기쁘고 행복하다는 걸 느껴요."

이 아이의 삶은 어려운 것이 아니라 자유로운 것이라고, 명무는 생각했다. 생의 자유를 갈망하는 아이의 어려운 말은 마음에 와서 맺혀들지 않았다. 본래 그런 아이는 아닐 것이라고, 명무는 생각했다. 명무가 낮게 말했다.

"모든 별들이 한자리에 가만 있지 않고 돌고 도는 건, 별마다 이루어야 할 사명이 있기 때문이에요. 나는 수종화원을 데려갈 수 없어요. 내 삶은 그림 하나로 명백하기 때문이에요."

능선을 넘어온 바람이 별무리 속으로 가로질러갔다. 세상은 건조해 보였다.

강혜의 눈은 갓 잡아 올린 물고기 눈 같았다. 강혜의 눈물은 이해되지 않았다. 강혜의 눈물은 쩡한 것이 아니라 가슴 한곳을 찌르며 난입하는 화살 같았다.

자시 무렵, 강혜는 겨우 잠들었다. 잠든 수종을 두고 명무는 숙소를 나왔다. 숙소를 나올 때 강혜의 몸은 고요히 빛을 냈다. 수종은 수줍은 아이로 돌아가 있었다. 젊고 왕성한 아이는 전생의 욕망을 누르고 금생에 빛나는 생의 부드러운 윤곽을 좇아갔다. 어여쁜 아이는 새벽할미가 점지한 태몽 끝나는 곳에 잠들어 있었다.

동편 하늘에 유난히 밝은 별 하나가 떠 있었다. 초저녁 서편에 자리를 잡아 태백성이라 불렀다. 새벽이면 동편에 떠올라 샛별이라고도 이름했다. 민가에서는 개밥바라기별이라고 불러 어감이 처연했다. 외로운 별, 금성이었다.

국경 너머 먼 사막 길을 넘나들던 대상(隊商)들은 금성을 가리켜 '비너스'라고 불렀다. 성균관 유생들은 그 이름의 신비를 아꼈다. 비단길을 따라 조선으로 흘러든 서역의 언어는 조선말과 잘 섞이어들지 않았어도 별과 꽃과 색채의 이름에서 몽환은 흘러나왔다. 서역의 언어는 순한 물처럼 건너왔으나, 건너와서는 쉽게 친해지지 않았다.

아비의 붓

화방으로 돌아올 때 머리 위에 잔별들이 놀았다.

옆 화방은 불이 켜져 있었다. 노인은 돌아오지 않았다. 회식 자리가 늦어지는 모양이었다. 옷을 갈아입고 침상에 몸을 뉘었다. 수종과 한 자락 긴 꿈을 꾼 것 같았다. 꿈 밖의 일은 명무의 꿈속에서 겨우 흔들렸다.

자시가 지날 무렵, 노인이 명무를 깨웠다. 노인의 표정은 굳어 있었다. 취기가 가신 노인의 얼굴은 창백하고 핏기마저 지워져 있었다.

"일어나거라."

음색은 차갑고 메말라 있었다. 명무는 황급히 몸을 일으켰다. 노인을 바라보며 묻지 않고 기다렸다. 노인이 침착하게 입을 열었다.

"선비화사가 죽었다."

명무가 놀라움을 감추고 눈을 바로 떴다. 조용히 물었다.

"죽다니요? 왜……."

"도화서 소각장 근처에서 살해됐다."

"스승님, 무슨 일입니까?"

놀라운 그것은 사실 같지 않았다. 노인의 음성은 몽롱한 꿈속처럼 들려왔다. 회식 때 선비화사는 보이지 않았다. 그사이 변이 일어난 것인지, 알 수 없는 그 일은 도무지 감을 잡을 수 없었다.

"너는 곧장 화방으로 들어왔느냐?"

"……."

명무는 답하지 못했다. 수종과 같이 있었다는 말이 입에서 맴돌았다. 입 밖에 낼 수 없는 일이지 싶었다.

"수종과 함께 있었느냐?"

"예, 스승님."

노인의 눈에서 짧은 빛이 새어나왔다. 순도가 높고 날카로워 보였다. 멀리에서 부엉이가 울었다.

노인이 덧붙였다. 노인의 음성은, 부엉이의 꿈으로 건너가듯 노하게 들렸다.

"죽은 자리에 붓 한 자루가 놓여 있었다. 네 것이었다."

다시 부엉이가 울었고, 노인이 한숨을 내쉬었다. 아비의 유품…….

명무가 침상 밑에 놓아둔 봇짐을 풀었다. 붓이 보이지 않았다.

숨을 죽였다. 누군가 풀어헤쳐 가져간 모양이었다. 생각 끝에 떠오른 아비의 붓은 수종의 그림 속에 그려져 있었다. 그림 속에서 명무는 붓을 쥔 채 웃지 않았다. 수종에게 붓을 보여주었을 리 만무했다. 수종이 어떻게…….

명무가 침착한 목소리로 대꾸했다.

"스승님, 저는 종일 선비화사를 보지 못했습니다. 소각장 근처에도 가지 않았습니다. 그 붓은 하나뿐인 아비의 유품입니다."

"안다. 어쨌거나 찾을 수 없을 게다. 순군만호부 별장이 경연에 참가한 화가들을 검문하라고 지시했다."

"젊은 의금부 장교 말입니까?"

잘 찢어진 눈으로 상대를 누르는 무관은 흔하지 않았다. 목에서 무관의 기질을 내뿜던 별장의 위세는 작고 보잘것없는 것이 아니라, 치밀하고 본능적이라는 생각이 들었다.

"곧 의금부에서 들이닥칠 게다. 불길하고 좋지 않구나. 잡혀가면 나오지 못한다."

"왜 제 아비의 붓이 거기에 있다 합니까?"

"낸들 아느냐? 누군가 우릴 모함하려 했거나 없애려고 가져갔겠지."

"왜 우릴 모함합니까?"

다시 부엉이가 울었다. 울음 속에 각이 맺혀 있었다. 노인의 음색에서 부엉이 울음이 들렸다. 감정이 지워져 있었다.

"우국에 눈먼 누군가의 치정이거나 반역을 꾸미기 위한 음모이겠지. 선비화사의 어진이 상서로운 왕의 휘를 손상했다고 들었다. 엄중한 금기를 위배했다고 했다. 어진의 중요한 관점을 저버렸다고 했다. 들리는 말마다 심상치 않았다. 분명 누명을 씌울 자가 필요했을 게야."

칼끝처럼 찌르는 것이 음모일 것인데, 끝이 날카로워질수록 치명적일 것이라는 생각이 들었다. 손끝이 떨려왔다. 어깨에서 풀벌레 소리가 들려왔다. 노인이 성급히 물었다.

"사정전 앞뜰에서 너를 살려준 자에게 칼을 내보였느냐?"

"⋯⋯."

명무의 머릿속을 지나쳐가는 예문관 대교의 얼굴은 뚜렷했다. 믿기지 않는 일을 떠올리는 일은 서글펐다. 아닐 것이라고 생각하면서도 생각은 생각의 더미를 파헤치고 머릿속 과녁을 향해 치달았다.

세 자루 칼과 아비의 붓에서 대교와 수종의 관계는 짐작되지 않았다. 드러나지 않은 일을 예측하는 것은 위험해 보였다. 읽혀지지 않는 대교의 눈빛과, 볼 때마다 서글픈 수종의 눈빛은 달라 보였다. 외람된 둘의 눈빛은 하나의 것을 보려 하지 않고 각기 다른 것을 바라봤다. 대교는 세 자루 칼을 바라봤고, 수종은 명무의 붓을 바라봤다. 그 차이가 무엇을 의미하는지 생각나지 않았다. 문득 골반에 걸린 세 자루 칼이 흔들렸다.

명무가 물었다. 목소리에서 젖은 감정이 출렁거렸다.

"스승님, 어찌해야 합니까?"

"어리석은 것. 등짐만 메고 궁을 빠져나가거라, 어서."

"스승님은, 스승님은 어찌하시렵니까?"

"⋯⋯."

노인은 대꾸하지 않았다. 감정을 비운 얼굴은 침착해 보였으나 슬프게도 보였다. 노인은 삶을 버리려 하는 것 같았다. 노인은 자신의 삶 속에 죽음을 던져 넣으려 하는 것 같았다. 노인은 삶의 질곡을 끊어내고, 끊어낼 삶 속에 깨끗한 죽음의 자리를 정한 듯이 보였다.

명무가 다급하게 물었다.

"스승님은 언제 오셔요?"

"자하문 밖에서 기다리거라. 곧 뒤따라가마."

"소녀와 함께 가셔요, 스승님."

"그럴 수 없다. 그랬다간 둘 다 죽게 될 것이다. 삼경을 넘기고도 오지 않거든 바삐 사라지거라. 가거라, 어서."

병사들의 발자국 소리가 들려왔다. 소리가 가까웠다. 화방을 나섰다. 종잡을 수 없는 어둠 속으로 진입할 때 화살 소리가 들렸다. 작은 금속이 날아가는 방향을 따라 놀란 새 울음 소리가 들렸다.

성곽을 넘자 청계천은 졸졸거리며 느린 물소리를 냈다. 풀어진 물 위로 달은 떠갔다. 물이 출렁이는 자리에서 달은 튕겨나가지 않고 꿈틀대기만 했다. 물과 달은 한 가지에서 나고 드는 것 같았다. 물 위의 달은 꿈속의 꿈이듯 멀고 어지러웠다.

멀리에서 말발굽 소리가 들려왔다. 명무를 찾느라 일대를 뒤지는 모양이었다. 소리는 자리를 구분하지 않고 번져나가 잠든 짐승과 아이들의 꿈속을 어지럽게 뛰어들었다. 한밤의 말 울음은 너른 시공을 던져 소리가 없던 곳으로 건너갔다.

민가에서 개들이 짖어댔다. 놈들은 덩달아 짖었고, 일제히 멈추었다. 다시 한 놈이 짖으면 모두 깨어나 짖었다. 놈들은 잠을 포기한 듯이 보였다.

집들이 안개 속에 웅크리고 있었다. 공제선 위로 뻗어간 능선은 푸르스름한 삭발머리 같았다. 하늘 맞닿은 자리에서 산들은 능선을 에워싸고 잠들어 있었다.

"갈 수 없소."

자하문 밖에서 예문관 대교는 기다리고 있었다. 대교는 깨뜨릴 수 없는 예감으로 어둠 속을 버티고 있었다. 대교의 눈빛은 어둠 속에 더 읽히지 않았다. 대교의 눈은 조지소 지나 북한산을 넘어가리라는 걸 아는 것 같았다. 읽혀지지 않은 눈빛은 남의 속을 들여다보는 데 게으르지 않은 것 같았다.

이자는 오래전부터 나와 스승을 정해놓고 있었어. 이자는 철저히 나와 스승을 바라봐왔던 것이야. 무엇 때문에…… 명무가 한숨 끝에 신음했다. 대교의 예감은 현실을 버리는 데서 오는 것 같았다. 새벽별 속에 대교는 그림자를 지우고 빈 몸으로 서 있었다. 갑옷 비늘마다 달빛이 뛰어올랐다.

"갈 수 없는 이유는 이 칼이 말해주고 있소."

대교의 목소리는 화살 같았다. 휘어지지 않은 직선의 위엄은 무겁게 왔다. 대교는 옆구리 칼을 차고 있었다. 긴 칼은 집요하고 단순해 보였다. 칼 손잡이 끝에 돋을새김된 거북 등짝이 푸른 빛을 냈다. 갑옷 속에 단단한 근육이 짐작되었다. 근육 속에 다부진 골격이 느껴졌다. 대교의 골격은 회화의 질감을 버리고 사실로 보였다. 완고한 골격은 이런 것이라고, 명무는 생각했다.

대교의 눈은 젖어 있었다. 무심한 눈빛은 젖어서도 읽혀지지 않았다. 바람이 북한산 계곡에서 밀려와 자하문까지 밀려갔다. 달빛은 대교의 눈빛처럼 무심해 보였다.

스승님은……

노인의 근심은 지워지지 않았다. 자하문 밖에서 시름은 목을 휘감고 머리끝으로 올라왔다. 노인의 행방을 더듬을 때 감정은 벼랑에 당도해 있었다.

명무가 차갑게 말했다.

"가야 합니다. 보내줄 수 없습니까?"

대교의 얼굴에 떠오른 무관의 표정은 차갑고 무거웠다. 대교의 숙명은 속되지 않고 분명해 보였다. 대교가 대꾸했다.

"사정전 뜰에서 옷자락 안에 감춘 칼들을 봤소. 작으나 치명적인 칼이란 걸 알았소."

대교가 현실을 버리고 꿈처럼 말했다. 말 속의 칼들은 세상 밖의 칼들처럼 들렸다. 세상 밖의 칼로는 무엇도 벨 수 없었다.

대교는 세상 안쪽을 겨눈 세상 밖의 칼로 견디는 것 같았다.

명무의 눈빛이 흔들렸다.

"칼은 어디에든 있습니다. 고려유민도 어디에든 살아 있습니다. 유민과 내통한 자들을 발고했다고, 그 많은 자들을 가려내어 척살에 앞장섰다고, 들었습니다. 이제라도 그만두어야 하지 않겠습니까?"

대교의 표정은 슬퍼 보였다. 왕과의 결탁이 저렇듯 허망한 듯싶었다. 그로 인해 벼슬을 앞당긴 것 같지는 않아 보였다. 쫓는 자로서 쫓기는 자를 향한 적개심은 깊고 날카로워 보였다.

대교가 칼집을 쥐었다. 숨을 가라앉히고 말했다.

"나의 충은 고려유민을 척살하기 위해서가 아니라, 진실된 고려로 돌아가기 위해서였소. 풀뿌리 같은 사상의 통일 없이는 충을 생각할 수 없는 그것이 내 소임인 걸 어쩌겠소."

"죽음과 죽음 사이에 놓인 큰 죽음을 생각합니다. 작은 죽음도 생각합니다. 죽음은 크고 작은 것이 중요한 게 아니라, 죽어야 하는 까닭으로써 크고 작음을 생각하는 나는, 이제라도 죽음 앞에 주저할 것입니다."

명무의 목에서 물기가 보였다. 대교의 눈은 지나온 날들의 쓰라림을 바라보는 것 같았다. 대교의 눈은 가까운 불충보다 먼 곳의 반역을 돌이키는 것 같았다. 대교의 머리는 내금위의 칼 앞에 눈뜨고 죽어간 고려유민들의 저항을 생각하는 것 같았다.

멀리에서 꿈결처럼 부엉이가 울었다. 부엉이 울음 속에 대교가 말을 찔러 넣었다.

"모든 반역은 꺾이지 않고 부러지지 않기 때문에 베어내는 것 아니겠소. 진실한 반역은 불충으로 죽어가는 것이 아니라, 불굴의 저항 때문에 죽어가는 것 아니겠소. 그것이 반역을 뜨겁게 하고, 완전하게 한다는 것을……."

대교는 반역의 끓는 단면을 생각하는 것 같았다. 대교의 눈빛은 무거운 곳으로 불어가는 가벼운 충을 생각하지 않고, 머리와 가슴과 배와 손과 발로 밀어내는 오체투지의 불충을 헤아리는 것 같았다. 반역과 불충에 관한 대교의 생각은 어렵고 황망해 보였다.

대교의 눈은 말하고 있었다. 충과 불충의 차이는 종이와 종이에 스며든 물의 간극만큼 가까운 것이라고. 대교의 동자에 비쳐든 달은 잿빛이었다.

개들이 짖었다. 놈들의 울음은 길고 날카롭게 들렸다. 울음과 울음이 지나간 뒤 고요는 낯설었다.

"그래서 선비화사도 죽여야 했습니까?"

대교의 눈빛이 떨렸다. 숨을 멈추었다. 뱉을 때 대교의 음성은 감정을 찌르며 들어왔다.

"그자는 그림 하나로 전하의 휘를 욕보였소. 금기를 위배했고, 넘어서지 말아야 할 것을 넘어섰소. 나의 충으로 그자를 살려두어야 한다면 지금까지 죽어간 고려유민들의 죽음은 모두 헛것이 될 것이오. 나의 충은 우국에서 비롯되었고, 그 시작부터 끝을 다 소집해도 덧없지 않소. 충은 충일 수밖에 없는 것이오. 지금도 나는 생각하고 있소. 충을 다 소진하는 그것이 내 운명이라고, 내 운명은 거기까지라고. 그것은 예감하지 않아도 늘 머리맡에 떠올라 있소. 어쩌겠소, 이럴 수도 저럴 수도 없는 것을⋯⋯."

"자신만 바라보는 이기적인 사람이군요. 그 많은 죽음들은 다 어찌하고⋯⋯ 홀로된 세상을 살아보셨습니까?"

"오랫동안 나는 혼자였소. 아비의 이름도 모르고, 어미의 얼굴도 모르고 자랐소."

"홀로된 자가 어찌 충을 말하십니까?"

"본래 충은 홀로 먼 곳을 바라보는 것 아니겠소."

대교의 얼굴에서 붉은 석류가 보였다. 대교의 시선은 침착해 보였는데, 많은 것을 알고도 입을 열 수 없는 신하의 본분은 연민보다 복종이 먼저 느껴졌다. 대교의 복종은 충이 아니라, 불충일지 몰랐다. 멀지 않은 곳에서 어린 송아지는 울었다. 녀석은 한가롭고 게으르게 울음을 뽑았다.

대교의 눈은 느린 울음을 우는 송아지를 닮아 있었다. 명무가 물었다.

"왜 저를 죽이지 않습니까?"

명무의 말꼬리는 젖어 있었다. 대교가 생각에 잠겼다가 대꾸했다. 대교의 눈은 무심하고 건조해 보였다.

"전하께서 명하셨소. 반드시 살려서 데려오라고 하셨소."

대교의 목에서 쇳소리가 들렸다. 명무가 낮게 신음했다.

"꼭 가야 합니까? 조선을 떠나 멀리 사라질 것입니다. 저를 자유롭게 놓아줄 수는 없습니까?"

"내금위는 결코 철칙을 거스르지 않소. 나를 베고 가시겠소?"

대교의 목소리가 무뚝뚝하게 들렸다. 대교가 입술을 깨물었고, 명무가 눈두덩을 눌렀다. 거역할 수 없었다. 내금위는 죽음까지 불사하고 철칙을 지키는 모양이었다. 끝이 차고 뒷모습이 메마른 사람들…….

새 울음이 민가를 가로질러 멀리까지 나아갔다. 대교가 덧붙였다. 읽을 수 없는 눈빛이 조용히 빛을 냈다.

"내 아비의 죽음은 조선의 새벽에 왔소. 내 어미의 죽음은 조선의 아침에 왔소. 태어난 곳을 망각하고 죽은 아비와 어미의 혼백을 버리고자 하는 것은 패망한 고려의 유망과 향수를 끝내고자 함에 있소. 조선은 조선일 뿐이오. 조선은 고려로 돌아갈 수 없지만, 고려는 조선으로 스며들 수 있다고 나는 믿고 있소. 나의 신념은 고려를 무너뜨린 조선에 있지, 망상으로 들끓는 왕정과 사대부의 놀음에 있는 것은 결코 아니오. 옷 속에 감춘 칼들, 그것만은 마무리를 지어야 하지 않겠소? 기회는 다시 오지 않을 것이오."

대교의 말은 이해되지 않았다. 명무는 대꾸하지 않고 대교의 눈을 바라봤다. 대교의 눈빛은 무심한 것이 아니라, 먼 곳을 기약하는 듯이 보였다. 골반에 걸려 있는 칼들이 흔들렸다.

성균관 존경각에서 바라본 그림 속 아비의 뜬눈이 떠올랐다. 아비는 죽어서도 조선의 사직에 머물러 있었다. 아비는 한 폭의 그림 속에 반역자로 살아가고 있었다. 대교의 머리와 가슴과 눈 속에서 파란 날을 세우며 다가오는 살기를 아비는 그림 속에서 홀로 견딘 모양이었다.

죽기 전, 아비는 고려 왕족과 유민들의 멸족을 무마하고 싶어 했다. 쟁과 쟁의 소용돌이 속에 눈뜬 죽음을 바라보던 아비의 눈빛은 서글펐다. 붓을 쥐면 부릅뜬 동자와 잘려 나간 몸뚱어리와 신음이 한데 뒤엉켜 선과 색과 형의 풍류는 황급히 닫힌다고, 아비는 눈빛을 모아 들려주었다. 무(武)를 논하면 칼에서 오래 묵은 소리와 무늬가 흘러나온다고, 아비는 어린 명무에게 말했다. 무의 호전성을 아는 일은 어려운 것이라고, 아비는 어려운 눈빛으로 말하곤 했다. 무를 치켜세우면 칼은 저절로 총명해지는 것이라고, 무를 버리면 문(文)이 찾아오는 게 아니라 죽음이 떠오른다고, 아비는 죽기 전에 말했다. 아비는 높고 아름다운 나라, 고려에서 살고 고려에서 죽고자 했다. 할 수만 있다면 무장의 길을 가고 싶었다고, 아비는 붓의 가벼움을 견디지 못했다. 살아 숨 쉬는 동안 그림만 그리겠다고, 몸에서 칼을 떼어내던 날 아비의 눈빛은 서글펐다. 때로 무관과 화가의 차이는 생사를 가로막는 간극만큼이나 먼 것이라고, 아비는 붓을 쥐며 말했다. 종국엔 붓으로 자신을 일으키는 날들의 가벼움을 버리고 싶었다고, 아비는 우울한 눈으로 말을 맺곤 했다. 반역이야말로 자신을 가상케 하는 용기라고, 아비는 고요히 죽어갔다.

대교가 앞장서 걸었다. 허리춤에 내려뜨린 긴 칼이 드러났다가 사라졌다. 자하문 앞에서 내금위 무사들이 기다렸다. 무사들이 일제히 고개를 꺾었다. 대교가 명무를 바라봤고, 눈에서 떨어지는 물기를 명무는 놓치지 않았다. 무사들이 타고 온 말들은 밤에 울지 않았다. 콧구멍마다 더운 김을 뿜어내고는 뒷발을 조용히 쟀다. 말들의 질주본능은 밤에 이어지는 모양이었다. 민가를 가로질러 내려온 바람이 쏜살같이 자하문 안으로 달려갔다.

명무의 입에서 낮은 신음소리가 새어나왔다.

'이자는 처음부터 나를 죽일 마음이 없었어. 고려유민들의 적개심보다 더한 원한을 내게서 읽은 것이야. 내 몸에 붙은 칼들을, 이 자는 처음부터 알았던 것이야. 눈빛을 읽을 수 없었던 것도 그때문이었어.'

삼경이 울렸다. 무사들이 급히 말머리를 창덕궁으로 향했다. 동편을 바라보다가 명무는 눈을 들어올렸다. 인왕산 너머에서 금빛 혼백들이 하나둘 뛰어올랐다. 옷깃을 따라 칼들이 날을 떨었다.

스승을 생각했다. 근심은 지워지지 않았다. 삼경이 지나는 시간에 스승은 끝내 모습을 보이지 않았다. 어디서 지켜보았을지 알 수 없었다. 명무가 말 등에 올라 한숨 쉬었다. 갈기가 어지럽게 날렸다.

창덕궁 인정전

창덕궁 한 켠에 지어진 나랏집은 고요하면서도 중후했다. 첨계석을 깐 상월대는 정갈하고 반듯했다. 차분히 가라앉은 돌 뜰이 이목을 끌었다. 첨계석을 딛고 그 중층에 인정전 전각은 우람한 자태로 서 있었다. 근정전 월대처럼 돌난간을 두르지 않아 간결하고 단순했다. 상하 월대 위에 고른 박석을 깔아 포장했는데, 월대 끄트머리에 드므를 두어 빗물을 받았다. 전각 뒤로는 산이 보이지 않았다. 인왕산이 비쳐드는 근정전 배산과 사뭇 달라 보였다.

전각 너머 어둠이 밀려올 때 바람은 동에서 서로 불어갔다. 시린 밤기운 속으로 오래전 말라 죽은 귀뚜라미 울음이 바람 속을 불어갔다. 밤기운은 풀이 죽어 있었다. 돈화문 밖에서 개들이 짖어댔다.

어좌에 앉은 방원의 얼굴은 수심에 잠겨 있었다. 북한산을 넘어온 바람이 인정전 문지방을 넘지 못하고 밖에서 돌았다.

"부르셨사옵니까?"

강혜가 조심스레 입을 뗐다. 목에서 빗방울 떨어지는 소리가 들렸다.

"긴히 나눌 이야기가 있구나."

늦은 밤 방원은 뒤를 돌아보지 않고 앞을 가늠하는 것 같았다. 방원의 눈은 말하지 않아도 말하는 듯이 보였다. 수양의 삶과 혈육의 삶이 같아질 수 없는 이유가, 강혜에게 있지 않고 자신에게 있다고. 방원은 외로움을 견디는 듯이 보였다.

홀로된 아이가 말했다.

"궁 안이 소란하옵니다."

"두 축의 최종 어진을 놓고 말들이 많은 모양이다."

반역과 역모의 징후를 모르지 않았다. 왕의 권능을 불어넣는 휘의 반경은 엄혹할 수밖에 없었다. 그 모두를 알았어도 어찌할 수 없었다.

강혜가 찬찬히 방원을 바라봤다. 방원의 눈은 처음 보았을 때의 눈과 같았다. 슬픈 것 같기도 하고, 외로운 것 같기도 했다. 바라보는 사람의 마음을 흔들어놓는 눈빛은 저런 것이지 싶었다. 길고 긴 날들이 강혜의 머릿속을 지나갔다. 날들은 또렷한 그림이 되어 떠올랐다.

오래전 돌담에 끼어 손톱 아래 파란 피멍이 들던 날, 강혜는 방원의 집으로 들어갔다. 어린 양녕이 강혜를 비웃었고, 충녕이 강혜를 슬픈 눈으로 바라봤다. 정순과 경안이 강혜를 종처럼 부렸어도, 강혜는 방원의 수양딸이었다. 방원이 왕이 될 줄은 꿈에도 알 수 없었다. 강혜는 민가에서 조용히 살고 싶었다.

"평생 오라비라고 불러라."

충녕의 한마디는 오래도록 잊혀지지 않았다. 방원의 집에서 충녕은 오라비로 오지 않았다. 죽을 때까지 오라비를 오라비라 부를 자신이 강혜에겐 없었다. 충녕에 대한 연민은 오라비에 대한 연민과 뚜렷이 달랐다. 그 연민은 충녕의 심오한 지성에 있지 않고, 성근 외모에도 있지 않았다. 충녕은 조선의 칼을 신뢰했고, 다가올 조선글을 늘 푸른 총기로 바라봤다. 총기를 잃지 않는 충녕의 곧음이 강혜에겐 뿌리칠 수 없는 생의 어려움이었다. 아비는 갔어도, 충녕이 곁에 있다는 그 하나로 강혜는 견딜 수 있었다.

정녕, 아비는 고려를 지키려다 죽어갔는지, 조선을 일으키려다 죽어갔는지 알 수 없었다. 아비는 정도전 편이었는지, 방원의 편이었는지, 그마저 알 수 없었다. 강혜의 기억 속에 아비는 글을 짓는 시인일 뿐이었다.

아비의 눈에, 조선의 태동은 『시경』에 예언되어 있었다. 빈풍(豳風) '부엉이[鴟鴞]'에서 고려의 난세와 조선의 아침은 뒤엉겨 있었다.

今女下民   이제 너희들 낮은 백성이

或敢侮予   누가 감히 나를 업신여기는가

『시경』「치효(鴟鴞)」에서, 남의 새끼를 잡아먹고 사는 부엉이
는 고려를 망친 무신들로 희화되고 있었다. 아비는 그 말의 어
려움을 삼키지 못하고 고려 무신들에 의해 살해되었다. 그랬어
도, 아비는『시경』하나에 목숨을 걸었을 것 같지는 않았다. 아비
는 칼을 쥐지 않고 오직 시편 하나로 끓어오르는 역성혁명(易姓
革命)을 무마하고자 하였다. 살아 고려로 돌아가고자 하였다. 그
것이 죽을 이유였는지는 알 수 없지만, 아비의 죽음엔 죽음보다
값진 뜻이 들어 있다는 것을 강혜는 알았다. 그 이상은 알 수 없
고, 볼 수 없고, 기억나지 않았다. 강혜가 기억하는 아비의 전부
였다.

필시 아비는 아비의 편이었을 것인데, 아비의 갈 길을 놓고
누가 편을 짜놓았는지, 누가 아비의 갈 길을 물었는지, 강혜는
알 수 없었다. 연못가에서 맨몸으로 칼을 받던 날, 아비의 죽음
속에 시가 돋았고, 시 속에 선율이 보였으며, 선율 속에 칼이 뻗
어 있었다. 칼 속에 별이 솟고, 바람은 북에서 남으로 불어갔다.

아비는 허물어져가는 고려의 사직 앞에 시보다 칼을 원했는
지 몰랐다. 그랬어도 아비는 날을 세운 칼 앞에서 시를 앞세워
몸을 떠는 자들의 편에 서 있었다. 아비는 칼을 허무는 시를 쓰
고 싶었다고, 저녁나절 시의 감성으로 칼이 지닌 생쇠의 끈기를

각성하곤 하였다. 쇳내 가득한 시들을 바라보면 저만큼 물러간 저녁 속에 아비의 기침이 들려왔다. 서글펐다.

익은 석류처럼, 강혜가 눈 뜨고 방원을 바라봤다. 방원의 눈은 어둡고 캄캄해 보였는데, 이 밤에 건너가야 할 길이 아득히 멀어 보였다. 강혜가 조용히 말했다. 목에 맺힌 방원에 대한 감정은 새순 같았다.

"선비화사가 피살되었다고 들었사옵니다."

예측하지 않은 사건이 서둘러 왔을 때 그 전모를 모르는 바 아니었다. 방원의 생각을 앞지르는 우국은 우국이 아니라 그야 말로 우국(愚國)일 뿐이었다.

"시간이 해결해 줄 것이다."

방원의 입속엔 가시가 돋아 있었다. 가라앉히기엔 많은 날을 보내야 할 것 같았다. 강혜가 대꾸했다.

"너무 심려치 마소서."

"그래, 내려놓아야 할 테지……."

방원이 천장을 올려봤다. 이마 위로 박석에 부딪혀 부서지던 달빛이 보였다. 방원의 이마는 고랑 없이 반듯한 인상을 주었다. 눈썹이 땅이고, 머리가 하늘이면, 천지가 맞닿아 조선은 하나로 통할 것이라던, 남문 밖 관상쟁이 무당의 말은 방원의 이마를 허 허롭게 했다. 무당의 말을 곱씹지 않았어도 불현듯 기억을 들쑤 셔놓는 것은 어찌할 수 없었다.

방원이 덧붙였다.

"그 아이를 불렀다."

방원의 입에서 나온 아이는 놀랍고 두려웠다. 설마, 그 아이
는…… 강혜가 주저하며 물었다.

"누구를 말하시는지…….."

강혜의 표정은 무언지 모르게 불안해 보였다. 방원의 눈빛이
달군 꼬챙이만큼이나 강혜의 속을 찔러왔다.

"최종 어진에 선정된 화사를 불렀다."

"저의 화사님을 말하는 것이옵니까?"

생각할 수 없던 말이었다. 생각 밖의 말은 불시에 왔다. 강혜
에게 명무는 누구이며, 무엇인지, 그 알 수 없는 생각은 한 줌 부
담이었다.

"이 밤에 끝을 볼 것이다."

방원의 표정은 착잡해 보였다. 오늘 밤 끝내야 할 일은 대관
절 무엇인지. 머릿속에 떠오르는 물길이 순식간에 끓어올랐다.
방원의 눈에서 건너오는 난해의 바다를 강혜는 읽고 또 읽었다.
방원의 눈빛은 읽혀지지 않았다. 해독할 수 없는 눈빛은 지우거
나 끊어내야 할 것인데, 그렇게 할 수 없다는 것도 알았다. 오늘
밤 끝내야 할 일은 다가올 먼 미래가 아니라, 바로 눈앞에 놓인
일일 것인데, 그 까닭을 방원에게 물어야 할지 알 수 없었다. 물
으면 대답해줄지, 방원의 눈빛은 모호하지 않고 분명해 보였다.

강혜가 물었다.

"죽일 작정이옵니까?"

"고려 왕족과 내통한 화가다."

굵고 엄한 목소리 끝에 거역할 수 없는 노기가 보였다. 표정이 어두웠다. 방원의 생각은 읽혀지지 않았다. 솔직과 정직은 다를 것인데, 방원은 지금 솔직한지 정직한지 알 수 없었다.

강혜가 말했다. 조급한 마음은 한없이 끓어올랐다.

"죽이지 마소서. 조선의 인재이옵니다."

"안다. 오래전 죽은 도화서 화원 명현서도 큰 인재였다. 그가 죽기를 원했어도 살려두었어야 옳았다."

"모든 것을 감정과 원칙으로 다스리지 마소서. 차라리 저와 함께 멀리 저버리소서."

강혜의 목에서 과일 떨어지는 소리가 들렸다. 생각 속에 떨어진 과일이, 자신의 것인지 강혜의 것인지 방원은 구분할 수 없었다. 어두운 하늘 모퉁이에서 부엉이 울음이 들려왔다. 전각들이 지친 삭신을 가라앉히며 하나둘 어둠을 밀어냈다.

방원의 목에서 단단한 고래 등뼈가 보였다.

"그 화가에게 단단히 빠졌구나. 사내도 아닌데, 어찌 그러느냐?"

"멀리 떠날 것이옵니다. 그리하게 해주옵소서."

강혜가 대꾸할 때, 목에서 잔별이 돋았다. 별은 조용히 떠올라 무궁한 하늘을 사사로이 배회하고 늦도록 유랑할 듯이 보였다.

수양과 혈육이 같아질 수 없다는 것을, 방원은 알았다. 생의 지평선에 떠오르는 수많은 죽음의 전율이 두려웠어도, 결국 피는 물과 같은 것이라고, 방원은 생각하고 생각했다. 생을 걸고 걸어가는 성상의 길과 붓을 쥐고 걸어가는 화가의 길이 같아질 수 없다는 그 한 가지 이유만으로 방원은 강혜를 보낼 수 없었다. 길은 제각각 뻗어나가는 것이어서, 시작되는 길과 끝나는 길 사이에서 방원은 날마다 외로웠다.

강혜를 바라보자 젖은 목에서 눈보라가 몰아쳤고, 눈에서 붉은 고라니가 보였다.

"너는 어찌 떠날 궁리만 하는 것이냐? 네가 무엇이 부족해서?"

"날마다 넘치옵니다. 넘치는 그것이 분수를 망각하게 하고, 삶을 빈곤하게 하옵니다."

들창 너머 달빛이 부서져 내렸다. 박석마다 고른 빛이 떠다녔다. 서까래 사이로 바람이 불어 다녔다. 바람이 기둥을 타고 내려와 인정전 뜰로 내려섰다. 뜰 너머 전각 지붕 위로 깨알 같은 별들이 내리면, 텅 빈 지붕에서 생의 현오가 들려왔고 죽음의 오묘가 보였다. 한 점 외로운 근성이 떨어져 내릴 때, 박석마다 푸르스름한 색이 돌았다.

방원이 말했다.

"너의 생각은 늘 나의 머리를 앞지른다. 그러니 내게서 떠나고자 하는 것이겠지."

"그렇지 않사옵니다. 저를 거두어주신 성은이 망극하옵고, 그 망극함이 저로서는 닿을 길 없사옵니다."

"그래서 여기서 멈추겠다는 것이냐?"

강혜가 방원을 바라봤다. 머릿속에서 조용한 소용돌이가 돌았다. 지금의 생이 어려워도 내 삶은 화가의 길이라고. 붓과 신체가 하나가 되는 날, 비로소 삶도 죽음도 가뜬해질 수 있을 것이라고. 가벼워질 수 없는 삶은 무겁게 죽을 수도 없다고…….

강혜가 눈을 바로 떴다.

"더 넓은 세상으로 나아가고자 하옵니다. 화사님과 함께라면 뜻을 펼칠 수 있을 것이옵니다. 하오니, 죽이지는 마옵소서."

방원은 혈육과 정통을 인내하는 강혜의 외로운 근성을 생각했다. 방원의 눈빛은 무거운 곳으로 불어가는 핏줄의 끈기를 버리고 머리와 심장으로 불어오는 수양의 연민을 가져가고 싶었다. 혈육은 피에서 피로 이어지는 유전의 길항이며, 성상과 수양의 관계는 피로 나누거나 종이 위에 구획할 수 없는 별개의 인연이라고, 방원은 생각했다.

"자식을 이길 수 있는 아비는 세상 어디에도 없느니…… 너는 끝내 내 아이였고, 나는 너의 아비였다."

방원의 눈에 솟은 순록 뿔이 어느샌가 사라지고 허랑한 들판이 보였다. 들판 가운데 나무 한 그루 보였는데, 등걸이 파랗고 가지가 곧았다. 나무가 강혜였고, 강혜가 나무였다.

강혜의 눈에서 물이 뗄이 떨어져 내릴 때, 눈물은 살을 찌르는 화살 같았다.

"아옵니다. 하오나……."

강혜의 눈에 다시 별이 보였다. 사람과 사람 사이 기쁨과 노함과 상처와 즐거움을 품은 별 같았다. 별들은 밤마다 세상을 내려다보며 사람 이야기를 했고, 사람들은 밤마다 별들을 바라보며 빌었다. 저마다 눈에서 별이 기울곤 했는데, 연민을 품은 별은 빗줄기 같았고, 슬픔을 품은 별은 새벽 강기슭 빛나는 대쪽 같았다. 방원의 눈에서 연민의 별이 보였고, 강혜의 눈에서 슬픈 별이 보였다. 별은 오직 한 가지 사람을 위해 빛나고 기우는 모양이었다.

"돌아가 채비를 하거라. 이 밤에 함께 떠나게 될 것이다."

"그 은혜, 평생 잊지 않을 것이옵니다."

강혜가 허리를 접고 절했다. 고개를 들고 강혜는, 천하게 살지 않을 것이라고 덧붙였다. 방원이 고개를 끄덕였다. 강혜가 속으로 방원을 불렀다. 마마. 아바마마⋯⋯.

강혜는 울고 있었다. 웃을 때 강혜의 표정은 한가지였고, 울 때도 강혜의 표정은 한가지였다. 방원은 강혜의 슬픔을 알았고, 슬픔의 근본도 알았다. 강혜의 슬픔은 무엇도 강요하지 않았으나, 뱃속 아래에서 솟아오르는 감정은 독하고 매웠다.

방원의 목에서 탁한 소리가 나왔다.

"돌아보지 말고 가거라. 멀리."

강혜의 눈은 심중을 찌르며 밀려왔다. 물이 고인 눈두덩을 지그시 누르고 방원이 돌아섰다.

가거라.

그 한마디 속에 담긴 감정을 강혜는 떨칠 수 없었다. 가슴이 먹먹했다. 콧속이 찡ㅡ, 울려왔다. 딸꾹질할 때 쓴맛이 올라왔다. 볼에 흐르는 눈물은 몹시도 짜고 시렸다.

저녁나절, 강혜는 꿈과 현실로 이어지는 세상의 중심에 서 있었다. 마음이 무거웠어도 외롭진 않았다. 보이지 않은 세상 앞에 강혜의 고뇌가 보였다. 인고의 날도 보였다.

용의 발톱

새벽 무렵.

북한산을 넘어온 바람이 인정전 전각 모서리에 걸려 넘어졌다. 박석을 쓸고 지나는 바람이 이름 모를 새들을 불러왔다. 전각 너머에서 새들이 별무리 속을 헤엄쳐갔다.

명무가 사지를 움츠렸다. 어좌에서 스무 걸음 밖에 무릎을 접고 낮게 허리 숙일 때 부엉이 소리가 들렸다. 낮에 울던 부엉이와 울음이 달랐다. 신새벽 부엉이 울음이 사소하지 않고 처량하게 들렸다.

방원이 물었다.

"어진 경연에 참가한 화사인가?"

"그러하옵니다."

명무가 짧게 대답했다. 목소리는 어느 때보다 중성적으로 들렸다.

"좌우에 걸린 어진 가운데 하나를 그린 화사란 말인가?"

고개를 들면서 명무는 사지가 움츠러드는 것을 느꼈다. 명무의 어진과 죽은 선비화사의 어진이 어좌를 사이에 두고 나란히 걸려 있었다. 명무가 숨을 멈추고 짧게 대꾸했다.

"그렇사옵니다."

방원의 눈이 고른 빛을 내다가 꺼졌다. 방원은 놀라운 표정을 짓지 않았다. 믿어지지 않은 일을 애써 드러내고 싶지 않은 표정이었다. 방원의 동정은 무심해 보였다. 등을 기댈 때 어좌에 조각된 두 마리 용이 낮게 꿈틀댔다. 허리 굽혀 읍하는 자의 눈높이에서 방원의 실존은 번득였다. 인정전 어좌는 서 있는 신료들보다 허리 숙인 신료들의 눈높이를 배려한 모양이었다. 낮은 자세로 올려다보는 어좌야말로 그 위용이 더 가파르고 거룩해 보였다. 어좌를 제작한 공조의 주역인 지유와 도편수는 이를 치밀히 계산하고 설계한 뒤에라야 제작했다. 어전은 그만큼 장중해야 하고, 어좌는 그만큼 신중한 눈높이에 맞아떨어져야 했다.

방원이 물었다.

"이름이 무엇이냐?"

"무, 외자입니다. 모과나무를 뜻합니다."

왕을 대하는 명무의 얼굴엔 두려움이 없었다. 명무를 바라보던 방원은 한 달 전 샛노란 천을 사이에 두고 밤을 보낸 아이를 생각했다. 아이의 몸과 자신의 몸은 달랐다. 그 다른 몸과 몸 사이에서 아이의 몸에 드러난 능선은 바람 솔기 멈춘 사막 같았다.

방원이 말라가는 입술에 침을 묻혔다. 입술 밖으로 혀가 드러나면서 혀끝에 익은 감색이 돌았다. 혈색이 왕성해 보였다. 불그스름하게 상기된 명무의 뺨이 방원의 눈에 들어왔다.

"이름에서 단내가 나는구나."

방원은 명무의 얼굴을 섬세히 들여다봤다. 막 여물어가는 모과 하나가 자신을 올려다보면서 막막한 눈빛을 들이댔다. 밀려오는 눈빛을 맞대는 순간, 이 아이 앞에서 만큼은 한없이 작아지는 것을 알았다. 아침이 오느라 그런 것이라고, 방원은 생각했다.

명무가 물었다.

"미천한 화가입니다. 이른 새벽에 어찌 엄중한 내실에 들게 하셨습니까?"

명무의 목소리를 들으며 방원은 귓속이 뜨거워지는 것을 느꼈다. 한 줌도 되지 않는 아이의 목소리가 삭신을 데우는 것도 같았다. 삭신이 누군가를 부를 때, 방원은 삶의 무게를 가늠하는 일에 낯설어했다. 삶의 무게와 사직의 무게는 엄연히 달랐으나, 방원은 명나라와 일본의 관계를 논할 때 사직의 무게를 홀로 견디는 것을 낯설어했다.

명은 시시때때 조공을 요구하는 일로 조선의 곤궁을 부채질했다. 조선의 사직과 명의 사직은 한없이 동떨어져 있었음에도 한편의 신료들은 가까이 두기를 원했다. 그런 신료들과의 언쟁은 그때마다 사소하지 않고 날카롭기만 했다.

일본은 사시사철 섬 하나를 놓고 침탈을 엿보면서 방원의 심기를 불편하게 했다. 방원은 일본으로 통신사를 보내면서 기대해마지 않았다. 일본은 참회의 답서를 보내지 않고 대신 코끼리를 보내왔다. 일본의 야욕이 코끼리 하나로 끝날 일이 아니라는 것을 알았다. 그런 일본을 적대시하던 신하들은 붉은 대낮에 한바탕 경을 치르고서야 잠잠해졌다. 나라와 나라 간 사정을 봐가면서 이르는 일을 모일 때마다 지껄여대는 신하들이 보기 좋을 리 없었다. 모든 일엔 순서가 있고, 때가 있어야 했다.

신료들의 상소 앞에 방원은 날마다 삭신이 쑤셔왔다. 방원은 시끄럽고 어수선한 것을 싫어했다. 고요하고 편안한 것을 좋아했다. 쉽게 달아오르지 않았고 성급하지 않았다. 이른 즈음에 다시 눈앞의 여린 것과 몸을 나누면 어떠한 소리가 날지 궁금했으나, 그러할 수 없다고 방원은 생각했다.

"좌우 어진이 보일 것이다. 그중 하나로 인해 기어이 궁에서 피를 보았다. 너는 알 것이다. 무엇이 같으며, 무엇이 다른지 말해볼 수 있겠느냐?"

육성은 단전을 딛고 올라왔다. 육성은 저 캄캄한 배속을 지나 성대를 거슬러 입 밖으로 나왔다. 육성은 탁하지 않고 배속의 찌꺼기가 가라앉아 있었다.

고개를 들고 두 축의 어진을 올려다보며 명무는 숨을 가다듬었다. 낮게 아뢰었다.

"두 어진은 분명하고 탁월합니다. 화(畵)의 작업에 진실한 공

314

을 들였고, 회(繪)를 위해 무수한 색상 표방에 충실하였습니다. 우위를 가릴 수 없습니다. 헌데, 분명 다른 점은 있습니다. 그것은 제가 그린 어진의 양어깨와 가슴에 새겨진 세 마리 용의 오조(五爪)에 있습니다."

명무의 말에 방원은 고개를 끄덕였다. 방원은 침착해 보였다. 조급하지 않았고 서두르는 기색도 없었다.

"오조란 무엇을 말하는 것이냐?"

"용의 다섯 발톱을 말합니다. 어진 제작에 있어서 왕후와 왕자의 옥체를 덮는 의관의 경우 특별하게 용의 발톱을 사조(四爪)로 형상하나, 군왕의 어진에서는 사조 용포가 있을 수 없습니다. 오조는 추상같은 제왕을 궁극으로 하며, 왕의 골격을 상징하는 용의 형상은 반드시 다섯 발톱으로 묘사되어야 합니다. 따라서 사조 어진엔 가혹한 오류가 담겨 있습니다. 제가 그린 어진과 다른 어진의 차이가 거기에 있습니다."

가혹한 오류.

그 한마디 속에 담긴 반역의 징후를 알아차리는 일은 너무도 쉬웠다. 두 축의 최종 어진이 올라왔을 때 방원은 알았다. 도감을 관장하는 화원들이 모를 리 없었다. 어진 제작의 궁극을 말하는 용의 다섯 발톱은 고대로부터 전수되어온 비밀스러운 상징이었다. 군주만이 이를 사용할 수 있도록 엄격한 제한과 규정을 두었다. 또한 왕의 권능을 불어넣는 엄중한 휘의 반경이었다. 이를 알았으나 방원은 사조 어진을 논상에 붙인 화원들을 불러 세우지 않았다. 그 배경을 심문해서 캐낸들, 화원들 가운데 부정한 화원을 가려낸들, 심려만 깊어갈 것을 알았다.

사조 어진을 그린 화사가 도감을 관장한 화원의 당질임을 알은 후에는 더 그러했다. 그를 대명률에 의거해 엄단하면, 그것 자체로 역모의 죄상을 가려야 하는 불미스러움이었다. 왕을 신임하지 아니하고 존엄을 부정하는 반역의 조짐은, 그 해석부터가 방원을 번잡하게 하는 일이었다. 멀리에는 왕실의 표류를 불러올지 알 수 없었다.

문제는 종친들이었다. 종친부에서 가만있을 리 없었다. 무엇이든 걸고넘어지려는 종친들을 다독거리기엔 아무래도 버거웠다. 선비화사 피살사건에 대해 종친과 신료들의 불만을 다독거리고 잠재우면서, 혹여 자신을 무능케 하는 건 아닌지 방원은 염려해 마지않았다. 반역은 명백하고 오류가 없어야 했다. 그 당위를 실증하는 일들의 무모함과 덧없음을 아는 방원에겐 이미 죽은 선비화사를 가지고 더 이상 돌이키고 싶지 않았다. 공론하지 않아도 그 일은 묻어두는 게 상책으로 보였다. 잡아다 문초하지 않아도 죽어가니 연민은 묻어났다. 치정과 음모를 들여다볼 때 사건의 중심이 사직이라는 것에 울화가 치밀어 올랐다. 이해만으로 감싸 안기엔 벅찬 사건이었다. 결과적으로 부정의 증거를 다그칠 수도, 끊어낼 수도 없는 현실이 암담할 뿐이었다.

표정 없는 명무의 얼굴이 무언지 모르게 대범하게 방원을 끌었다. 명무의 얼굴을 바라보자 방원은 크고 작은 망상으로 들끓는 사직의 위태를 까맣게 잊는 듯했다. 방원이 낮고 우울한 음색을 흘렸다.

"너의 눈은 아득하고 어렵구나."

보일 듯 보이지 않는 명무의 볼우물이 방원의 가슴을 두근거리게 했다. 명무는 한 줄기 혼돈이었다. 방원의 눈빛은 어느 때보다 뜨거웠다. 심중 빈 곳마다 명무는 선량한 물결로 들어와 찰랑거렸다. 방원은 그것이 싫지 않았다. 불현듯 눈앞이 캄캄해지고 목 안이 뜨끔거렸다. 방원은 자꾸 입가에 침을 묻혔다. 눈앞의 여린 것과 몸을 나눌 때, 날것의 날숨에서 세상 끝나는 곳의 아득함을 본 것 같았다. 다시 날숨 소리가 듣고 싶었으나, 그러할 수 없다는 것도 알았다.

방원의 입에서 바닥이 꺼지는 한숨이 새어나왔다.

"네게 회화를 전수한 자가 있느냐?"

"아비와 스승이 전수했으나, 아비는 수년 전 여의었습니다."

명무의 말이 알 수 없는 호기심을 끌었다. 방원이 잦아든 소리로 지그시 물었다.

"아비를 잃다니? 어디 전쟁터에라도 나갔단 말이냐?"

"……."

명무는 대꾸하지 않았다. 명무의 표정은 읽히지 않았다. 읽을 수 없는 무표정한 얼굴이 저 아이만의 특징이라고, 방원은 생각했다. 알 수 없는 그것을 묻기에 아직 이르다고, 의중에 새겼다.

저 아이의 표정을 알고자 하는 것은 나의 마음이지 저 아이의 마음이 아니라고, 생각했다. 왕 앞에 표정이 좋지 않으면 그 자체로 미혹일 것인데, 그것을 아는 자신과 그것을 알지 못하는 저 아이의 마음은 다르지 않다고, 방원은 판단했다.

"네 아비는 변방에서 전사했느냐?"

"아비는 조선이 죽였사옵니다."

방원은 명무의 얼굴에서 불꽃을 보고 있었다. 무뚝뚝한 얼굴 뒤에 가려진 그것을 방원은 읽을 수 없었다. 답답했다. 방원의 얼굴 위로 어두운 기색이 돌았다. 목에서 가시가 보였다.

"말이 거칠구나. 네 아비에 대해 말해줄 수 있겠느냐?"

방원의 눈을 올려다보며 명무가 낮게 말을 이었다. 목소리가 젖은 종이처럼 무거웠다.

"제 아비는, 지난날 도화서 뜰에서 능지되었습니다."

이마에 그려진 곧은 이랑을 타고 건너오는 기억을 방원은 알았다. 손에서 호두가 바스라지는 순간 사지가 잘려 나간 명현서의 도륙은 또렷했다. 셋의 내금위 무사가 잔혹한 기억 한가운데 직립해 있었다.

방원은 종묘가 있는 동쪽을 향해 눈을 치켜들었다가 감았다. 입에서 탁한 신음이 새어나왔다. 방원이 놀라움을 감추고 되물었다.

"도화서에서, 그때 도화서에서 사지가 잘린 명현서가 네 아비였더냐?"

"그렇습니다."

그 기억만큼은 방원은 떠올리고 싶지 않았다. 그때를 돌이켜 자신에게 조금도 이롭지 않은 것을 알았다. 고려유민을 둘러싼 환란을 가지고 다시 오랜 날 시름에 젖고 싶지도 않았다. 방원의 놀라움은 어깨를 타고 내려와 전신에 스며들었다. 목소리가 헛헛하게 들렸다.

"그때는 모두가 어리석었다. 몽매하고 불운한 처사였다. 나도 상심이 컸다. 무당을 불러 바로 거두고자 했다. 무당이 혼백을 불러오지 못한 것이 문제가 아니었다. 시류에 고려유민에 대한 조선의 공안 논리는 엄혹할 수밖에 없었다. 대신들 모두가 명현 서의 장례에 참석해 예를 지켰으나 부족함을 알았다. 종묘에서 멀지 않은 산자락에 시신을 모셨다. 양지의 한 켠이다."

방원은 말을 다 잇지 못했다. 목이 메어오는지 아가상(雅歌床)에 손을 짚고 물을 들이켰다.

과거를 돌이키는 일은 허망했다. 알 수 없는 앞날을 예감하는 일은 번잡했다. 명무의 얼굴을 바라보며 방원은 자신의 가슴 복판에 펼쳐진 허허로운 벌판을 바라보는 것이 아니라, 깊은 바다를 바라보고 있었다.

방원이 우울한 눈길로 다시 명무를 기울여 봤다. 눈빛이 절박해 보였다. 명무의 표정은 무겁고 적막했다. 나직한 어조로 방원이 덧붙였다.

"앞에 앉은 네가, 명현서의 여식이라는 게 믿기지 않는다. 너를 찾기 위해 무던히 애를 먹었다. 너는 어디에 있었느냐?"

숨을 길게 뱉은 후에서야 명무가 대꾸했다.

"강원의 산막에서 그림을 배웠습니다."

"그림만 배웠느냐?"

"······."

명무는 대꾸하지 않았다. 왕이 물으면 속히 답해야 하는데, 답하지 않으면 어떤 죄목에 해당되는지 방원은 생각나지 않았다. 퇴궁하고 없는 상선에게 물을 수 없어 답답했다.

방원이 다시 낮고 조급하게 물었다.

"그림이 너에겐 전부였느냐?"

명무의 눈은 바다를 등진 것 같았다. 저 아이의 눈이 깊어서 그런 것이라고, 방원은 생각했다. 한순간 방원을 올려다본 후에서야 명무가 대꾸했다. 음성은 젖어 있었다.

"저는, 시해를 목적으로 경연에 참가하였습니다."

방원은 귀를 의심했다. 생각할 수 없던 말이었다. 입안에 괸 침을 삼키며 방원은 명무를 내려봤다. 명무는 깊고 조용한 목소리로 살의를 드러냈다. 문득 세상 한곳에 비가 내리는 모양이라고, 방원은 생각했다.

희디흰 섬광이 방원의 머릿속을 뚫고 지나갔다. 얼굴엔 짙은 그늘이 밀려와 어두웠다. 미간에 힘이 들어갔다. 활처럼 휘어진 눈썹 위로 두 마리 용이 느리게 건너갔다. 무거운 눈으로 명무를 바라보던 방원은 깊은 숨을 들이켰다가 천천히 뱉었다.

"이를 수 없는 길이었다면 여기까지 오지 않았을 것이다. 너는 무엇으로 나를 죽일 수 있느냐?"

명무는 거침없이 뱉었다.

"칼입니다."

"네게서 칼이 보이지 않는다. 작은 것이냐?"

"작은 것보다 더 작아서 보이지 않을 것입니다."

"옷을 젖혀야 하는 것이냐?"

"옷을 젖혀서 살에 닿아야 하는 것입니다."

칼은 몸 안에 삭이는 것. 붓은 몸 밖에 두어야 하는 것. 오래전 붓과 칼을 쥐면서 명무는 혼자 읊조리곤 했었다. 칼은 휘두르는 것보다 몸 안에 감추는 것이 더 어려웠다. 칼은 맨살과 상극이어서 살에 닿으면 무수히 살을 찢고 뺐다.

방원이 가소로운 듯이 빙긋이 웃었다.

"고작 보이지 않는 칼 한 자루로? 그것으로 나를 벨 수 있겠느냐?"

"모두 아홉 자루입니다."

방원은 숨을 멈추고 명무를 노려봤다. 놀라웠다. 놀라운 그것을 방원은 천천히 눈여겨봤다. 문질러보거나 곱씹어보지 않아도 놀라운 그것은 감이 왔다. 저 아이와 나눌 이야기가 아닌데, 어쩌다 이런 불경한 이야기까지 나오게 되었는지 알 수 없었다. 저 아이는 어려우면서 난해한 아이가 아니라 깊은 살기를 지닌 아이라고, 방원은 생각했다.

"너에게 붓은 무엇이냐? 너의 칼은 붓을 앞지르느냐?"

"붓과 칼, 그 모두는 제게 옳았습니다. 하나의 몸에 두 가지 것을 담는 일은 어려웠습니다. 두 가지 옳은 것이 몸에 닿으면 옳게 모아지는 것이 아니라, 몸 밖으로 흩어져 쓸모없게 되는 것도 알았습니다."

"너는 칼과 붓을 쥐면, 어느 것이 아름다우냐?"

"붓이 더 아름답습니다."

칼과 붓은 휘두를 때가 가장 아름다운 것. 붓은 지나갈 때와 돌아올 때 저 지나간 자리까지 아름다운 흔적을 남겨서 아름다웠다. 칼은 지나갈 때와 돌아올 때 고요해서 아름다웠다.

"너는 처음부터 나를 죽일 뜻이 없었다. 내 말이 틀리느냐?"

"……"

시해를 전조하였으므로, 살아남을 수 있을지 의문이었다. 시해를 목적해서 죽은 아비에게 위로가 된다면 그것으로 족했다. 목적은 도달할 수 없어도 좋았다. 명분이 부족해도 그것을 뒤집는 일은 무엇보다 중하다고, 명무는 생각했다. 명무는 보이지 않는 칼을 몸 안으로 삼키느라 제 몸을 찔렀다. 칼을 쥐고 한 자락 춤사위 안에서 끝날 일을, 명무는 칼과 살이 만나 어느 것이 먼저 닳아지는가를 인내하는 모양이었다.

칼을 던져서 죽음을 받아들이는 일은 외람되고 부박했다. 살고자 하는 마음은 죽음보다 앞서기 마련이므로, 왕 앞에 삶과 죽음을 생각하는 일은 황망하고 서글펐다. 명무는 칼을 쥐지 않고 조용히 어깨를 떨었다. 어깨를 떠는 명무를 바라보며 방원이 말했다.

"너는 삶을 깃털처럼 가져갈 아이가 아니다. 너는 숨 토막을 돌덩이처럼 가져갈 아이도 아니다. 너는 누구도 해한 적이 없을 것이고, 앞으로도 그러할 것이다. 내 말이 틀리면 답해보거라."

인정전 안으로 바람이 불어왔다. 간간이 부엉이 울음이 들려왔다. 모든 삶은 죽음 직전까지 유예하는 것. 모든 죽음은 돌아올 수 없는 마지막 강을 건너가는 것. 그런 죽음을 돌아보는 일은 어려운 일이라고, 명무는 생각을 다잡았다. 한 줄기 순한 바람이 불어갔다. 왕궁의 바람은 이런 것이라고, 명무는 생각했다.

시해의 목적이, 실현될 수 없음을 아는 일은 어렵지 않았다. 그것을 알 때 모든 것을 돌이키는 일은 섣부르지 않고 냉정했다.

"왕실의 위엄이 달빛보다 고귀할 것입니다. 국법이 달빛보다 밝아서 지엄할 것입니다. 달빛 밝을 때 저를 벌하소서."

창 너머로 긴 꼬리를 끌며 지나는 별 하나가 방원의 눈동자를 끌었다. 별의 섬광이 날카롭고 가늘어 보였다. 어둠 속에서 발자국 소리가 들려왔다.

"명현서의 죽음은 멸망한 고려와 새로운 아침을 여는 조선, 그 모두를 위한 죽음이었다."

"저는 조선이 싫습니다. 조선의 왕도 원치 않습니다."

"그때 혼자 남은 명현서의 여식을 궁에 거두어들일 요량이었다. 너는 온데간데없이 사라졌다. 찾지 못해 자주 낙망하고 신하들을 꾸짖었다. 그 아득한 날들이 지금까지 나를 괴롭힌다."

"저는 조선과 전하의 그 어느 편에도 서지 않을 것입니다. 저편으로 건너가지도 않을 것입니다."

"모든 신하들이 충을 고하지는 않는다. 죽음을 불사하는 불충도 때로는 충이 된다. 그런 불충을 감당해야 하는 내 마음을 너는 아느냐?"

방원이 깊이 숨을 몰아쉬었다. 표정은 침착해 보였다. 퇴궁하는 상선을 붙들어 마련한 자리였으므로, 근처엔 적어도 서른 명의 무사를 거느린 내금위장이 숨을 죽인 채 이 순간을 지켜보고 있을 것이었다.

방원은 명무의 골격을 찬찬히 뜯어봤다. 명무는 병풍 속 그림 같았다. 군살이 없고 단단한 살결만을 추려놓은 듯이 보였다. 방원은 눈앞이 캄캄해지는 것을 느꼈다. 눈자위를 가로질러 별똥별 하나가 사선을 그으며 지나갔다.

명무가 말했다. 목에서 칼끝을 삼킨 바람 소리가 들렸다.

"고려유민도 조선의 백성입니다. 철 지난 고려가요도 한줄기 믿음일 것입니다. 더 이상 백성들을 초원의 풀잎처럼 흩어져 살도록 버려두지 마소서."

방원은 먼 곳의 바람을 보고 있었다. 바람 속에서 선왕의 부릅뜬 눈을 보는 것 같았고, 선왕이 묻힌 무덤을 들여다보는 것 같았다.

방원의 목소리는 가라앉아 있었다.

"너는 들어라. 지난날 고토 회복을 위한 조선의 명분은 옳았다. 저 먼 땅, 요동을 정벌하려 군사를 움직이면서 나는 너의 언어를 생각하지 못했다. 변방의 오랑캐와 대륙의 명나라와 바다 건너 일본을 어찌하지 못하는 조선의 부족함을 안다. 앞으로 얼마나 많은 조공을 명나라에 올려야 할지 막막하다. 일본에 얼마나 자주 국서를 띄워야 하고, 많은 사신을 보내야 할지 알 수 없다. 나라와 나라간 오랜 습성과 관례와 명분과 입장을 버리는 일에 더 많은 힘을 실어야 한다는 것도 안다. 나는 오랫동안 생각해왔고 지금도 생각한다. 요동은 조선의 요원한 이상이자 꿈만이 아니다. 언제고 요동으로 나아갈 날이 올 것이라 믿는다. 그간의 오류는 땅을 정비하고, 성을 축조하고, 궁궐을 지어 새로운 체제를 업고 강국의 기틀을 다지는 과업에 너무 많은 힘을 실었기 때문이다. 나는 조선의 기발함과 사직의 능동을 안다. 유교의 타당과 보편을 안다. 느리되 그 실천의 행보가 모두에게 이롭고 지극하다."

방원의 말은 분명했다. 시선은 침착했고, 음성은 차분하게 들렸다. 방원을 올려 보는 명무의 얼굴은 밝지도 어둡지도 않았다.

지금쯤 예문간 대교의 귀에 시해 전모가 흘러 들어갔을 시각이었다. 곧바로 의금부에 통고되었을 것이고, 병판은 비상시 정한 조치에 따라 명 없이도 내금위장에게 위임할 것이다.

시해에 관한 비준과 취지가 드러난 이상 살아남지 못할 것을, 방원도 명무도 알았다. 죄상이 극명하면 살려두지 않을 것이고,

죄상이 경미하면 붙잡아두었다가 나중에라도 죽이게 될 것이었다. 반역은 그 주체가 문제되는 것이지, 왕을 문제 삼을 수 없는 골자였다.

서른 명의 내금위 무사들은 지체 없이 인정전을 둘러싸고 방원이 일어서기를 기다렸다. 독대가 막을 내리는 그 즉시 명무를 사로잡으리란 것을 방원은 예감했다. 시해의 전조는 반역과 다르지 않았다. 누구도 사면할 수 없었다. 방원이 젖은 눈빛으로 물었다.

"너를 보는 마음이 좋지 않다. 그 이유를 알 것 같다. 너는 총기가 살아 있고 사리에 밝다. 언어에 분명하다. 너는 내게 올 수 없느냐?"

명무가 짧게 대꾸했다.

"그러할 수 없습니다."

"그날 밤, 너는 어찌 내게 왔느냐?"

명무의 목소리가 떨렸다.

"그날…… 왕의 몸을 알아야 왕을 그릴 수 있다고……."

그날 밤, 샛노란 천 아래 부서진 저의 영혼은 어쩌란 말입니까?

명무는 그 말을 뱉지 못했다. 눈을 감을 때, 샛노란 천 아래 선비의 몸이 떠올랐다. 명무가 방원을 올려봤다. 선비의 얼굴과 방원의 얼굴은 겹쳐 있었다. 선비가 웃었고, 방원은 눈을 감았다.

아아, 이 아이는 가혹한 아이구나. 이 아이는 무서운 아이구

나. 이 아이는 그림을 위해 모든 것을 걸고 있구나. 무엇 때문에, 어찌 모질고 독한가, 방원은 생각했다. 떠오르는 게 없었다.

방원이 물었다.

"사정전 앞뜰에서 의금부 장교에게 붙잡힌 게 너였다지?"

"……."

방원은 위험한 거래를 하는 듯이 보였다. 명무가 침을 삼키며 방원의 말을 기다렸다. 방원은 모든 것을 아는 듯 침착해 보였다.

"너를 살려준 자가 누구인 줄 아느냐?"

"모릅니다. 다만……."

사정전 뜰에서 마주친 예문관 대교의 얼굴은 가물거렸다. 읽을 수 없는 눈빛은 속을 태우며 밀려왔다. 천추전 안으로 걸어가던 걸음은 무거워 보였다. 방원이 말을 이었다.

"그자는 고려 왕족과 유민들, 그 유민들과 결탁한 신료들을 가려내는 데 헌신한 신하다. 명현서에 관한 발고도 그자의 입에서 나왔다. 대교가 너를 죽이지 않으리란 건 짐작하고 남는다. 네 아비를 그렇게 보냈으니, 너마저 죽일 수는 없었겠지."

방원의 의중은 간단하지 않았다. 왕의 생각은 읽을 수 없는 그 무엇인 듯싶었다.

명무가 눈을 감았다. 자하문 앞에서 맞닥뜨린 대교의 얼굴은 그림처럼 선명했다. 시선은 외람되고 어려웠다. 이해할 수 없는 눈빛은 여전히 읽혀지지 않았다. 창덕궁 한 켠에 내려놓고 대교는 무언지 모르게 다급해 보였다.

명무의 목소리가 떨렸다.

"그자는 죽는 순간까지 충을 말하고 죽을 것입니다."

"그럴 것이다. 하지만 충도 넘치면 독이 된다. 언젠가 대교도 명현서처럼 보내야만 한다. 그게 나의 원칙이고 모두에 대한 균등이다."

"하오나……."

방원은 복선 위에 복선을 깔았다. 보이지 않는 신하와의 거래는 차고 메말라 보였다. 왕의 살기는 당면한 살기를 건너뛰어 먼 곳을 기약하는 듯했다.

명무를 기울여보는 방원의 눈은 젖어 있었다. 음성은 가라앉아 있었다.

"뒤뜰에 내금위 무사의 말들이 자고 있을 것이다. 검정말을 깨우거라. 밤에 잘 달려줄 것이다. 곁에 아는 얼굴이 기다리거든 데려가거라. 그 아인 오래전 전쟁터에서 어미를 잃고 홀로된 아이다. 내겐 자식처럼 소중한 아이다. 너의 그림을 좋아한다니 데리고 떠나거라."

"하오나 전 여기서 나가는 즉시 죽을 목숨이옵니다."

"죽지 않을 것이다."

방원이 아가상에 놓인 붓을 던졌다. 붓은 머리맡에 겨우 떨어졌다. 붓을 들어 올리는 명무의 손이 떨렸다. 아비의 유품…….

"그 아이에게도 그것과 같은 붓이 있다. 그 하나를 명현서에게 내렸고, 하나는 그 아이에게 주었다. 그 붓으로 너희는 조선의 세상을 그리거라. 너는 할 수 있을 것이다."

"하오나……"

"궁을 나가면 멀리 사라져야 할 것이다. 멀리. 가거라, 어서."

"스승님은……"

스승은 어찌되었는지, 근심은 머리를 지나 어깨를 떨었다. 더이상 아뢸 수 없고, 물을 수 없었다. 바닥에 얼굴을 묻었다. 눈이 매웠다. 흐느낌 속에 개울물 소리가 들렸다. 떨리는 어깻죽지에서 대숲을 빠져나가는 바람 소리가 들렸다. 고개를 들어 올리자 방원은 사라지고 없었다.

인정전을 나온 명무가 주위를 둘러봤다. 살벌한 포박을 예상했으나 인정전 뜰엔 누구도 보이지 않았다. 뒤뜰로 걸음을 옮겼다. 여럿의 말들이 선 채 잠들어 있었다. 말들 사이에 수종은 기다리고 있었다. 수종은 말없이 눈물 흘렸다. 명무가 눈물을 닦아주었다. 수종이 소리 없이 웃었다. 눈에서 별들이 돋았다.

고요한 말들의 잠결을 들여다보며 명무는 신음했다. 검정말 등짝을 쓰다듬었다. 내금위의 말은 울지 않고 조용히 눈떴다. 검은 동자 속으로 전각 모서리에 꿈처럼 매달린 풍경이 비쳐들었다. 전각 너머로 총총한 별들이 흘러갔다. 명무가 검정말에 올라 재촉했다.

"어서 말 등에 오르세요."

강혜가 꿈결처럼 뛰어 올랐다. 인정문을 나와 비원을 가로질렀다. 수라간 대방장전 담장 너머 편백나무 이파리가 바람에 흔들렸다.

그 시간 내금위 무사들은 조계청 앞에 집결했다. 인정전을 나온 방원이 긴급하게 취한 조치였다. 조계청은 창덕궁의 중심이면서 편전에 해당됐다. 인정전과 일곽을 이루었으나 두 문을 걸어야 했다. 밤늦은 시간에, 방원이 경계를 점검하라고 명했다. 병사들이 밤중에 홍두깨 두드리는 소리를 냈다.

머리 위에서 별들이 무궁한 곳으로 흘러갔다. 서편 하늘 끝에 밝은 별 하나가 몸을 떨었다. 강혜가 명무의 허리를 감싸 안았다. 명무가 강혜의 손을 쥐었다.

자하문 전각 끄트머리에 대교가 북편의 바람의 안고 서 있었다. 대교의 머리 위로 끝이 간결한 길쓸별 하나 어두운 하늘을 쓸고 갔다. 자하문을 빠져나간 말발굽 소리가 어둠 속으로 사라져갔다. 멀리에서 개들이 짖어댔고 부엉이가 울었다.

이안의례
移安儀禮

밝고 화사한 봄날.

전각마다 내린 이른 봄빛은 뭉개구름 같았다. 한강 남쪽에서 불어온 바람은 온기를 머금고 있었다. 풀숲에 숨어있던 곤충들이 뛰어오르며 낮게 울어댔다. 햇볕 닿은 자리에 작은 유충들이 꿈틀댔다. 봄은 완강하지 못했고, 겨울을 지나친 봄빛이 한강을 건너오는 중이었다.

육조 신료들이 창덕궁 인정전 앞으로 몰려들었다. 내금위 무사 셋이 방원을 호위해 인정전 안으로 들어섰다. 활을 든 저격사가 망루에 올라 아래 광경을 살폈다.

그 시각 인정전에서는 어진 이안(移安)을 위한 의주가 거행됐다. 진전 봉안에 따른 정해진 격식이었다. 어진을 장황(粧䌙)하여 종묘 정전에 봉안할 것이라고, 육조 당상들이 뜻을 모아 어전에 고했다. 종친부 당상들이 합의했다. 방원이 당산들의 뜻을 힘주어 바라봤다.

먼저 도화서에서 나온 화원이 네 명의 전관과 전복, 여덟 명의 수복을 거느리고 인정전으로 들어섰다. 전관을 동편에 서도록 하고, 전복을 서편을 향해 세웠다. 화원이 향을 피운 다음 높이 걸려 있는 두 축의 어진을 향해 엎드렸다. 절을 마치자 수복들이 두 축의 어진 앞에 흰 장지를 깔았다. 그 위에 적색 천을 펴고, 위에 흰색 보를 깔았다. 백단보, 홍단보, 홍갑보 세 겹의 천이 깔렸다. 어진은 신중히 내려졌다. 내려온 즉시 삼중의 천 위에 드러누웠다. 어진이 바닥에 드러눕는 순간 화원과 더불어 전복과 수복들이 일제히 읍하여, 어진을 수호했다.

땅속 같은 침묵이 인정전 안으로 스며들었다. 숨소리조차 들리지 않았다. 의례는 적막했다. 화원과 예속들의 읍은 엄숙했다. 화원이 고개를 들자 용안이 눈에 들어왔다. 어진 안에서 방원은 능동적이었다. 유능의 눈빛을 내비치는 얼굴이었다. 곧고 일관된 시선이 화면에 흘렀다. 입을 다문 방원은 수용(壽容) 안에 편안히 앉아 있었다. 두 축의 어진에서 곤룡포를 휘감고 도는 용의 발톱만큼은 그 깊이가 달랐으나, 누구도 말하지 않았다.

화원이 전복과 수복을 향해 고갯짓했다. 펼쳐진 어진 위에 다시 삼보의 천이 덧씌워졌다. 설면자는 사용치 않았다. 수용, 즉 도사에서는 사용치 않는 것이 관례였다.

어진을 감싼 보가 신중히 말렸다. 둥글게 말려진 어진을 화원이 금줄로 단단히 묶자 수복들이 바닥에 금색보를 깔았다. 그 위에 금줄로 묶은 어진을 눕혔다. 어진을 감싼 금색보가 느리게 말렸다. 금색보 위에 화원이 직접 봉인을 새기자 전복과 수복들이 일제히 읍했다. 의례는 길고도 준엄하게 이어졌다.

인정전 밖에서 새 울음이 들려왔다. 소리가 청명해 화원들이 듣기에 좋았다. 어진을 이안하는 날 새 울음은 백성들의 속삭임처럼 정겹고 힘이 넘쳤다. 새 울음이 길하게 들렸다.

수복들이 금색보로 휘감은 어진을 흑장에 담았다. 궤는 빠르게 닫혔다. 두 곳의 편자가 맞물린 가운데 자물쇠가 채워졌다. 잠긴 흑장 위에 금실로 짠 풍대를 드리웠다. 풍대는 어진을 수호하는 염원을 품었다. 의례는 서두름이 없었다.

흑장궤가 인정전을 나서자 신료들이 일제히 읍했다. 읍하는 틈을 타 어진을 담은 궤가 신연(神輦)에 올랐다. 행렬은 종묘를 향해 이어졌다. 오조 어진이 선두에 섰다. 사조 어진이 뒤를 따랐다. 방원은 어느 한 축의 어진도 배척하지 않음으로써 어느 한쪽의 어진도 선택하지 않았다. 그것으로 흡족했다. 육조 당상들이 어진을 정전에 봉하기로 결정한 것도 두 축의 수용에 대한 경외를 멈칫거리지 않은 까닭이었다. 용의 발톱 하나로 분분히 일어설 사직의 분열과 신료간 언쟁을 가로막고자 하였다. 황망히 표류할 왕실의 체통을 버려둘 수 없었다. 이유는 명백하고 강고했다. 의중을 분명히 할 때, 강도의 예를 지체할 누구도 방원가까이 있지 않았다.

방원은 어느 하나도 멀리하지 않음으로써 신하와 더불어 하나가 되는 것을 사직의 화평으로 삼았다. 힘겹게 일으켜 세운 존엄이 다시 신하들로 하여금 분규와 언쟁을 불러오는 것을 용납할 수 없었다. 어진의 진전 봉안은 전적으로 화평이 목적이었다. 묘당 한 켠에 봉안하는 까닭도 그 이상 있지 않았다. 존엄은 나를 불사해 모두에게 들이미는 것이 아니라, 모두에게서 고요히 불어오는 한 줄기 바람 같은 것이라고, 방원은 생각했다. 종친과 육조 당상들이 모여든 이안의례는 순탄하고 매끄러웠다.

진시에 수소식(修掃式)이 진행됐다. 어진을 봉안하게 될 정전 주변 조경을 소제하는 절차였다. 이를 통해 진전에 경건을 불어넣었다. 봄에 잡초를 뽑았다. 여름에 장마를 대비해 지붕을 점검했다. 가을에 이끼와 마른풀을 솎아냈다. 겨울에 서릿발과 눈발을 치웠다. 일상의 의식이 곧 이안의례의 만반의 준비였다.

어진을 따르는 행렬은 길고도 느렸다. 의관을 정제한 좌명공신들이 선두에 섰다. 당상, 당하관과 사품 이하 신료들이 줄을 이었다. 도화서 화원과 성균관 학사들이 보태어졌다. 육품 무관과 궁성의 숙위를 담당하는 어영청 수비대가 뒤를 따랐다. 그 뒤를 관청의 수장들이 느린 걸음으로 따라붙었다. 그 숫자만 삼천을 헤아리고 남았다. 걸음은 더디었다. 단조로움 속에서 무거움이 감돌았다. 더딘 걸음 가운데 말 울음소리가 청명하면서도 어수선했다. 햇볕이 따사롭게 행렬 위에 내리쬐었다.

방원은 줄곧 말이 없었다. 네 마리 말이 이끄는 수레 위에서 시름에 겨웠다. 복된 날 눈시울은 뜨거웠다. 인정전을 나서면서 머릿속을 떠도는 그림자는 지워지지 않았다. 지울 수 없는 생각은 오래도록 내면을 떠돌았다. 방원의 입에서 누구도 모르게 명무의 이름이 흘러 나왔다.

"무야, 너는 어디에 있느냐?"

방원의 부름은 멀리 달려가지 못했고, 답하는 소리는 들려오지 않았다. 어진에 남은 명무의 흔적들이 심중을 무겁게 했다. 곁에 선 내금위 무사가 방원의 근심을 불안한 시선으로 바라봤다.

그날 밤.

샛노란 천 아래 명무의 입에서 새어 나온 피리 소리는 잊혀지지 않았다. 소리는 뱃속 저 아득한 곳에서 올라와 높아지다 낮아졌고, 끊어지다 다시 오래 이어졌다. 들창 너머 구름 뒤에 숨은 달빛이 흘겨봤고, 오래도록 눈이 내렸다.

명무의 몸속으로 바람이 불어 다녔다. 방원이 숨을 멈추었다. 명무의 몸은 뜨겁지 않았고, 차갑지도 않았다. 몸속의 체온이 느껴질 때, 이 아이는 외로운 아이라고, 방원은 생각했다. 방원은 사막 같은 능선을 바라보며 신음했다. 이 아인 대체…….

샛노란 천 아래 명무의 몸뚱이 위로 은하수가 내려와 있었다. 무수한 별자리로 맺힌 땀방울을 바라보며 방원은, 변방에서 죽어간 병사들을 생각했다. 명무의 몸은 죽은 병사들의 별자리를 뿌려놓은 것 같았다. 명무의 가슴은 오래 전 죽은 왕들의 무덤 같았다. 배꼽 아래 검은 수풀 속에서 모과 향이 올라왔다. 살이 단단했다. 움직일 때 소리가 없었다. 명무의 살과 골격은 해지는 들녘 가운데 흐르는 만경강 같았다.

너는 물고기 같구나.

방원은 그 말을 삼켰다. 성균관 학록의 신분으론 날것의 말이 어렵고 무색했다. 명무의 살결을 쓰다듬으며 방원은 주저했다. 장대한 아이의 몸은 쓰다듬을 때 들어갈 곳과 나올 곳이 분명했다. 숨을 내쉴 때 다시 만경강 들판의 피리 소리가 들렸다. 거칠고 메마른 소리 속에 조선의 산하가 보였다. 비린내 나는 날것이 아닌 생비름 같은 민초들의 척박한 생의 전율이 보였다. 명무의 목소리가 들렸다.

……오늘 밤만큼은 선비님의 것입니다.

그날 밤 샛노란 천 아래에서 방원은 명무의 몸을 오래 품었다. 아이의 몸은 너른 들판 같고 긴 강물 같았다. 아이의 신체가 깎아지른 벼랑을 타고 올라 아득한 능선으로 뻗어갔어도, 결국 조선의 산악이었고 조선의 강물이지 싶었다. 아이의 몸은 사념을 비워낸 그림 같았다. 아이의 그림은 조선의 세상 같았다. 아이의 몸은 집요하고 끈기 있게 보였다. 아이의 몸에서 대장장이의 불꽃이 보였고, 불길을 뛰어넘는 소리가 들려왔다. 노란 불꽃

무늬 물고기 아홉 마리가 명무의 몸에서 뛰어올랐다. 순간 방원은 세상의 끝을 보았다. 세상이 샛노랗게 보였고, 쪽빛으로도 보였다. 머릿속에 시뻘건 고려의 멸망이 떠올랐다. 어지러웠다.

그날 밤, 명무의 몸은 아늑하면서도 슬픈 색채로 채워져 있었다. 머릿결은 차분하고 부드러웠다. 목선은 가늘고 순했는데, 고요한 박동이 들려왔다. 어깻죽지를 타고 내려온 젖가슴은 보편적이었다. 배에서 아지랑이가 피어올랐고, 얕은 고랑을 따라 땀이 고여 있었다. 등줄기를 따라 내려온 골반에서 봉분이 보였다. 봉분은 속이 비어보였다. 검은 수풀 속에서 다시 모과향이 번져왔다. 봉분에서 내려뻗은 무릎을 따라 생의 긴장이 돌았다. 종아리에서 윤기가 났다.

들창 너머로 눈이 내렸다. 멀지 않은 곳에서 부엉이가 울었다. 개들이 짖을 때, 민가의 소들이 긴 울음을 울었다.

머릿속에 남은 명무의 음성은 가야금 선율 같았다.

……왕의 몸을 알아야 왕을 그릴 수 있다고…….

그 말의 정직 속에 아이의 순결은 보였다. 명무의 몸은 먹선 하나로 윤곽을 이루었다. 명무의 몸은 여백 없어 들맥으로 채워져 있었다. 머리에서 발끝까지 곡선과 곡선으로 이어진 산하는 뚜렷했다. 어깻죽지를 타고 산악의 능선이 아래로 뻗어갔다. 가슴골에서 바람 소리가 들렸다. 살갗에서 생기가 돌았다. 혈색이 바른 아이의 몸은 깊고 왕성해 보였다.

너는 가혹한 아이구나.

그 말의 어려움을 방원은 알았다. 뱉지 못하고 삼킬 때, 이 아이의 삶에서 자유가 사라진 고려인의 감성이 느껴졌다. 자유를 갈망하는 아이의 몸은 본래 가혹하고 어려운 것이라고, 방원은 생각했다.

명무의 몸은 바람이 무화된 사막 같았다. 명무의 몸은 닿을 수 없는 곳에 내려가 있었다. 끝이 보이지 않았다. 명무의 몸은 모호하면서도 색깔이 무수했는데, 여느 궁녀들의 몸과 달랐다. 명무의 몸을 따라 펼쳐진 색의 진경을 방원은 끝내 알 수 없었다. 끝이 없는 것의 실체를 누르는 힘은 완고하고 분명했으나, 끝을 불러오는 전통은 한없이 공허하고 외로웠다.

그날 밤.

들창 너머 눈 내리는 전각 지붕마다 잿빛이 뛰어올랐다. 서까래에서 푸른 기운이 돌았다. 처마 너머로 이름 모를 새들이 별무리 속을 헤엄쳐 다녔다. 간간히 새 울음이 들렸다.

내관에게 아이를 돌려보내라고 말했다. 내관이 알았다고 대꾸했다. 문을 나설 때 아이의 몸에 박힌 별자리가 떠올랐다. 젊고 왕성한 아이는 편안해 보였다.

바람 순한 새벽.

아이의 몸에서 빠져나온 별자리가 북편 하늘 북두에 빛났다. 눈 내린 그날 밤, 방원은 명무의 피리 소리를 끊어낼 수 없었다.

방원의 수레 뒤편으로 양녕, 효령, 충녕이 말에 올랐다. 왕자들은 과묵하고 수선스럽지 않았다. 그 뒤로 왕후 민씨가 수레에 올랐다. 젊은 보모상궁이 어린 성녕을 보듬어 안고 조용히 흔들었다. 늙은 상궁이 곁에서 거들었다. 성녕의 옹알이는 간지러웠다. 성녕은 침을 자주 흘렸다.

　방원을 태운 수레가 종묘 가운데 대문으로 들어섰고, 나머지는 좌우로 나뉘어 들어섰다. 전악서 악공과 아악서 악사들이 미리부터 나와 있었다. 연당을 지나 공양왕 신당 앞에서 수레는 잠깐 멈추었다. 좌명공신 하륜이 물었다.

　"공양왕 신당이옵니다. 지나쳐 가옵니까?"

　"그리하라."

　공양왕 신당을 거쳐 방원을 태운 수레가 문소전과 향대청마저 들르지 않고 정전 쪽으로 향했다. 수레는 공신당 앞에서 다시 멈칫거렸다. 좌명공신 박은이 물었다.

　"조선을 위해 죽어간 자들의 신주를 모신 곳이옵니다."

　"……."

　"흠향이라도 하심이……."

　몇 해 전, 인주(仁州) 앞바다에서 전함 침몰로 죽어간 병사들의 이름도 새겨야 할 것 같았다. 마흔 명이 넘은 숫자였다. 작년 봄, 진도 앞바다에서 물밑으로 떠밀려 간 아이들의 영혼도 기려야 할 것 같았다. 삼백 명이 넘는 어린 백성이었고, 누군가의 자식들이었을 것이다. 그 이름자만이라도 석각해서 종묘 한곳에 남겨야 할 것인데, 신료와 종친들이 허락할지 알 수 없었다. 그 아비어미의 슬픔이 오래 이어질 것이고, 그때 살아남은 자들의 생의 어려움이 오래갈 것 같았다.

박은의 말에 방원이 짧게 대꾸했다.

"공신당도 다음에 들르겠다."

공신당을 지나 수레는 정전 앞 광장에서 멎었다. 수레에서 내린 방원이 정전을 둘러봤다. 광장에는 오포가 엎드려 있었다. 정오 때마다 오포는 열두 점 시각을 알리며 터졌다.

뒤를 이은 행렬이 공신당 멀찍이에서 기척 없이 멎었다. 양갈래로 늘어선 행렬 사이로 신연은 지났다. 좌우 신하들이 낮게 읍하여, 예를 올렸다. 먼 산맥을 넘어 불어온 바람은 느슨하지도 팽팽하지도 않았다.

신연이 정전으로 들어섰다. 위병들이 긴장을 늦추지 않았다. 당상관들과 당하신료들이 고개를 묻었다. 뒤를 따르던 화원과 장정들이 일제히 엎드렸다. 수레를 끌던 말들이 하릴 없이 울음을 흘렸다.

어진 이안의례는 신연이 통례문을 지나치는 순간 진전 봉안을 위한 통관절차로 이관됐다. 절차가 곧았다. 높은 격식은 왕가의 의무였다. 높다란 정자각엔 통례관이 동편을 향해 올라섰다. 서편엔 헌관이 올라 좌우를 가늠해 바로섰다. 화원은 인정전에서와 마찬가지로 두 어진을 향해 각각 넷의 전관과 전복, 여덟 명의 수복을 거느리고 정전으로 들어섰다.

화원의 지시에 두 명의 전관이 동쪽을 향해 섰다. 두 명의 전복이 서쪽을 향해 섰다. 각기 두 명의 수복들이 바닥에 흰 장지를 깔았다. 위에 적색 천을 폈다. 적색 천 위에 흰색 보를 덮었다. 신연에서 내려진 흑장이 위에 놓여졌다. 두 명의 수복이 읍하여, 이를 수호했다. 흑장을 덮은 풍대가 거두어졌고, 자물쇠를 풀었다. 금색보로 감싼 어진이 화원의 눈에 들어왔다. 두 명의 수복이 금색보를 들어 세 겹의 자리 위에 내려놓았다. 화원이 서둘러 금색보 가운데 붉은 글씨로 새겨진 봉인을 제거했다. 여덟 명의 수복들이 읍하여, 화원을 수호했다.

의주는 지체되지 않고 이어졌다. 시간은 시간의 벽을 허물고 흘러갔다. 화원이 삼보를 묶은 금줄을 풀었다. 삼보 안에 다시 삼보가 어진을 휘감았다. 세 겹의 천을 걷어낸 수복들이 읍하고 신중히 어진을 들어 올렸다. 말려 있던 두 축의 어진이 동시에 밑으로 펼쳐졌다. 어진은 방원의 전신을 드러내며 출렁거렸다.

화원의 입에서 굵고 높은 목소리가 새어 나왔다. 이안의례가 진행되는 동안 처음으로 흘러나오는 목소리였다.

"눈부신 조선의 건국 정신을 기억하라. 위로 조선의 골격을 세우고 아래로 고려의 수치를 씻어내셨다. 옛 조선의 영토, 요동 한 켠을 수복하신 전하이시다. 모두 엎드려 예를 올리라."

화원과 수복들이 그 자리에 엎드려 어진을 받들었다. 좌명공신과 당상관들의 오체투지는 물살 같았다. 당하신료들의 예는

땅과 합일했다. 고른 충정이 땅과 이마를 맞대었다. 뒤를 이어
정전 앞에 도열한 화원과 장정들이 바닥에 얼굴을 묻었다. 경외
가 드높아 보였다. 익선관의 두 각은 향이 높았다. 먼 곳까지 향
이 번져갔다.

왕의 정신세계를 반영한 매미의 전생 신화는 유효해 보였다.
오랜 유충기간을 거친 매미만이 한 여름 뜨겁게 울 수 있었다.
어진 안에서 방원은 여름을 다스리는 지혜와 용기로 충만해 보
였다. 수용 안에서 방원은 어진 얼굴로 신하와 백성들의 세상을
굽어봤다.

불현듯 방원의 눈시울이 뜨거웠다. 멀리에서 죽은 명현서의
목소리가 바람에 실려왔다.

……죽음은 삶의 무거움을 벗어던지는 새로운 각오가 아
니라, 날마다 무거운 곳으로 불어가는 가벼운 삶을 견디는 초
극의 자세라야 하옵니다.

명현서를 살려두었다면 어떠했을지, 종잡을 수 없는 생각이
머릿속을 돌았다. 산악처럼 가팔라 보이는 신하의 반역을 추스
르는 일은 여전히 근심이었다. 본보기가 된 명현서는 죽고 없었
다. 다시 명현서의 목소리가 바람에 묻어왔다.

……조선은, 저 높고 아름다운 나라 고려 왕조를 피로 물들

이며 일으킨 나라이옵니다. 고려의 유민들을 척살하오면 그 높음과 아름다움이 전하의 시류에서 모두 사라질 것이옵니다.

그때 명현서는 울부짖고 있었는지 생각나지 않았다. 명현서의 반역은 문외하고 외람되게 보였다. 명현서는 다른 쪽을 바라보고 있었는지 몰랐다. 그의 얼굴엔 슬픔도 두려움도 아닌 막막한 표정이 떠올라 있었다. 눈에서 출렁이던 난해한 바다를 방원은 기억해냈다. 명현서의 불꽃같은 재능은 한줌 재가 되고 없었다. 명현서를 생각하자 명무와 예문관 대교가 떠올랐다.

석 달 전, 딸자식 같은 아이와 함께 대관령 기슭에서 사라졌다는, 명무에 관한 내금위 무사의 보고는 우울하게 들렸다. 대교가 돌려보낸 무사는 쇠의 끈기를 몸속에 지닌 것 같았다. 검정말을 탄 두 아이는 소박하고 행복해 보였다고, 무사는 덧붙였다. 대교를 뒤쫓아 보낼 때 눈빛이 떠올랐다. 대교의 눈빛은 무심하지 않고 무거워 보였다. 대교가 언제까지 둘의 행방을 쫓을지 알 수 없었다.

무사가 잘 찢어진 눈을 내리감고서 조용히 물러났다. 퇴궁하는 길에 무장을 해제한 무사는 무당집 근처에서 목부터 복강까지 길게 베어졌다. 시신은 닷새 뒤 한강 하구에서 발견됐다. 그때나 지금이나 모두에게 균등의 의무를 저버리지 않은 것에 방원은 안도했다.

방원이 나직이 읊조렸다.

"고려의 멸망은 조선의 사직에도 크나큰 손실이었고 아픔이었다. 나는 조선의 정통을 세우기 위해 고려 왕족과 유민들을 벼랑으로 떠민 것이 아니라, 나의 아픔을 씻어내기 위해 고려 떨거지들을 척살하지 않을 수 없었다. 그것 때문에 나는 더 아파해야했다. 나는 지금도 옳고 그때도 옳았다. 종사와 혼연일체가 되지못한 사례를 수습하면서 나는 나의 사직을 돌아보았다. 저 높고아름답다라고 말하는, 고려를 애처롭게 여기던 신하들에게 반역의 명분을 안겨준 나의 이기적인 처사도, 그 모두는 덧없지 않다. 설령 고려유민을 끌어안는 부드러움을 생각한들, 그마저 결국은 나의 이기적인 처사다. 나는 이기적이며 나의 편일 수밖에없다."

자리를 박차고 정전을 나온 방원이 우울한 얼굴로 월대를 가로질렀다. 민씨와 성녕을 보듬은 젊은 상궁이 어리둥절한 표정으로 바라봤다. 내금위 무사들이 방원의 그림자를 밟을까봐 불안한 걸음으로 뒤를 따랐다.

강녕전으로 향했다. 아무래도 쉬어야 할 것 같았다. 경복궁을너무 오래 비워둔 것 같아 마음에 걸렸다. 맑은 날 완산의 진전도 둘러봐야 할 것 같았다. 경기전 정전에서 아침저녁 태조의 기침은 여전한지, 알 수 없는 그것은 시시때때 떠올랐다. 종묘 위를 날던 새들이 방원을 따라 나서며 울었다. 높지 않은 곳에서새들은 길하게도 울었고 흉하게도 울었다. 새 울음을 들으며 방원이 속으로 읊조렸다.

'가야할 곳은 분명한데 갈 수 없다. 경들은 내 마음을 아는가. 조선의 명분은 옳았다. 옳았음에도 강국의 틈바구니에서 바로 서지 못했다. 나의 조선은 국내외 모든 옳지 않음과 대적하기 위해 뜨거웠다. 거기에 조선의 대의가 있다. 나의 조선은······.'

방원이 돌아선 뒤 두 축의 어진이 높이 걸렸다. 어진 위에 풍대와 유소가 내려졌다. 유소가 출렁이자 병풍에서 한 쌍의 봉황이 꿈틀댔다. 순간 봉황이 날아올랐다. 두 마리 봉황 사이에 여의주가 떠 있었다. 왕정의 품성이 봉황의 날갯짓 하나에 비쳐들었다. 조선의 태동은 적막하고 장엄했다. 그 끝은 한 점 바람조차 불어가지 않는 고요의 바다였다.

이 소설은 결국 '허구'이다

1. 이 소설은 태종어진 부재의 실상을 딛고 씌어졌다. 소설의 주무로서 어진 경연에 관한 서사는 큰 골격을 형성하지만, 그 뼈마디에서 허구성을 읽어내는 것은 옳다. '어진'이란 용어는 숙종 39년 도제조(都提調) 이이명의 제안으로 보편화된다. 용어의 당대적 입지가 시대를 초월할 수는 없다. 소설에서 '어진(御眞)'은 '왕의 초상'을 일컫는 용어일 뿐이다. 어진의 전통 화법은 사실적 구상을 잠재운 추상의 구도에서 출발하는데, 왕의 정직한 표정과 성정을 가장 중시했다. 선초 어용화사(御用畵師) 선정에 관한 체계적인 관례는 문헌에서 찾을 수 없었다. 어진의 진전 봉안에 따른 의제는 사료마다 차이를 보였다. 어진 제작은 대부분 규장각에서 주관했으나, 태종 때 규장각은 설치되지 않았다. 외방 진전 가운데 경기전

(景基殿)은 예나 지금이나 으뜸이었다. 문헌은 방대하고 깊다. 고증으로 일관할 수 없는 항목은 지어냈다. 지속가능하고 확고부동한 왕의 권위를 회화로 옮겨놓은 것이 어진이다. 그 엄격에서 글쓴이의 불완전성은 읽힌다. 글쓴이의 독서력은 다능하나, 그 골간을 짚어 글로 옮길 때 다재하지 못함을 애석해 한다. 어진과 진전에 관해 참고한 문헌은 다음과 같다.

조선미, 『한국의 초상화』, 열화당, 1983.

김문식·신병주, 『의궤 : 조선 왕실 기록문화의 꽃』, 돌베개, 2005.

이성미, 『조선시대어진관계도감의례』, 『조선시대어진관계도감의례연구』, 정신문화연구원, 2005.

전경미, 『경기전 단청에 관한 고찰』, 『왕의 초상—경기전과 태조 이성계』, 국립전주박물관, 2005.

이수미, 『경기전 태조 어진의 제작과 봉안』, 『왕의 초상—경기전과 태조 이성계』, 국립전주박물관, 2005.

유혜선, 『태조 어진 안료 분석』, 『왕의 초상—경기전과 태조 이성계』, 국립전주박물관, 2005.

천주현, 『태조 어진의 현미경조사』, 『왕의 초상—경기전과 태조 이성계』, 국립전주박물관, 2005.

조인수, 『경기전 태조 어진과 진전의 성격 : 중국과의 비교적 관점을 중심으로』, 『왕의 초상—경기전과 태조 이성계』, 국립전주박물관, 2005.

권오창, 『태조 어진 모사 과정에 관한 고찰』, 『왕의 초상—경기전과 태조 이성계』, 국립전주박물관, 2005.

장경희, 『경기전의 의식구 고찰』, 『왕의 초상—경기전과 태조 이성계』, 국립전주박물관, 2005.

문화재청, 『한국의 초상화 : 문화재청 편』, 눌와, 2007.

　서울대학교규장각, 『규장각 소장 의궤 해제집 I』, 서울대학교규장각, 2003.

　홍성덕·김철배·박현석 역, 『국역 전주부사』, 전주시·전주부사국역편찬위원회, 2009.

　김성희, 『조선시대 어진에 관한 연구 : 의궤를 중심으로』, 이화여자대학교 석사학위논문, 1990.

　이미경, 『조선시대 어진 연구』, 홍익대학교 석사학위논문, 2007.

　김민규, 『어진의 현대적 차용에 관한 연구 : 본인의 작품을 중심으로』, 홍익대학교 석사학위논문, 2008.

　전자홍, 『조선시대 어진의 조형적 특징에 대한 연구』, 동아대학교 석사학위논문, 2008.

2. 조선초기 정치 이데올로기와 외부상황은 얽힌 실타래 같았다. 여러 문헌과 기록을 살펴볼 때 마땅한 것도 있었고, 그렇지 못한 것도 있었다. 고려 유산에 대한 태종의 마음은 쉽게 읽혀지지 않았다. 시중들의 의중도 간단하지 않았다. 가계와 문벌, 정치적 외연들이 뒤엉킨 조선의 판세는 우울했다. 사직의 정치적 미의식은 높고 가파른 관점에서 논의되며 기록되고 있으나, 그 간단치 않음이 글쓴이를 분투하게 하였다. 소설 속 언어가 시대를 대변하거나 소추할 수는 없다. 소설에 등장하는 실명의 인물들은 역사적 실존과 변별된다. 당대의 코드는 망각의 힘에 의해 잘려 나가 있었고, 문자와 언어의 유전자를 불러내는 작업은 난해했다. 선초 정치 배경과 소설의 흐름은 다를 수 있으나, 글쓴이의 소견은 명료하다. 소설

속에서 그 구분은 까다롭다. 실제와 허구의 경계를 염려한다.
참고한 책들의 출처는 다음과 같다.

변계량·윤회·신장·황희·맹사성 외,『태종공정대왕실록(太宗恭定大王
實錄)』, 춘추관 사국(史局), 1424-1431, 태백산본(선조39 재간, 훈련도감 활
자본, 해제), 1606, 이하『태종실록』.

정두희,『조선초기의 정치지배세력 연구』, 일호각, 1983.

정두희,『왕조의 얼굴 : 조선왕조의 건국사에 대한 새로운 이해』, 서강대
학교 출판부, 2010.

박천식,『조선건국의 정치세력 연구』, 전북대학교출판부, 1984.

최승희,『조선초기 정치사 연구』, 지식산업사, 2002.

한영우,『정도전사상의 연구』, 서울대학교 출판부, 1983.

장국종,『조선정치제도사』, 한국과학백과사전종합출판사, 1998.

3. 조선의 궁궐은 고요하고 우람했다. 전각들은 하늘과 이마를
   맞대어 우뚝 섰고, 땅에 발을 디디면서 사람들과 친화했다.
   사직의 무게를 견디느라 젊고 근엄하던 서까래는 조용히 늙
   어가고 있었다. 경복궁은 광화문에서 시작되어 흥례문과 영
   제교, 근정전 용문루와 융무루를 거쳐 사정전, 강녕전, 교태
   전 지나 경회루에 이르도록 궐문과 전각의 길상 장식 속에
   신비로웠다. 창덕궁은 권역마다 돌과 바위, 문과 문, 벽과 기
   둥, 현판의 주련 사이 글과 문장에 맞닿아 깊고 높았다. 종묘
   에는 조선의 상상력이 집결해 있었다. 정전의 월대는 무겁고
   장중했다. 서른다섯 칸 열주 기둥은 치밀해 보였다. 책 속에

서 궁궐은 세기마다 비국을 견뎌내고도 말이 없었다. 지어낸 것과 실제의 것이 섞이어 그 상서로운 상징들이 오래 어깨를 짓눌러왔다. 궁궐의 전각들은 다시 천년을 기다리는 모양이었다. 엄한 것들이 먼 겨울의 조선을 흔들어 깨우더니, 민가의 아이들과 소와 닭과 개들의 울음은 요요했다. 근정전 월대에 내린 달빛은 돌마다 파랗게 얼어 있었다. 한강은 예나 지금이나 청명한 소리로 흐를지니, 궁궐의 일부를 소설에 실어 마음 놓인다. 눈여겨 본 책들은 다음과 같다.

신영훈, 『한국의 고궁 : 경복궁·창덕궁·후원·종묘·덕수궁·경희궁』, 도서출판 한옥문화, 2005.

이덕수, 『新궁궐기행』, 대원사, 2004.

허 균, 『사료와 함께 새로 보는 경복궁』, 한림미디어, 2005.

문화재청, 『궁궐의 현판과 주련1 : 경복궁』, 수류산방, 2007.

문화재청, 『궁궐의 현판과 주련2 : 창덕궁·창경궁』, 수류산방, 2007.

문화재청, 『궁궐의 현판과 주련3 : 덕수궁·경희궁·종묘·칠궁』, 수류산방, 2007.

문화재청, 『조선의 궁궐과 종묘』, 눌와, 2010.

4. 종이의 능선은 깊고 높고 가팔랐다. 문자가 오르는 산악에서 자향(字香)은 돋았고, 회화를 실현하는 고갯마루에서 미학은 솟았다. 종이는 밀려오는 조선의 신세계적 편성 앞에 무춤거리지 않았다. 시류에 아득히 빠져나가던 고려의 물살 앞에 종이는 오류가 없었다. 태종은 조지소(造紙所)를 설치해 태동

350

하는 조선의 종이산업에 혁신의 기틀을 다졌다. 조지소는 세조 때 조지서(造紙署)로 이름을 바꾸었다. 610년(영양왕 21) 고구려인 담징(曇徵)은 일본으로 건너가 물감, 종이, 먹, 물레 방아를 전파했다. 제지를 가르치면서 종이에 고구려의 별들을 담고자 했다. 일본 법륭사(法隆寺) 한쪽 벽에서 천년 넘게 침묵한 〈금당벽화(金堂壁畵)〉는 1949년 거의 소실됐다. 최근 컴퓨터 화상으로 복원했으나, 실물과 같은지 알 수 없다. 언어와 감정과 사상과 논변의 기호를 새긴 종이의 능선은 언제나 적막했다. 활자와 활자의 중후한 가시들을 발라내고, 묵은 회화의 뼈마디를 털어내면 종이는 종이 이전의 오래된 물과 햇볕과 바람과 산과 별들의 숨을 추억했다. 종이는 물에서 시작되었고, 물에 의해 해체되었다. 종이는 물과 합쳐질 때 완성되었으나, 물은 종이와 만나면 끝없이 나누어지기를 희망하였다. 오랜 시간 종이와 물은 하나의 관능으로 흘러왔고, 물과 종이는 거듭된 시간대를 상극으로 지내왔다. 물의 응집과 섬유의 끈기를 딛고 종이는 발전하는 것이라는데, 종이의 끝은 산맥의 나무인지 바다의 물인지 알 수 없었다. 종이에 대한 논변은 책속에서 여러 갈래로 나뉘었다. 필요한 부분만 참고했다. 담징의 생은 분명했으나, 그 행적은 사료에서 명확하지 않았다. 참고한 문헌과 일기는 다음과 같다.

김순철, 『종이역사』, 예진, 2001.

이승철『우리가 알아야할 우리 한지』, 현암사, 2002.

국립민속박물관,『한국의 종이문화』, 도서출판 신유, 1995.

피에르마르크 드 비아지, 권명희 역,『종이』, (주)시공사, 2000.

김삼기,『조선후기 제지수공업 연구』, 중앙대학교 박사학위논문, 2003.

최양임,『조선시대 한지 제조에 대한 고찰』, 원광대학교 석사학위논문, 2001

전영준,『조선전기 官撰地理志로 본 楮·紙産地의 변화와 사찰 製紙』, 지방사와 지방문화 14권 1호, 2011.

이창경,『조선시대 관영제지산업에 관한 고찰』, 아시아민족조형학회, 통권 제7집, 2007.

『태종실록』권24 태종 12년 11월 기유.

『日本書紀』권22 610년(推古天皇 18年) 편, 720년 간행.

5. 성균관 유생들은 골마루에서의 스캔들보다 전당에서의 학문을 중시했다. 성균관의 '成'은『成人材之未就』에서 왔고, '均'은『均風俗之不齊』에서 왔다. 인재를 이루고, 풍속을 가지런히 고른다는 뜻이다. 고려의 교육 제도를 그대로 유지했으나, 교육 목표는 개국 주역들에 의해 차분히 수정되었다. 세계대동 관념의 유교적 이념을 지향했다. 현실적 이상과 이상적 현실 사이에서 자주 대립했다. 사서(四書)와 오경(五經)을 가르쳤고, 주자의 학문적 체계를 답습했다. 기정 교과를 넘어서면『근사록(近思錄)』『성리대전(性理大全)』『경국대전(經國大典)』『통감(通鑑)』『좌전(左傳)』『송원절요(宋元節要)』『동국정운(東國正韻)』을 교재로 활용했다. 융회관통(融會貫通)

한 자에게는 대통(大通)의 점수를 주었다. 구두(句讀) 훈석(訓釋) 변설(變說) 강론(講論)에 이르는 성리학적 논변의 체계는 쇠의 끈기만큼이나 질기고 단단했다. 왕의 성균관 방문은 잦지 않았다. 알성(謁聖)할 때 문과별시를 치러 한 번에 급제시켰다. 보편적이고 능동적인 조선의 인문학은 그 기발함에서 깊고 높았다. 말속에 글을 담는 것은 쉬웠고, 글속에 말을 실현하는 일은 어려웠다. 성균관에 관해 참고한 자료는 다음과 같다.

양국영, 황종원 외 역, 『유교적 사유의 역사』, 성균관대학교 출판부, 2006.

장재천, 『조선조 성균관 교육과 유생문화』, 아세아문화사, 2000.

변온섭 외, 『조선시대 성균관과 사학(四學)』, 도서출판 우삼, 2004.

이 한, 『성균관의 공부벌레들』, 수막새, 2010.

성균관대학교, 『성균관대학교 600년사(1398~1998)』, 성균관대학교 출판부, 1998.

신천식, 『조선초기 성균관 운영과 교육개혁에 관한 연구』, 『관동사학』 3집, 1988.

피정만, 『조선시대 성균관의 교육제도에 관한 연구』, 성균관대학원, 1990.

강은경, 『조선 초기 교육개혁논의와 성균관의 역할; 태조~성종대를 중심으로』, 이화여자대학교 석사학위논문, 2001.

김태훈, 『조선초 성균관의 교육적 역할에 대한 연구; 제도와 교육적 역할 및 기능을 중심으로』, 한남대학교 석사학위논문, 2003.

『태종실록』 권22 태종 11년 11월 계유.

『태종실록』 권33 태종 17년 윤5월 기미.

김학주, 『새로 옮긴 시경(詩經)』, 명문당, 2010.

6. 조선초기 코끼리는 정치·경제적 딜레마였다. 태종 11년 코
   끼리[馴象]는 바다 건너 일본을 통해 유입되었다. 당시 일본
   과 외교적 시류는 원활하지 않았다. 농본이 국가경제를 열어
   가는 나라에서 하루에 콩 네 두를 먹어 치우는 짐승은 감당
   하기 버거웠다. 실록은 오롯이 전한다. 이 덩치 큰 짐승은 불
   안한 시국에 사고까지 쳤다. 사복시에서 자신을 비웃고 침을
   뱉는 공조전서 이우를 밟아버렸다. 이우는 즉사했다. 조정에
   서는 짐승이라도 죄를 지었으니 벌을 주어야 한다고 상소했
   다. 이 사건을 담당했던 병조판서 유정현은 코끼리를 유배 보
   내야 한다고 진언했다. 태종은 코끼리 편에 서지 못했다. 조
   용히 웃으며 신료의 말에 따랐는데, 이 덩치 큰 짐승은 전라
   도 해도(海島)에서 오래 먹고 울먹였다. 후에 사면돼 뭍으로
   나와 지방을 떠돌며 사육됐다. 세종 때 공주에서 하인 하나가
   코끼리 발에 채여 죽는 사건이 일어나므로, 다시 섬으로 방출
   됐다. 물과 풀이 좋은 섬에서 코끼리는 한적한 생을 마감했
   다. 짐승을 생각하는 세종의 마음은 태종의 마음과 다르지 않
   았다. 코끼리에 관한 실록의 일기는 다음과 같다.

   『태종실록』 권21 태종 11년 2월 계축(22일).
   『태종실록』 권24 태종 12년 12월 신유(10일).
   『태종실록』 권26 태종 13년 11월 신사(5일).
   『태종실록』 권27 태종 14년 5월 을해(3일).
   『태종실록』 권35 태종 18년 5월 계축(4일).

황보인·김종서·정인지 외, 『세종장헌대왕실록(世宗莊憲大王實錄)』, 권
10 세종 2년 12월 임술(28일), 춘추관 사국(史局), 1452-1454, 태백산본(선
조39 재간, 훈련도감 활자본, 해제), 1606, 이하 『세종실록』.

『세종실록』 권11 세종 3년 3월 병자(14일).

7. 조선의 과학은 불꽃 같았다. 건축술에서 발효음식, 의학과 수
의학, 도량형과 지도, 시간 측정과 천문도, 역법 등 조선시대
과학은 우아한 파격이었다. 태조 때 만들어진 '천상열차분야
지도(天象列次分野之圖)'는 고구려의 별자리 지도를 계승했다.
태조는 하늘의 별자리를 땅의 돌에 새기면서 하늘의 것이 땅
에 내려서는 불경을 몸소 견디었다. 별을 헤아려 그 자리마
다 이름을 얹은 선조들의 지혜는 아름다웠다. 선조들은 별의
미학을 후손들에게 물려주고 싶었던 모양이다.

　조선의 과학은 하늘과 바다를 동경한 모양이었다. 대기권
너머 우주로 뻗어나가기를 소망했고, 바닷속 깎아지른 심해
로 내려가기를 염원했다. 실패를 두려워하지 않았으니, 조선
의 과학은 진보적이며 엄혹했다. 참고한 책과 기록은 다음과
같다.

박상표, 『조선의 과학기술 : 한국문화콘텐츠진흥원 편』, 현암사, 2008.

박성래, 『한국인의 과학정신』, 평민사, 1994.

이영기, 『주제별로 보는 우리의 과학과 기술』, 일빛, 2001.

8. 지나간 시대의 현실감을 복원하는 일은 힘겨웠다. 참고한 문헌의 기사들은 값지고 출중했다. 값진 것들 사이에서 귀한 뼛가루를 골라내는 작업이었음에도 우람한 질감은 만져지지 않았다. 당대의 인적을 형성하는 뼈들은 멀리 있었고, 주역들의 존재감은 책들의 하이브리드(Hybrid) 사이에 살아 있었다. 문자의 길들은 아득히 뻗어나가 수만 갈래로 얽혀 있었고, 책 속에 떠오르는 여명과 책 속에 기우는 황혼은 한가지 빛이었다.

책들은 책들의 연대기적 시간과 지식의 무게를 털어내며 다음 당대로 진입하는 모양이었다. 기록의 불멸을 인정한 선조들의 수공은 치밀하면서도 놀라웠다. 기록은 한정된 시공을 뛰어넘어 시류를 초월했다. 지성은 시효를 버린 채 후세로 뻗어왔다. 오래전 세상에서 사라진 것들의 존재감은, 그것들 모두 늙어 사라지는 것이 아니라 느린 시간 속에 박물(博物)되어가는 중이었다. 기록들은 해와 달과 물의 흐름을 갉아대던 시간의 파격을 끌어안고 겨우 잠들어 있었다. 옛사람들의 관념은 지금과 다르지 않았다.

옛 시대의 영광을 재현하는 작업은 후대에 태어나 글을 짓는 글쓴이의 복일 것이다. 당대의 언어와 시류의 언어가 다르다 할 수 없으니, 무수한 문자와 문자들의 우연하고 필연적인 상호텍스트성(Intertextuality) 앞에 글쓴이의 필념(筆念)은 자유로울 수 없었다. 맞물리고 얽힌 그것들은 책들의 빛 안에 피워 올랐음에도 엄하고 매웠다. 책 속의 조선은 고뇌하고 있었다. 조선의 고뇌는 편서(片書)로 불어갔다. 책들은 전적으로 글쓴이의 편이 되어주었으니 참회할 만하다.

이 소설은 『조선왕조실록』 해제(解題)에서 문체적 영향을 받았다. 편년체 일기에는 왕과 시중들의 사실적 교호가 담겨 있었다. 그 하염없는 인문학적 수사와 사유를 공감한다. 실록에 대한 글쓴이의 문학적 오마주(Hommage)는 변함없다. 그럼에도 불구하고, 이 소설은 결국 '허구'(Fiction)이다. 사실(Fact)과 창작(Creative)이 혼재된 소설에서 서사적 개연성은 '허구'로 규정될 수밖에 없다. 소설의 허구적 측면에서, 후손들의 혜량을 바란다. 또한 소설의 여러 표현과 묘사에 있어서 방대한 터전을 마련해준 기록의 장인들께 고개 숙인다. 이 모두는 참고한 책과 기록을 토대로 한 글쓴이의 뜻임을 밝힌다.

기억을 더듬어가는 날마다 외롭고 고단하였다. 파란 전율을 새기는 저녁엔 서글펐다. 오랜 날 사적 허상과 역사적 진경 사이를 오갈 때도 하늘은 붉고 단단했다. 글 속을 걸어가는 날마다 달이 차오르고 별은 기울었다. 해가 솟고, 바람은 지났으며, 한없는 과거를 횡단할 때 글은 감정을 지우고 왔다. 글 속에 부릅뜬 눈마다 생의 긴장이 보였고, 천지간 눈부신 조선 산하가 거기 있었다.

하늘 모서리 붉은 물고기 떼 한강 기슭에 흐르면, 오래전 죽은 자들의 숨소리가 노을 속에 들려왔다. 혼백과 영혼이 뒤섞인 강을 거슬러 오르는 동안 그 모두는 잠재된 죽음 앞에 늘 실체의 삶을 살아갔다. 그림자를 버리면 더 또렷한 빛이 떠오르던 날, 글 속의 돌짐승은 사계(四季)를 따라 울었다. 그날 눈 내리던 저녁, 허기진 감성으로 샛노란 강을 이마에 얹고 걸었다. 바람 가운데 일어선 마른 북어의 눈은 가혹했다. 두려운 숨결 위에 부서진 모두의 영혼, 붉구나.

이제쯤 여물지 못한 자식 하나 세상으로 내보낸다. 나가 부서지고 으깨어져 세상 속에 흩어지면 다행이겠다. 그리하여 세상 비탈과 마루 위에 한줌 노을로 내리면, 비로소 무모한 날들의 치기와 어려움을 버리려 한다. 생의 어려움은 사적 감성을 버릴 때 오는 것이라고, 오감마저 버리고 맨몸으로 생을 바라보면 예감은 불현듯 명징해지는 것이라고…….

글 속의 그림자는 말한다.

……그리운 아버지께 이 소설을 바칩니다.

2015년 12월
서철원

왕의 초상

초판 1쇄 인쇄 2015년 12월 15일
초판 1쇄 발행 2015년 12월 21일

지은이 서철원
펴낸이 김선식

경영총괄 김은영
마케팅총괄 최창규
책임편집 백상웅 **디자인** 문성미 **책임마케팅** 이상혁
콘텐츠개발2팀장 김현정 **콘텐츠개발2팀** 백상웅, 문성미, 윤세미
마케팅본부 이주화, 이상혁, 최혜령, 박현미, 박진아, 정명찬, 김선욱, 이소연, 이승민
경영관리팀 송현주, 권송이, 윤이경, 임해랑

펴낸곳 다산북스 **출판등록** 2005년 12월 23일 제313-2005-00277호
주소 경기도 파주시 회동길 37-14 3, 4층
전화 02-702-1724(기획편집) 02-6217-1726(마케팅) 02-704-1724(경영관리)
팩스 02-703-2219 **이메일** dasanbooks@dasanbooks.com
홈페이지 www.dasanbooks.com **블로그** blog.naver.com/dasan_books
종이 한솔피엔에스 **출력·인쇄** 갑우문화사 **후가공** 이지앤비

ISBN 979-11-306-0678-1 03810